我是一个不带地图的旅人

萧乾散文精编

萧乾／著

中国文史出版社

目　录

第一辑　履　迹

古城 …………………………………………… 3

叹息的船 ………………………………………… 5

初冬过三峡 ……………………………………… 10

负笈剑桥 ………………………………………… 15

欧行冥想录 ……………………………………… 27

一个中国记者在二次欧战中的足迹 …………… 37

北京城杂忆 ……………………………………… 47

怀念上海 ………………………………………… 69

足迹篇：香港 …………………………………… 78

第二辑　故　人

朦胧的敬慕 ……………………………………… 85

我的启蒙老师杨振声 …………………………… 88

一代才女林徽因 ………………………………… 95

记叔华 ·· 106

大姐的梦 ·· 108

第三辑　文　心

我与文学 ·· 111

未带地图的旅人 ································ 118

想象与联想 ·· 158

感觉的记录 ·· 165

维·吴尔夫与妇权主义 ······················ 171

《莎士比亚戏剧故事集》前言 ············ 178

《好兵帅克》前言 ······························ 187

我与书评 ·· 194

《围城》的启示 ····································· 198

感觉的纪录 ·· 200

好勤奋的新凤霞 ································· 205

人缘与书缘 ·· 207

第四辑　闲　情

茶在英国 ·· 211

我爱听相声 ·· 217

电视机旁的遐想 ································· 221

透过活物看人生 ································· 223

直通人心的世界语 ····························· 237

誓言 ·· 240

我的书房史 ·· 243

第五辑　随　想

往事三瞥 …………………………………………… 249

随笔三则 …………………………………………… 256

随想录 ……………………………………………… 263

八十自省 …………………………………………… 267

啊，三十年代 ……………………………………… 274

一对老人，两个车间 ……………………………… 277

我的年轮 …………………………………………… 280

岁末自勉 …………………………………………… 283

第一辑 履迹

古　城

　　初冬的天，灰黯而且低垂，简直把人压得吁不出一口气。前天一场雪还给居民一些明朗，但雪后的景象可不堪了！峭寒的北风将屋檐瓦角的雪屑一起卷到空中，舞过一个圈子以后都极善选择地向路人脖颈里钻。街道为恶作剧的阳光弄成泥淖，残雪上面画着片片践踏的痕迹。

　　飞机由一个熟悉的方面飞来了，洪大的震响惊动了当地的居民。他们脸上各画着一些恐怖的回忆。趴在车辙中玩着泥球的孩子们也住了手，仰天望着这只奇怪的蜻蜓，像是意识出一些严重。及至蜻蜓为树梢掩住，他们又重新低下头去玩那肮脏的游戏了。

　　那是一只灰色的铁鸟。对这古城，它不是完全陌生的。大家都知道它还有伙伴们，无数的，随在背后。这只是只探子。它展着笔直的翅膀，掠过苍老的树枝，掠过寂静的瓦房，掠过皇家的御湖，环绕灿烂的琉璃瓦，飞着，飞着。古城如一个臃肿的老人，盘着不能动弹的腿，眼睁睁守着这一切。

　　城门低暗的洞口正熙熙攘攘地过着商贾路人，一个个直愣着呆呆的眼睛，"莫谈国事"唯一社会教育使他们的嘴都严严封闭着。又要有变乱了。他们也不知道是谁和谁，反正腌菜说不上得多备些的。随手还不能忘记为家里的灶王请下几股高线香，为的是保佑一家老少平安。

　　阳光融化了城角的雪，一些残破的疤痕露出来了。那是历史的赐予！历史产生过建筑它的伟人，又差遣捣毁它的霸主。在几番变乱中，它替居民挨过刀砍，受过炮轰。面前它又面临怎样一份命运，没有人晓得。横竖居民是如潮似的向城里灌了。那是极好的晴雨表，另一个征服者又窥伺起这古城的一切。

古城自己仍如一位臃肿的老人，低头微微喘息着，噙着泪守着膝下这群无辜的孩子——

一九三二年冬，北平

叹息的船

　　船靠了九江码头，我登岸发了个明信片给介绍我搭这条船的朋友说："好一条新船，竟还不满周岁。马达响声清朗得充满了青春的脉息，通身见不到一丝锈渍。跨在江上，真是一匹不让人的健驴，简直该留来作海上结婚用！"

　　也许这信不该写。船过牯岭时，天际原有灰云凝成乌黑了。那一夜，江面布满了白雾，和谐疾迅的水上进行曲戛然打断，船泊在江心。可怜鹄立船头那个敲钟手，为了避免撞船的惨剧，他当当地一直敲了两个钟头。

　　（尖锐的钟声也穿不透江上苍茫浓厚的雾。）

　　黎明驱开了雾，雨又追踪而至了。于是，江面卷起了一排排的白牙齿，挟着飓风，向船身气势汹汹地扑来。拥来的白牙齿却皆为这匹健驴的蹄子踏成泡沫。我正骄傲小高楼上那个固执的船主逆着暴力悍然前进呢，突然船搁了浅，飓风缴了舵手的械，褫夺了他驾驭的本领。又是在半夜，狂风呼呼在江面疾走，似要率领波涛趁黑造反。

　　今早醒来，船已如一倦兽，喘吁着瘫卧在江边了。沙粒牢牢抓住船尾。一匹健驴，不错，然而如今四蹄已为人捆起了。它尽管沙哑地嘶叫，却翻不得身，伸不成腿，同情它的只有两岸山岭原封送还的回响！

　　它终于放弃了翻身的挣扎抛了锚。但是飓风呢，并没有收束的打算，沉重的雨脚落在甲板上。那一排排的白牙齿也仍在不容情地咬着船身。呼呼的风声里似夹杂着狰狞的冷笑："叫你跑！这下往哪儿跑！"

适才我扶着船栏，顺着风向，想探试一下飓风的淫威。呃，这个恶霸！它哪里答应。它咆哮，它摇撼，简直非把我抓到它血口里才甘休。我隐身在船头一只黄色通气管的后面（头发早已蓬乱不堪），环顾四方，我为那孤丁形势而战栗了。不是昨天的事吗，记得船过彭泽县址时，我还对着那两座蟹脚山风雅地默诵着陶渊明的诗。小孤山多么像一个大力士的臂肘啊，上面生满了蓬蓬的汗毛。那时我还悠闲地为它拍照呢，如今失去了自由，这趣味当然也不存在。迎面是一个毁灭的威胁。

这时候，甲板上再见不到抽烟散步的中年绅士或披发的青年浪漫诗人了。（舱里正响着哗啦啦骨牌相碰声。怕风浪的他们却正在玩着"东风""北风"哩！）我勒紧了破外套的领口，顶着风，向船头移步。船头正有七八个水手在搬动着一盘直径足有半尺的粗绳，是为拖救时用的。暴躁的风在他们单薄的衣襟里穿梭，雨脚也趁势在他们脊梁上乱踩。他们吃力地咧着嘴（风又趁势钻进他们的口腔，直达五脏），低哼着一种悲凄得近于叹息的调子，手不停歇地操作着。风吹动着桅杆上面的旗子啪啪作响，如劈干柴；一个水手这时正爬上桅杆，挣扎着挑起一具黑饼形的求救信号。

飓风对于从事脱险工作的人自是忌恨的啊！它不惜用冰凉的答条鞭打他们。然而这些人为了确保全船的生存，一直在爬上搬下，在狂风里蠕动着，如一簇不识寒冷的生物。

我退入舱门。黑黑的过道里拥挤地躺了一堆统舱客。因为飓风太凶，被子过于单薄，都狼狈地逃到这个角落里避风。孩子饿了就知道往妇人怀里钻，男子嘴里永远吧嗒着那袋不亮也不灭的叶子烟。他们的家当不多：一条合用的破棉被，一只塞满了陈旧炊具的木箱。这一切皆跟随了他们若干年，如今也全在身边。迎着舱口外的飓风，

6

他们只是轻微地叹息着。船走，他们也享不到大餐间的福；沉了，就算结束了这不幸的生命。船除了载运他们，另外没什么惠施，他们对船也就没有什么感情。他们蜷曲在黑魆魆的角落里，静候着命运的发落。船动时，庆祝会也没他们的份，救生船系得离他们是太远太远了，他们也不做非分的痴梦。

穿过了这不幸的一群，我闯进了官舱的餐厅。除了洋舱外，这是最阔气的地方了。餐厅四角的电扇为布厚厚地包起，应景的是温热的暖气。靠窗的一张写字台上伸着两棵粗壮的仙人掌。四张圆桌子皆有细嫩的手往来抓摸。船上几位西装青年玩起扑克了，靠门的那桌是由沙市上来的乘客，哗啦啦地又起麻雀。一个极懂眼色的白衣茶房规规矩矩地站在一旁，随时笑眯眯地递上一条热腾腾的毛巾。

窗口外，飓风呼呼地逡巡着。寒冷虽碰不到他们，那一排排的白牙是看得见的。看见那个，他们心烦了。记起大江那端有人怎样翘候，算算船的愆期将使他们的生意受到怎样的损失，忧愁涌上他们心头，泛滥到脸上了。趁着他们叹息，茶房有意夸大其词地说"匪窝"离这儿多么近，红军如何杀起人来不留情的话了。即刻，桌上伸抓着的手指松下了牌，恐怖扫过那些张肥胖和尖瘦的脸。

"老爷，就开开心吧，反正也没有办法！"一个时髦并戴了碧玉坠子的妇人娇滴滴地说。于是，手指又摸到麻雀牌了，杂着牌声，是莫可奈何的叹息。

甲板上有了一片嘈杂的响声，乘客们向船头蜂拥了。（热情的甚而扬起毛巾，跳跃着，互相安慰着：上海是到成了。）那么些双眼睛全向远处瞭望，一只黑烟囱变得庞大了。那小高楼上即刻发出求救的灯语，一明一灭着，有如乞儿的泪珠。甲板上的人们也真的就用那心情等待这救命星。

那条船只还了一个灯语，一个我们完全不懂的暗号。然而我们却一厢情愿地认为它是在表示："等着吧，我会来救你们！"我们等着。走近了，却是条美国兵舰。我们又有了新的希望：如果拖救不力，这只有那么些炮口枪眼的船不是可以泊在附近，保护我们度过可怕的今夜吗？船开得很近了，我们便希望它停下来。

多么失望啊，它一点也没减速！它竟擦着肩，笔直向下游开去了。

到这时，搭客们才记起了寒冷。他们愤恨地骂着，又踉跄地退回舱里。

傍晚，当人家正心惊胆战的时候，江上起了一声啸叫。一条船在苍茫暮色里向我们驶来了。昏暗中，它桅杆上那盏红灯牢牢抓住大家的心，成为众望的焦点了。瞭望小高楼上又打起一明一灭的灯语了，两三个水手还爬到桅杆上挂起求救的旗子。仰起了头，大家把希望寄托给那飘在空中的符号。

船老远便连连还着灯语，由那一亮一暗中，我们直像是看到了善者一对慈祥的眼睛，我们感激得说不出话，连三岁娃娃也懂得向江上招手。

终于船走近了，由烟囱判明了是条英国商船，稳健而大方地向这方驶来。船头激越着白的泡沫，那好像是热诚的标记。甲板上穿西装的即刻卖弄起历史知识，夸奖起盎格鲁-撒克逊民族过去的仗义来。

船员这时可忙了：水手们又高高系起一面白地红道的乞救旗，两个穿洁白制服的二副，一个站在货舱顶盖上用望远镜端详起这条友船的雄姿，另一个立在船头，迎风挥着求救旗子。满船都充满了热烈的生存希望。

粗大绳缆搬到船头了，救生船也奉命准备落下，载运绳缆到援船上去。商船走近了，灿烂的灯光，甲板上立着许多人，遥遥看着我们。热情的人们啊，他们招手，挥动手绢，甚而同情地呼叫。然而船却驶得越来越远。

"它也许拣顺风的地方停吧？"

"靠太近也不妥当。"

甲板上待救的人们还这样借原谅别人来安慰自己呢，那"援"船竟径自开向下游，稳当而且大方，如一有教养的绅士。随走却还闪着那秋波似的灯语，好像在说："爱莫能助啊。"

　　这时，那光亮引起的却是愤怒了。

　　夜由两岸黑丛丛的莽林里扑来了，黑的水上仍龇着一排排的白牙。几只江鸥环着船身飞了一遭，拍动着它们雪白的羽翼，咦咦叫着。是安慰，还是嘲讽？

　　过分的失望增添了甲板上搭客的疲倦。人们垂着头，一个个走回舱门，诅咒着那"狠心的船"，抱怨着旗语打得不力。

　　直到天明，江边还躺着这条载满了叹息的船。

一九三六年五月

初冬过三峡

一

听说船早晨十点从奉节入峡，九点多钟我揣了一份干粮爬上一道金属小梯，站到船顶层的甲板上了。从那时候起，我就跟天、水以及两岸的巉岩峭壁打成一片，一直伫立到天色昏暗，只听得见成群的水鸭子在江面上啾啾私语，看不见它们的时候，才回到舱里。在初冬的江风里吹了将近九个钟头，脸和手背都觉得有些麻木臃肿了，然而那是怎样难忘的九个钟头啊！我一直都像是在变幻无穷的梦境里，又像是在听一阕奔放浩荡的交响乐章：忽而妩媚，忽而雄壮；忽而阴森逼人，忽而灿烂夺目。

整个大江有如一环环接起来的银链，每一环四壁都是蔽天翳日的峰峦，中间各自形成一个独特天地，有的椭圆如琵琶，有的长如梭。走进一环，回首只见浮云衬着初冬的天空，自由自在地游动，下面众峰峥嵘，各不相让，实在看不出船是怎样硬从群山缝隙里钻过来的。往前看呢，山岚弥漫，重岩叠嶂，有的如笋如柱，直插云霄，有的像彩屏般森严大方地屹立在前，挡住去路。天晓得船将怎样从这些巨汉的腋下钻出去。

那两百公里的水程用文学作品来形容，正像是一出情节惊险、故事曲折离奇的好戏，这一幕包管你猜不出下一幕的发展，文思如

10

此之绵密，而又如此之突兀，它迫使你非一口气看完不可。

出了三峡，我只有力气说一句话：这真是自然之大手笔。晚餐桌上，我们拿它比过密西西比河，也比过从阿尔卑斯山穿过的一段多瑙河，越比越觉得祖国河山的奇瑰，也越体会到我们的诗词绘画何以那样峻拔奇伟，气势万千。

二

没到三峡以前，只把它想象成岩壁峭绝，不见天日。其实，太阳这个巧妙的照明师不但利用出峡入峡的当儿，不断跟我们玩着捉迷藏，它还会在壁立千仞的幽谷里，忽而从峰与峰之间投进一道金晃晃的光柱，忽而它又躲进云里，透过薄云垂下一匹轻纱。

早年读书时候，对三峡的云彩早就向往了，这次一见，果然是不平凡。过瞿塘峡，山巅积雪跟云絮几乎羼在一起，明明是云彩在移动，恍惚间却觉得是山头在走。过巫峡，云渐成朵，忽聚忽散，似天鹅群舞，在蓝天上织出奇妙的图案。有时候云彩又呈一束束白色的飘带，它似乎在用尽一切轻盈婀娜的姿态来衬托四周叠起的重岭。

初入峡，颇有逛东岳庙时候的森凛之感。四面八方都是些奇而丑的山神，朝自己扑奔而来。两岸斑驳的岩石如巨兽伺伏，又似正在沉眠。山峰有的作蝙蝠展翅状，有的如尖刀倒插，也有的似引颈欲鸣的雄鸡，就好像一位魄力大、手艺高的巨人曾挥动千钧巨斧，东斫西削，硬替大江斩出这道去路。岩身有的作绛紫色，有的灰白杏黄间杂。著名的"三排石"是浅灰带黄，像煞三堵断垣。仙女峰作杏黄色，峰形尖如手指，真是瑰丽动人。

尽管山坳里树上还累累挂着黄澄澄的广柑，峰巅却见了雪。大概只薄薄下了一层，经风一刮，远望好像棱棱可见的肋骨。巫峡某峰，半腰横挂着一道灰云，显得异常英俊。有的山上还有闪亮的瀑

11

布，像银丝带般蜿蜒飘下。也有的虽然只不过是山缝儿里淌下的一道涓流，可是在夕阳的映照下，却也变成了金色的链子。

船刚到夔府峡，望到屹立中流的滟滪滩，就不能不领略到三峡水势的崄巇了。从那以后，江面不断出现这种拦路的礁石。勇敢的人们居然还给这些暗礁起下动听的名字，如"头珠石""二珠石"。这以外，江心还埋伏着无数险滩，名字也都蛮漂亮。过去不晓得多少生灵都葬身在那里了。现在尽管江身狭窄如昔，却安全得像个秩序井然的城市。江面每个暗礁上面都浮起红色灯标，船每航到瓶口细颈处，山角必有个水标站，门前挂了各种标记，那大概就相当于陆地上的交通警。水浅地方，必有白色的报航船，对来往船只报告水位。傍晚，还有人驾船把江面一盏盏的红灯点着，那使我忆起老北京的路灯。

每过险滩，从船舷俯瞰，江心总像有万条蛟龙翻滚，旋涡团团，船身震撼。这时候，水面皱纹圆如铜钱，乱如海藻，恐怖如陷阱。为了避免搁浅，穿着救生衣的水手站在船头的两侧，用一根红蓝相间的长篙不停地试着水位。只听到风的呼啸，船头跟激流的冲撞，和水手报水位的喊声。这当儿，驾驶台一定紧张得很了。

船一声接一声地响着汽笛，对面要是有船，也鸣笛示意。船跟船打了招呼，于是，山跟山也对语起来了，声音辽远而深沉，像是发自大地的肺腑。

三

最令人惊心动魄的是激流里的木船，有的是出来打鱼的，有的正把川江的橘麻往下游运。剽悍的船夫就驾着这种弱不禁风的木船，沿着嶙峋的巉岩，在江心跟汹涌的旋涡搏斗。船身给风刮得倾斜了，浪花漫过了船头，但是勇敢的桨手们还在劲风里唱着号子歌。

这当儿，一声汽笛，轮船眼看开过来了，木船赶紧朝江边划。

12

轮船驶过，在江里翻滚的那一万条蛟龙变成十万条了，木船就像狂风中的荷瓣那样横过来倒过去地颠簸动荡。不管怎样，桨手们依旧唱着号子歌，逆流前进。他们征服三峡的方法虽然是古老过时的，然而他们毕竟还是征服者。

三峡的山水叫人惊服，更叫人惊服的是沿峡劳动人民征服自然，谋取生存的勇气和本领。在那耸立的峭壁上，依稀可以辨出千百层细小石级，蜿蜒交错，真是羊肠盘道三十六回。有时候重岩绝壁上垂下一道长达十几丈的竹梯，远望宛如什么爬虫在巉岩上蠕动。上面，白色的炊烟从一排排茅舍里袅袅上升。用望远镜眺望，还可以看到屋檐下晒的柴火、腊肉或渔具，旁边的土丘大约就是他们的祖茔。峡里还时常看见田垄和牲口。在只有老鹰才飞得到的绝岩上，古代的人们建起了高塔和寺庙。

船到南津关，岸上忽然出现了一片完全不同的景象：山麓下搭起一排新的木屋和白色的帐篷。这时候，一簇年轻小伙子正在篮球架子下面嘶嚷着，抢夺着。多么熟稔的声音啊！我听到了筑路工人铿然的铁锹声，也听到更洪亮的炸石声。赶紧借过望远镜来一望，镜子里出现了一张张充满青春气息的笑脸。多巧啊，电灯这当儿亮了，我看见高耸的钻探机。

原来这是个重大的勘察基地，岸上的人们正是历史奇迹的创造者。他们征服自然的规模更大，办法更高明了。他们正设计在三峡东边把口的地方修建一座世界最大的水电站，一座可以照耀半个中国的水电站。三峡将从蜀道上一道崄巇的关隘，变成为幸福的源泉。

山势渐渐由奇伟而平凡了，船终于在苍茫的暮色里，安全出了峡。从此，旋涡消失了，两岸的峭岩消失了，江面温柔广阔，酷似一片湖水。轮船转弯时，衬着暮霭，船身在江面轧出千百道金色的田垄，又像有万条龙睛鱼在船尾并排追踪。

江边的渔船已经看不清楚了，天水交接处，疏疏朗朗只见几根枯苇般的桅杆。天空昏暗得像一面积满尘埃的镜子，一只苍鹰此刻

13

正兀自在那里盘旋。它像是在寻思着什么，又像是对这片山川云物有所依恋。

一九五六年十一月十五日

负笈剑桥

　　四十年代，除了短期去度假，我同剑桥先后有过两段因缘。一九三九年至一九四〇年，我是作为伦敦大学东方学院的讲师被疏散到剑桥去的，身份也可以说是个"难民"。一九三九年九月欧洲战事爆发后，英国教育当局曾有计划地把首都的学术单位疏散到地方上去。那时，剑桥的二十几个学院凡腾得出地方的，都收容了伦敦的客人。我们当时寄身在安德鲁街上的基督学院——《失乐园》的作者弥尔顿的母校。那一年，我只是剑大英文系的旁听生。一九四二年至一九四四年，我才进了剑大的王家学院，正式成为它的研究生。我一直想写篇回忆那段日子的文字，也许有一天会把它写出来。这里，除了交代一下我同剑桥的关系，主要想谈的是这所大学本身以及大学城里的生活。当然，我写的只是四十年代的剑桥，有些情况和规章制度现在变了。例如，学院的数目增加了，男女合校了。然而有些更本质的东西，却不是那么容易改变的。

一

　　一九三九年十月六日，当福克斯通港务局的官员在从法国入境的旅客中间发现我这个中国人时，他们惊奇得简直有点不知所措。当时那簇等待入境的旅客几乎都是从大陆度假或游历归来的英国人。战事一爆发，他们很自然地要赶回老家。然而我这个旅客却是来自遥远的东方。仗打起来了，靠商船来供应的英国岛民自己还不知道以后的日子怎么过呢，所以也就难怪其中的一个大胡子官员要皱着眉头朝我的护照来回端详了（护照里夹着伦敦大学给我的为期一年的聘书）。可能还是在请示了上级之后，他才勉强在我的护照上盖了颗大印，批上"暂准停留两月"。

没想到，我一待就是整整七个年头。

照朋友于道泉在信里指点的，我先乘火车到伦敦。法国的战时灯光管制比较松，夜晚的巴黎，满城是一片蓝色的幽光，走在街上恍如置身幻境。可是出了伦敦维多利亚车站，我就走进一个漆黑的世界了。好容易才摸到路西一家旅馆，歇了一宵。次晨，我走到广场上瞻望了一下国会大厦，又钻进威斯敏斯特教堂的"诗人角落"去凭吊一番。然后赶到利物浦车站，搭上开往剑桥的列车。两小时后，就来到这座闻名已久的大学城。

初到时，我同道泉老友合住在郊外弥尔顿村的一幢小楼里。我始终也没闹清那个村子同十七世纪的英国诗人弥尔顿究竟有什么联系。门前是一片秀丽的田园风光，左边还有可供散步的小树林。骑上半小时车，就有座古罗马城堡的废墟。只是离市区太远了些。后来我又搬进当年未名湖畔的同窗罗孝建住的公寓里。那是一个意大利家庭，就是我在《珍珠米》中写的那家。男主人在大学里任意大利文讲师，是个保守党；太太如果不是共产党员，也必然是位激进派。他们膝下有位披了两肩金发的独女，叫洛拉。夫妇俩每顿饭都必定展开一场激烈的辩论。出于礼貌，他们总是先用英语交锋，待情绪达到高峰，就控制不住了。于是，他们——特别是那位夫人，脸红了，眼睛瞪大了，冒起火来。她边捣咖啡豆，边指了丈夫的鼻子用意大利语大声叫嚷，我总是怕她把手中那个硬邦邦朝她先生的脑瓜摘去。喝完咖啡，就各归各屋。随后，洛拉就练起琴来了。哎，再美的旋律，倘若同样一段音调朝夕反复听上几十遍，耳朵也会抗议的。

除了礼节性场合，大学城一般不讲究穿着。教授和学生几乎每人都拥有一辆自行车，车把前边横挂一只篮子，里面放着书和讲义夹子。我是从九岁就学会骑车的，在海淀读书时就靠自行车同城里保持联系。到剑桥不上几天，我就也置了一辆自行车，挂上一只篮子，满城驰骋了。

剑桥（有如民国初年的北大）有个好传统，对来旁听的学生总是敞开大门。对那时由伦敦疏散来的兄弟大学成员，更是竭诚欢迎。东方学院只向剑大英文系打了个招呼，不需什么旁听证，我就自由地挑选起课目了。

在欧洲战事开头几个月，英国人的日子过得异常平静。食品（后来又加上衣服）实行了配给。为了防空，灯火管制了。除此而外，英国人的生活同平时几乎没什么两样。一九三九年圣诞节前，有些报纸甚至还散布着节前就将停火的谣诼。战争当然没有停，可一点点硝烟味儿也闻不到。

转年五月，纳粹的装甲师突破了法比防线，战争才真正打响。六月初的一个早晨，剑桥街上满是东倒西歪的士兵，一个个浑身泥泞，疲惫不堪。但脸上仍带着笑容，有的甚至还倚着枪柄低唱着。这就是敦刻尔克大撤退后，由东岸逃回来的残兵败将。剑桥市民争相端来热腾腾的饮料，慰问这些从纳粹虎口中逃出来的子弟兵。

学年结束时，伦敦大学宣布各学院下学年一律迁回伦敦。这个决定准是在战局沉寂时做出的。总之，当"西线无战事"时，我们疏散到剑桥去了；及至战火纷飞，我们却迁回了全欧反法西斯阵营的政治心脏——伦敦。一九四〇年七月，我向寄居了将近十个月的剑桥告别，迁到伦敦西北近郊区的汉普斯特德。八月，大轰炸就开始了，每晚都有成千架漆了"卐"字的纳粹飞机来狂轰滥炸。

一九四二年夏天，我辞去了东方学院的教职，在小说家 E.M·福斯特和汉学家阿瑟·魏理（他们都是剑桥王家学院出身的）举荐下，成为剑大英文系的研究生。当时由政府部门保送来培训的，都只能住在校外。我是正式学员，所以入学后立即住进这所十五世纪兴建的学院。在 D 字"楼梯"二楼我的书房门楣上，事先就已漆上了我的名字。书房里，家具一应俱全，宽敞舒适；壁炉两边是书架，沿着三面墙是可以坐上十来位客人的沙发和软椅。最使我兴奋的是，窗户外面隔着草坪，正与教堂遥遥相对。在英国古建筑当中，王家学院教堂是赫赫有名的，每年从远地来瞻仰它的旅游者络绎不绝。整整两年，我都望着大草坪上被晨曦拖长了的教堂身影，黄昏时分聆听在大风琴伴奏下唱诗班那清脆嘹亮的歌声。唱诗班由二十来名十岁出头的娃娃组成，他们身穿白色罩衣，系了红领带，每天早晨列队从我窗下走过。一九七九年秋，在纽约逛音乐店，我还偶然买到一盘磁带，正是王家学院唱诗班童声唱的十七世纪英国民歌。

我的导师乔治·瑞兰兹是剑桥有名的才子，不但学识渊博，而且还长于演剧，特别是希腊悲剧。一九四六年经济学家凯恩斯去世后，近四十载来他一直兼任剑桥艺术剧院的院长。

导师制是剑桥、牛津的一种特殊教学方法。课堂通常是不点名的，学生上不上课，无关紧要。但每个学生都必有一位导师，每位导师也只带有限的几个学生。每星期我至少去看他一次。去之前，往往先交一篇短的论文。见面时，两人就衔着烟斗，边喷云吐雾边谈话。导师从不把自己的观点强加于学生。相反，他总是希望能展开些争辩。有一次，我们就福斯特一部小说的某一观点辩论得颇为激烈。我辞出时，他拍了拍我的肩头说："今天谈得特别好，使我明白了东方人看问题的角度。"

一九四四年，我是怀着依依不舍的心情向剑桥、向王家学院告别的。当时，我已经动手写论文了，还差一年就可以考取学位。然而联军在诺曼底登陆的反攻战终于打响了，新闻记者的本能驱使我舍弃剑桥那恬静幽雅的书院生活，奔赴现实的前哨。

于是，我就脱掉僧侣式的黑袍，摘下方帽，走进了报社林立的伦敦舰队街，从一个埋首书斋的读书人，成为戎装上阵的战地记者。

18

二

世界上究竟有几个剑桥？我说不准。光美国就有三个。一个在俄亥俄州，另一个在马里兰；最有名的是哈佛大学所在的那座城——为了便于区别，我们通常译作坎布里奇。这里谈的当然是真正老牌的英国剑桥——二十年代诗人徐志摩曾译作康桥。这是与牛津并驾齐驱的英国最高学府。同海淀的燕京一样，它在我个人学历上也是一座里程碑。

剑桥在伦敦东北部，相距只有五十六英里，位于从伦敦到爱丁堡、贯通岛国南北的铁路干线上。一次冬天下雪，我特意改乘长途汽车去伦敦。行车时间略长，票价稍低，可一路好像都在狄更斯小说的世界里转，墓地、茅舍、磨坊和教堂历历可见。经过艾平森林时，又恰似回到了远古的盎格鲁-撒克逊时代。

剑桥和牛津，同是欧洲最古老的两座大学。最早的文字记载要算英王亨利三世在一二三〇年所颁布的剑桥大学校规了。四十年代我在那里求学时，剑桥只有二十二个学院，最古老的是彼得书舍，建于一二八〇年。我所在的王家学院，是亨利第六世于一四四一年兴建的。少数几所学院是十九世纪兴建的，大多数则是十四五世纪的建筑。第二次世界大战后，剑桥又增设了九所学院。一九六〇年创建的丘吉尔学院，是为纪念第二次世界大战期间那位雪茄不离口的首相的。最年轻的罗宾学院建于一九七八年。沿着剑桥一所所学院走过，就宛如在参观欧洲建筑史博物馆：从古希腊罗马式的圆柱巨厦，文艺复兴时期的"叹息桥"，十七、十八世纪巴鲁克式的雕墙峻宇，到维多利亚女王时期四四方方的实用主义建筑，都一览无余。

事实上，剑桥原是专为贵族子弟而设的，像王家学院，直到本世纪三十年代，还只收伊顿公学出身的学员。第二次世界大战期间，它的门槛被冲破了。我的同学中，就有英国北部中下层家庭的子弟。

当然，大多数还是出身于豪门的。外国学生中也不乏贵胄，如阿拉伯酋长的子弟或当时东欧一些国家的"王储"——他们料想不到二次大战后，他们会为人民所废黜，王子也只好流落异邦了。

剑桥最古老的建筑是圣玛丽教堂，建于一一二〇年。它的晚钟音色美极了。这个大学的底子是中古僧院。早在十二世纪，一批圣方济会的修士就开始把剑桥发展成为英国的一个学术中心，至少四十年代我在那里读书时，剑桥还带有浓厚的僧院色彩。

首先，在校师生都要披黑袍，戴方帽，并且在服装上标志着本人的学历。作为研究生，我就比尚未毕业的同学多根飘带。教授们的袍子上还有一根红绸带子。每晚，斋务长派出一批稽查员（学生们称他们为"斗犬"）去大街小巷巡逻，遇到未穿黑袍或衣冠不整的，就像交通警察那样掏出小本本，记下姓名、学院，可能会记过的。晚十点以后，学院就上了大门。来访的女客一律必须在那之前送出去，不然，有关的男生就要受到处罚。饭厅分高桌（教授和贵宾席）和低桌，饭前大家起立，由高桌上一位德高望重的教授朗声诵读拉丁祷文，然后才呼啦一声坐下来进餐。

听说现在这套繁文缛节已经废除了。剑桥也像美国大学那样，改用快餐，黑袍方帽也取消了，而且大部分学院都改为男女合校。不知这些改革是不是六十年代剑桥、牛津闹的那场学生运动的结果。

剑桥另一僧院遗迹是每学年三个学期的叫法。大学通常在十月一日开学，全年分三个学期。第一个学期不叫"秋季"，而叫"圣米迦勒节学期"。这本是历史上遗留下的一个节日。一五八八年，伊丽莎白女王赴一位贵族的鹅宴。那时英国正同西班牙争夺海上霸权，女王举杯诅咒西班牙舰队全军覆没。这时，刚好传来捷报，说西班牙舰队被风暴所摧毁。于是，女王双手举杯向圣米迦勒和诸天使谢恩，遂定为节日。第二学期（三月中旬至四月下旬）不叫"春季"，而叫"四旬斋学期"，第三学期叫"复活节学期"，都带有宗教意味。剑大每年只上四十二周的课，其余全是假期。学期中间，课堂

20

不点名，但每学期在饭厅吃饭的顿数必须足三分之二，否则就勒令退学。九个学期中间，平时稀松，到了最后的毕业考试，可十分严格。成绩分甲乙丙三等，这个成绩要跟本人一辈子，连传记或名人辞典里都要注明，例如"曾获剑桥大学××系学位，考试×等"。不知这一不合理的办法，如今改变了没有。

剑大的组织有点像我国旧式的大家庭，它有个总的机构，叫大学评议会，但实权却分别掌握在各学院的手中。除了大政方针，财务和一些规章制度基本上是各自为政。它的校长向来不驻校，是挂名的，副校长则每年由各学院院长轮流担任。大学评议会是大学的枢纽，因为它拥有立法权。评议会位于大学城中心，是一座古典风格的建筑，建于一七三〇年。每个学院都有院长（叫法也不统一），有的学院接受的赠款多，就阔气些，有的则较穷。在这一点上，也许还近似抗战时期我们的西南联大。

剑大图书馆位于剑河北岸，是一座不那么和谐的现代式红砖建筑。它的藏书底子很雄厚，而按照英国版权法规定，全国所有出版物都必须送这里一册，所以新书很齐全。四十年代西方图书还没有用电子来防雅贼的设备，但剑大的藏书一直是开架的。当时我在研究英国小说，记得书号头两个字母是 PS，在三楼。每次我都是坐自动电梯直奔书库。那里临窗相隔不远就是一张张书桌，两面还有木挡，以防互相干扰。我选定一张，走时还可以把没看完的书放在上面，下午或次晨可以接着看。此外，各学院都有自家的图书馆，但多属善本、孤本和手稿。

一九八四年是剑桥大学出版社创办四百周年纪念。这家出版社出了不少大部头的、具有权威性的著作。它同牛津大学出版社虽处于竞争地位，但看来却有分工。如牛津大学出版社出了十二卷的《牛津英文词典》，剑大的出版社并不去唱对台戏。同样，剑大出版社出了十四卷的《英国文学史》，牛津也不去抢生意。（相形之下，我们社会主义国家的出版社有时倒出现重复现象。）近年来剑桥大学出版社陆续在出由美国汉学家费正清主编的《剑桥版中国史》，已经看到第十一卷的广告了。最近费正清来信说，这部书到第十三卷就告结束了。

剑桥的费兹威廉博物馆是一座古希腊式的建筑，系一位同名贵族在一八一六年捐赠的。可惜我在校时，收藏品大多疏散到山洞里去了。从它的目录看，艺术珍品确实很可观。有文艺复兴时期大师的巨制，十七世纪荷兰名画家伦勃朗及十八世纪英国版画家贺加斯的杰作，还有不少中古的彩绘手抄本。剑大动物博物馆里，收藏着十九世纪三十年代达尔文乘"猎兔犬号"船去南美及太平洋搜集到的鱼类标本。

三

尽管那是战争时期，剑大的课外生活仍是丰富多彩的。

最重要的当然是学生会。那既是俱乐部性质（可以请人去吃饭），也是英国训练统治阶级的场所。它最主要的活动是每星期六晚上在会议厅举行的辩论会。会议厅的构造基本上仿照议会的布局，坐在台上的主席相当于议长。下面座位呈马蹄形，坐着辩论的正反两方面的辩士。题目事先公布，双方主辩及助辩人之外，都各自从伦敦请闻人来支援。记得一九三九年初到剑桥，我第一次旁听的辩论是：英国应援助中国抵抗日本。正面请来的客座是《新政治家》主编、援华会理事金斯莱·马丁。正面主辩人是马来亚华侨林骅。反面有一个日本学生。辩得十分激烈，但秩序始终井然。那晚，反面有一人居然大谈第一次世界大战后英日缔结的盟约，似乎嫌张伯伦对日本帮的忙还不够。林骅自然也不示弱，积极应战。当时听他在反驳之际口口声声是"尊敬的对方"，很觉刺耳，心想，何必来这种虚伪的绅士客套。及至旁听几次会议辩论之后，才领会到这种形式上的约束，一方面在体现着对持相反意见者的尊重，同时也可以避免像民国初年北京国会里飞墨盒、挥手杖的那样场面。

剑大的学会真是五花八门。为了看廉价电影，我参加过一个电影学会。那阵子，我确实看了不少不常见的片子。他们有时是按照电影发展史的顺序来安排的，因而我看到了十月革命初期苏联拍的一些片子，如《生活之路》和《表》。有时放映的是很有特色的影片，包括那些拍了而未能公开放映的，例如苏联名导演艾森斯坦所拍的一部反映墨西哥农村生活的故事片。那是三十年代初期美国左翼作家们募款请他拍的，言明不超过一小时四十五分钟。不想这位艾森斯坦迷上了墨西哥天空那草莽鱼鳞般的云彩和地上高可数丈的仙人掌。于是，他拍了足够放两个小时的自然背景，故事还没开始呢，只好请他草草结束。后来不知什么人来个狗尾续貂。故事是交代了，但摄影呆板粗陋，导演手法拙劣，简直令人无法看下去。

有个团体我参加得冒失了些，叫"读剧会"。

那时我每去英国人家度周末，晚饭后在客厅里往往有个节目：朗读。大多是由家中擅长此道者来读的，一般是十九世纪的小说，如狄更斯、乔治·艾略特或盖斯凯尔夫人的长篇。读时绘声绘色，听时顿觉对原作加深了不少理解。我本以为参加"读剧会"就可以听听他们朗读英国戏剧名作呢，谁知入会后，每次聚会事先都由秘书分配个角色，没有例外。他们选的又大多是复辟时期的喜剧，剧中人多是些贵族少男少女，打情骂俏，语多文绉绉，要么就字里行间夹杂着种种隐晦的双关。尽管我被分派的总是些次要而又次要的角色，每次我还是感觉十分吃力。英国人上来就"进入角色"，声调姿态都活灵活现，我则由于紧张，常结结巴巴，十分狼狈。但回顾起来，那番骑虎难下的经验着实帮助我学会读剧本：怎样从台词中不仅去了解剧情，并且领会剧中人物的性格、神态和相互间的微妙关系。

剑大生活的高潮是一年一度的"五月周"。其实，它并不是在五月，而是在六月上旬，即复活节后。这一周是男女同学的狂欢节，举行盛大舞会、隆重的音乐会，市内两家剧院要上演一些好戏。在这一周里，牛津、剑桥两校还要在泰晤士河上举行一年一度的赛船。但给我印象最深的却是河畔音乐会。穿白色罩衣、系红领带的唱诗班，站在著名的剑桥"后身"（我常把它想作颐和园后山）柳荫下，用四部和声唱十七世纪的英国牧歌。成百支蜡烛浮在剑河上，随着温煦的风和悠扬的歌声，缓缓朝下游漂去。一刹那，忘记了战争，忘记了现实生活，整个地沉浸在伊丽莎白时代的英国了。

剑大也有各种体育设施。我自己比较喜欢一种叫"斯夸士"的墙球，用的是一只比元宵大不多少的实心胶皮球。球场不大，用球拍把它往墙上一抽，球就在两壁碰撞起来，及至落地，再抽第二下。玩这种球需要眼疾手快，它很像意大利的回力球。我所以选择这种运动，一来是可以同人对打，也可以一个人玩；二来是用不多时间就能浑身湿透，比较"实惠"。

真正具有剑桥特色的运动是在河上。剑河原名葛兰塔河，它是大学生活的纽带。在租船的码头，用双桨划的船有的是，但要一显身手，就得会划一种类似非洲独木舟的"坎诺"，或用长篙在剑河上撑一种方头平底船（"盆特"），二者都是细长的，平衡极不易掌握。剑河水不算深，但也要没顶。我一向不会游泳，各试过一回，船身摇摆得难以控制，几乎跌下去，就再也不敢来了。

我常在野外散步，更多的时候是骑着慢车去溜达。我特别喜欢去大教堂所在地的夷利那条大道，途经一座罗马古堡的废墟。划船则总是划到"拜伦潭"为止。那里，穿过一片灌木林，就可看到一泓清水。它不知曾启发那位浪漫主义诗人写出过多少美丽的篇章，也不知倾听过多少剑大的痴男痴女信誓旦旦的诺言。

剑桥有一种魅力，使曾经在那里生活过的人们一有机会就想回去看看它。我认识一个学习古希腊罗马文学的青年，开战后，他应征入伍，不久就成为熟练的轰炸机驾驶员。他一直保留着在剑桥的住房。每周两度去执行任务，不值勤的日子，就仍回到剑桥来。他屡次对我说，去轰炸德国鲁尔的工业设施，他不心疼，他最怕的是被派去轰炸意大利。他说，两次欧战都是欧洲人的自杀。他含着一腔热泪对我说，人类的希望在东方，但愿你们将来搞机械化的时候，千万别把固有的文明都丢掉。可惜一次执行任务后，他再也没回来。也许他空降被俘了，也许他已死于墨索里尼的高射炮下。

剑桥大学有些做法不尽合乎我国国情。首先，它太奢侈了，因为它原是为少数贵族子弟而设的。而且它很保守，一九一九年才不再把古希腊文作为必修课，一九二三年才承认女生为大学的正式成员。从剑桥近年来的改革，特别是向广大英国人民开放一点来看，这座古老的学府也在努力去适应新的不可阻挡的潮流。我常想，剑大那样优越的环境，既能训练杰出的人才，也可以成为懒汉的天堂。我就见到过一些纨绔儿，成天喝得醉醺醺的，挽着姑娘鬼混，或者通宵打桥牌。进校后，我还看到过一份可能是十八世纪定下的规章，其中有"学生不得在校内燃放烟火"以及"不得把卖唱女叫入宿舍"的条款。可见严峻的僧侣制度之外，剑桥还有个花花公子的底子。这两种传统对我们都是格格不入的。我还看过几本专门描述历年剑桥学生如何别出心裁地搞恶作剧的书。

然而剑桥还有另外一面，而且是它主要的一面，值得我们学习，那就是他们对真理（从天文、生物、物理到原子）的那种刻苦追求。卡温迪什实验室的灯光时常通宵达旦地亮着，剑桥天文台的望远镜和医学研究所的显微镜，在宇宙和人体里不断深入地探索着。僧侣的传统并没有捆住它在学术方面的手脚。

一次，在哲学家罗素的小型茶会上，我遇到一位怪人——正在十分认真地研究鬼学的心理系教授。席间他大谈人鬼之间传递信息的可能性。当时我纳闷他怎么没被大学评议会除名，也没遭到同僚们的孤立、歧视或鄙夷。后来另一位剑桥朋友听我提起此事，说他本人并不信鬼，偌大个剑桥，除了此公，谁也不信鬼。也不是没人背后对他有所非议，然而让这位鬼学家安然无恙地存在着，既无伤大雅，又足以保持住剑桥在学术方面自由探讨的空气。大家都想在真理方面有所突破，而不是墨守成规。牛顿的万有引力定律和达尔文的进化论就正是在那种气氛中探索出的。

一九八四年三月

欧行冥想录

一 久违了，欧洲！

四十多年前，我这个来自东方的游子，曾同欧洲人共过一段患难。我是在英法对纳粹德国宣战一个月后到达的，又在欧战胜利十个月后离去。那真是七个不平凡的寒暑，有些情景至今回忆起来，仍令人心惊魄动。

一九三九年深秋，在巴黎圣母院幽暗的侧堂里，我看到一些背了防毒面具的信男信女跪着祈祷，求天神让柏林那个混世魔王回心转意。那时，谁晓得世界将变成什么样子呢？我是怀着迷茫的心情过的英吉利海峡。

敦刻尔克撤退那天，我在剑桥人行雨道上同浑身泥沙但毫不气馁的士兵们握过手。当伦敦遭受闪电战和后来的飞弹轰炸时，我也一道受到威胁。多少个通宵，我同成千上万的英国市民一起睡在地道车站的站台上，我还从烧夷弹打中的房子窗口被人救出过。那时，泰晤士河同莱茵河一样笼罩在战云下，黯淡无光。

一九四四年，西线开始了人心振奋的大反攻。我揣了张"战地记者证"，随联军士兵向魔窟柏林进发。我见过受难的欧洲，也同他们一道扬眉吐气过。

四十年前，我访问慕尼黑时，这座艺术城大半已变成了废墟。

27

如今，像德国其他城市一样，它也重建了起来，而且更加繁华，更加灿烂了。人们又矫健地在阿尔卑斯山麓滑雪，度假的男女在莱茵河的游艇上欢快地跳起优美的波尔卡了。飞机、电子、火箭，什么都讲究"新的一代"，因为人们一代代地在繁殖和成长，在劳动和创造。

今天，欧洲不能说一切都风平浪静了，他们还面临着大大小小的问题，有着这样那样的烦恼。然而越是回首往昔，越使人信心倍增。逞强称霸、妄图奴役旁人的，莫不一败涂地。世界最终是属于勤劳诚实、正直善良的人们。

二　"永志不忘"之一

战争必然要把正常生活搅乱。四十年代在我的旅欧生活中，最大的一桩憾事是没能看到多少艺术名作。在轰炸机的威胁下，像顾恺之或米开朗琪罗那样的稀世珍品，都早已藏入深洞。那时，绘画馆有的搬空了，有的只拿一些尚无定评的当代画作来充门面。

因此，在法兰克福一下飞机，我就向东道主提出去看看绘画馆。次日就如愿以偿，徜徉在这艺术之宫里了：从文艺复兴到法国印象派大师们的一幅幅杰作都陈列在那里，真是琳琅满目。

忽然，我发现一个美中不足之处：绘画馆好像有意不让名画同观赏者直接见面，大幅油画上，有的罩了层玻璃，在刺目的反光下，原作被歪曲得远不如坐在沙发上翻看画册。同时，我还发现画廊里不时有制服笔挺的彪形大汉在巡逻。他们的目光不投在画幅上，而更多的是在瞟着一个个都很文雅的观众。

这时，我就把疑窦向一位管理员模样的人倾吐出来。他打量了我一番，一听说是刚从中国来的，就若有感触地说："怪谁？都怪那帮小伙子们呗。几年前，他们朝着几幅名画泼了镪水，并且扬言：当非洲大陆那么多人民仍在饥饿线上挣扎的时候，还留这些古老玩意儿干吗？所以……"

好熟稔的逻辑啊！

这当儿，一个念头冒上心头：今天我要是个大学生，我就想厚厚实实地写出一篇论文，把当年大批判栏上那些响当当的论点认真地分门别类地整理一下，冷静而客观地做出分析。应该给这样的论文的作者以学士、硕士甚至博士学位，因为对后世子孙，那将是多么好的一服清凉剂啊！

三 "永志不忘"之二

在慕尼黑参观"纳粹兴亡史"的展览时，我问陪同人员："你们对于把希特勒的丑史公之于世，有没有过犹豫、顾忌或争论？"他斩钉截铁地回答说："没有！怎么能有？这家伙屠杀了那么多生灵，败坏了德意志的名声，使德国直到今天仍然分裂着，并且依然被四个战胜国占领着。"我又问他："在你们的历史教科书里，对纳粹一伙的暴行也这么无情地揭露吗？"他说："当然。历史不仅仅写在教科书里，还铭刻在千千万万座墓碣上呢。不，这个展览就是为了让德国后世子孙永不忘记，不再重蹈覆辙。"

"永不忘记"这句话，十八天里我在西德听到看到不知多少次。但印象最深的，莫过于重访达豪集中营的那回。如今，它成为一座永久性的博物馆了。

四十年前，我作为随军记者来过这座"灭绝营"。当时，几十座营房和一些行刑场还没拆，犯人用十指扒的血迹还斑斑点点留在墙上，用十几条狼犬活活把犯人咬死的那个使我几夜不能成寐的小院，也依然存在。走过焚尸炉时，还嗅得到一股令人作呕的气味——堆在那儿的大批麻袋里，装的都是骨灰。

可能为了照顾少年观众，现在这些带恐怖性的设施已统统拆除了，然而从博物馆展览厅里的巨幅照片和实物，我对这座臭名昭著

29

的集中营却获得了更为系统的认识。看来集中营里大小刽子手中间，不乏业余摄影爱好者。照片从囚犯清晨"点名请罪"拍起，再现了当年集中营的诸般情景。给我印象最深的是一幅题名《在押往毒气室途中》的，照的是一个伛偻着腰的瘦弱妇人，双手各拉着个幼小的娃子。像千千万万受难者一样，她唯一的罪名是身上流有犹太人的血液。有一组照片，总题是《自杀》，有悬在梯子上吊死的，也有触电而死的。在黑暗的统治下，"自杀"与"他杀"有什么区别呢？比酷刑更为可怕的，是利用犯人所做的种种身体试验：有全身泡在冰水里的，有强灌盐水的，也有通上电流的。那龇牙咧嘴的形象，使观者立即感觉到被试验者的极端痛苦。玻璃柜里展出的是集中营"科学家"们试验报告的原件，曲线上标着被试验者在各种情况下的体温和脉搏。曲线画到零时，忽然又上升了。那就是说，为了试验，让死过去的犯人再活转来，继续被来回折腾。

展览厅一进门，迎面就写着"永勿忘记"。是的，不能忘记呀！记住，历史才不会重演。

四 人与自然

四十几年前，我在伦敦经历过一次比大轰炸更为可怕的事——或者说，陷入一种更为骇人的境地。

一九三九年十月初，我抵英后只在伦敦过了一夜，就直驱剑桥。那年年底，乘圣诞假期，我第一次去逛了逛伦敦城，住在西北郊。一天，我独自到市中心繁华区去游玩。正当我朝着橱窗出神的时候，天色忽然变得黄澄澄的了。看到路人有的赶忙往双层公共汽车上挤，有的焦急地拦喊出租车。面对那片惊慌，我这个初来乍到、不知深浅的青年，倒泰然自若。

不料没多久，周围好像就蒙上了一层面纱，它由黄而浅灰，但依稀还能看到街景。原来这就是举世闻名的伦敦雾。那天下的正是雾中之王，叫"豆汤雾"。年少时性喜猎奇，还以能身临这一奇境而自得呢。

没多久，我就由孩子般的快活而变为极度恐慌了。因为那就像一个人突然失去了视觉，伸手不见五指，宛如走入迷宫，或者像在做一场噩梦。什么人和我撞了个满怀，他道完歉之后，就骂了声："该死的雾！"接着，我又狠狠地碰在什么坚硬的墙角上了。

汽车打着昏黄的雾灯，不停地揿着喇叭。一下子，天昏地暗，真像是世界末日来临。我心里焦躁的是：可怎么回汉普斯特德呀！这时，我对伦敦雾，也由欣赏而变为诅咒了。

今遭，一到伦敦，朋友就告诉我说："伦敦没有雾了。"它真的消失了，四季都没有了。也许因为这样，英国人正在给古老建筑"洗澡"呢。议会大厦和剑桥王家学院教堂还没有洗完，周围还搭着巨型脚手架。伦敦由一个满脸尘埃的老人，变得有些像个翩翩少年了。

后来，我们又到有"黑色地带"之称的英国中部去访问。以前，不管是伯明翰还是谢菲尔德，由于出煤，出钢铁，又出陶瓷，走进市区，一向都是烟囱林立，浓雾迷漫，到处都是令人窒息的煤屑，好像那就是工业都市注定应有的一份命运。今天呢？没有了烟雾和煤屑，有的居然还以"花园城"自诩呢。

变化一是由于工厂外迁，同时，也因为英国发现并开采了北海石油。有了电力，就可以不再烧煤。

在奥斯陆，一壶开水给我们开了窍，引出一堂经济课。

看到女主人同时开四个灶眼——一个烧开水，一个做饭，一个炖菜，一个烤肉——洁若本能地着了急，一句近乎干涉人家家政的"加在一起有四千多瓦，那太浪费了吧"竟脱口而出。同我们一道用早餐的男主人（原奥斯陆大学经济系教授）并未介意。他笑笑说："一点儿也不浪费，因为节省了时间。"接着，话题很自然地就转到挪威的经济上来。

在北欧，挪威十几年前还是个穷国。它靠的就是两大财神爷——石油和水力发电。这两宗不但改善了民生（挪威按人口计算，使用的电力是美国的两倍），而且把各项工业全带动起来了。

在我们这里，自然也在起着变化。二十年代，北京是以风沙闻名于世的。那时我上学，时常得倒退着走路，不然，沙子会把脸打破。西方人吃一种类似"驴打滚儿"的甜食，至今，它在食谱上的名称仍是"北京尘土"。眼下在北京，春秋虽还要刮一刮风沙，但其凌厉程度可远非昔比了。

五　文明之道

一个社会文明不文明，可以从许多方面去衡量。其中之一，就看它替不替残疾人着想，有什么具体措施。这里，散发着人与人之间的温暖，体现着一种对同类、对不幸者的情意。

在这方面，欧洲比四十年前文明多了。在西德，我看到有些高层建筑的自动电梯里，在楼层号码牌上有着凸起来的盲文。双目失明的人，只要伸手一按，照样能让电梯在他所要去的那层停下来。英国剑桥有一家六十年代兴建的学院，它的宿舍和教室都没有台阶。这样，坐轮椅来求学的学生，也能行动自如。不少大城市，专门为残疾人设有停车场。不用说，两层的公共汽车，总在底层靠车门处也像我国一样为老弱病残孕保留着专座。在旧金山和伦敦，我都看到同我年纪相仿的老友，持有一种"免费乘车证"。女的满六十岁，男的满六十五岁，就能享受。

据说，八旬出头的挪威国王奥拉夫五世是轻易不接见平民的。但是在我进宫的那天，休息室里还有穿民族服装的三男两女也在等着被召见。一打听，原来他们都来自挪威北部的一家残疾人医院。由于他们辛辛苦苦地从事这种工作达三十五年以上，服务得又特别周到，因而获得了国王勋章。

这么奖励，当然也意味着对一种文明风气的提倡。

文明的另一尺度是公民纪律，特别是交通法规的遵守。

四十年前，在英国走路可没今天这么麻烦。现在不但到处是单行线的牌子，而且，过街得走指定的人行横道，还非要等专为行人设立的交通灯变成绿色才许走。在西德和挪威也都是这样，而且行人无不严格遵守。有时连车影儿也不见，红灯未变绿色，他们硬是直直等在那里。我心想，多么"痴"啊！

朋友开车陪我去赴宴。我知道他有酒量，但是席间，他连啤酒也不进一滴。我又觉得他"痴"了。原来在这里，只要闻出驾驶人员有酒气（包括啤酒），就判坐牢，而且绝不允许用罚款代替徒刑。

这里还可以看出守法与执法之间的关系。执法如果不严，说了不算，或者雷厉风行了几天之后又稀松了事，守法者也就不会"痴"下去了。

为什么四十年来起了这样的变化？朋友解释说，打仗的时候，英国缺乏汽油，交通法规就放松了。交通法规是随着汽车数量成倍地增加而严起来的。如果车子增加了，行人还是老的走法，那样要么汽车当驴车来开，要么伤亡事故就必然成倍地增多。

遇到非常时期，有时会发生"一马勺坏一锅"的惨事。大轰炸中，伦敦给我印象最深的是这么一件事：一天，市中心拉起警报，行人照例都要顺序从地铁的入口下去躲避。那是个小站，入口不但窄，而且下去二三十磴台阶，再拐个弯才能到达售票厅。这一天，有两三个愣小伙子不肯鱼贯而行，硬是横冲直撞。结果，摔倒在拐弯处。这下可糟了。他们堆成了障碍物，把后边大批行人成群地绊倒了。于是就人压人地叠成一座肉塔。警报解除后，那一带并没有一个人被炸死，地铁入口处却有七八个人因窒息而丧命。

随着经济发展，眼看我国汽车的数量也在逐渐增多，公民纪律一定也得相应地跟上去才行。不然，平时只好把汽车当驴车来开，遇上非常时期的考验，后果就更不堪设想了。

六　两个挂钩，一种作用

和当年一比，伦敦的物价高得简直吓死人！

一九三九年刚到英国，我作为讲师，年俸是二百五十镑，税务局还要从中抽掉一大笔。可那时候《企鹅丛书》每册才卖六便士，精装特大本的也不出一个先令。我最常光顾的百货公司是犹太人开的乌勒沃茨，那里从文具、五金到针织、药品，每件一律是六便士。另有一家叫布茨的，是一律一先令。那时一镑合二十个先令，一先令合十二便士。揣上一镑钱，可以鼓鼓囊囊买回一大包日用品。

这回我又去乌勒沃茨了。好家伙，多么小的物件都在一镑以上。至于《企鹅丛书》，售价是每册两镑五十便士。当年我那份年俸，今天不够一位阔少在伦敦玩上三天的。老同学罗孝建开了个名叫忆华楼的馆子，据说一个人坐下来，最起码也得二十镑（我们也吃了一顿，是蒙他邀请的）。

我问一位老朋友，物价这么飞涨，社会就乱不起来？他说，叫苦是要叫的，而且常闹罢工，然而日子仍旧过得下去。这主要靠工资的两个挂钩：一个是早就有的，同资历挂钩。他们那里不评级评薪。除了有特殊贡献的另外给酬劳、不称职的降薪或辞退外，一般工作人员，不管是大学教授还是产业工人，其工资均按照工龄自动递增。另外还有个挂钩，就是挂在物价指数上（这也适用于养老金）。倘若物价浮动，而工资（还包括养老金）或其他收入不动，那势必轻则怨声载道，重则闹起事来。自然，工资往往涨得跟不上物价指数。因此，社会上，特别是产业工人，是愤懑的，工潮频仍。然而倘若没有那两个挂钩，那就更不得了。

罢工是撒手不干，怠工是故意放慢速度。然而在正常情况下，他们工作起来却绝不能也不允许松松垮垮。

在慕尼黑，我们访问了一家出版社，是由社长接见的。我们进去时，这个壮实的中年人正挽了袖子，握着笔在聚精会神地看稿。他一听我们也在出版社工作，谈话就格外热烈起来。这家出版社每年出一百种书，汉德对照的七卷本《毛泽东选集》也是其中的一种，另外还出两种杂志。人员呢？从社长、编辑、会计到跑街的，统共十六人。

我们交谈了不到二十分钟，中间倒被闯进来的工作人员打断了三次。五日工作制，每天八小时，很少加班。他们一靠效率：工作人员全是公开招聘的，也就是说，凭能力竞争，考进来的。既不是分配来的，更没有硬塞进的。二靠社会力量来审稿定稿。三靠不搞文字加工。他说，大学、研究所以及年老退休的专家学者，他们不隶属于任何单位，因而不坐班，但工作效率却是头等的。只能依靠这样的社会力量，因为出版社就是再加上几倍人员，力量也仍有限。至于文字加工，那更是没有边儿的茫茫大海了。讲效率，分工就得明确。出版社的作用必须是单一的，它只有一种，就是出书，不能兼充写作训练所。

企业严格分工，大力依靠社会力量，这也不失为改革的一个途径吧。

七　旅游心理学

大凡出门走路的，都不会在乎多花几个钱，他更稀罕的，是省心。人们最讨厌的不是苛捐杂税本身，而是那种零星支付的方式。尽管团体旅行局限性很大，要受拘束，照顾不到特殊癖好，然而人们往往还是欢迎吃住交通一包在内，"一揽子"式的团体旅行。

小费，这是在国外生活中一件最令人头疼的事。每逢拿到什么账单，心里先得琢磨核计一阵：在开来的数目之外，额外该给多少。多了，怕影响自家的预算；少了，又怕看到脸色，更怕背后挨骂。我宁愿接受外加一成的科学方法。

不知道来中国旅游的外国客人在抱怨种种不便之余，可曾体会到我国具有一个独特优点：一概不收小费。

在伦敦吃烤牛肉，讲究去滨河道的辛普森。这是一家有两百多年历史的老馆子。这馆子有个传统：冒着热气的烤牛肉是用小车推到顾客跟前来切的。内行人告诉我说，一定要在大师傅操刀之前，及时地额外塞给他笔小费。落到你盘中的肉，是肥膘还是瘦嫩的后腿，就在此一招了。其实，小费也是一种变相的贿赂。

自然，就其本质来说，这是人与人之间关系的性质问题。服务员理应对客人殷勤，但倘若那是花钱买来的殷勤——包括笑容，就没那么可爱了。因此，我希望我国永远也不实行小费这种办法。宁可提高一成收费，再分给服务员，也不要采取张开手心去接的方式。

现在大多数国家都不采用厕所收费的办法了，然而这次出门，还是遇上几处。有的在入口处就明码标出解手若干，洗手若干，那还好办；有的则在角落里放一只盘子，供客人们任意投放，这就多少要花点心思了。倘若盘子旁边还坐着一位收款人，那就更为尴尬了。

现在西方建筑及城市设施都趋向于标准化，而且往往就是美国化。剑桥王家学院前面的广场原是一个颇带点中古味道的集市，如今也建成为一个"购物中心"。从中穿过，恍如置身纽约的第五街。旅游者很矛盾：他既要固有的生活享受，又希望有点新奇。一个洋朋友对我说，下飞机进了北京的长城饭店，仿佛又回到了美国。为了宣传我国的传统文化，也为了招徕远方客人，旅游从业者可不可以多在民族化上做做文章？比如北京重建的琉璃厂就很好，令人觉得像是回到了明朝的北京——又没有香港的宋城那样庸俗。

旅游者对历史名胜普遍有一个要求，就是要真。因此，不但少搞仿造，整旧如新时，也以不失真为宜。

上学时，在选修的课目中，我特别喜欢听心理学的课。什么心理卫生呀、变态心理学、社会心理学呀，我都上过，而且至今仍感兴味。

现在旅游业这么兴旺，我想，该不该开设一门旅游心理学的课程呢？对于从事这一行当的，那应是一门必修课。

一九八五年

一个中国记者在二次欧战中的足迹

　　一九三九年八月，正当日军入侵湘北，深圳失守，花县告急之际，在欧洲，希特勒这个恶魔鲸吞下了捷克之后，又扑向波兰。间歇了二十五年之后，二次欧战已处于一触即发之势。看来又一场大规模流血已是无可避免的了。这时，许多旅客挤在九龙法国邮船公司门前要求退票，我却买到一张经马赛—巴黎去伦敦的通票。上船之后才发现偌大一条豪华邮轮，头等舱空空荡荡，三等舱也只有我们几个东方人：除我之外还有些新加坡和印度的旅客。唯一高鼻梁蓝眼珠的原来是个上海白俄舞女的私生子。他听说法国在招募雇佣军，想投奔去混个国籍。

　　果然，开船第二天，就从播音器里听到英法相继对纳粹德国宣战的消息。于是，船上马上宣布晚间甲板上连烟也不许点，每天早晨都得做邮轮万一遭敌鱼雷击中时逃难的演习。马赛、巴黎，到处灯火都在管制，整个西欧是一片漆黑。

　　英国这个岛国要靠船队穿过"卐"字鱼雷阵来供养它的居民，此时移民局奉令拒收非英籍旅客登岸是可以理解的。怎奈我持有伦敦大学东方学院的聘书，又有香港《大公报》特派员的记者证，官员不甘心地在我的护照上批了"准许停留两个月"，而我这一"留"却住了整整七年。

　　坐在开往伦敦的火车车厢里，摸着黑同邻座的女乘客攀谈起来。原来是嫁给英国人的一个希腊妇女，她这是刚从娘家归来。她一再问我：这仗得打到哪年啊？我告诉她我刚从中国来，我们国家里已经打了两年仗，如今仍在激战着。侵略者要奴役，我们不让，所以就只好打。

一九三九年冬天我经历的真是一场"莫名其妙的战争"。除了灯火管制和食物配给使人意识到是在战时之外，整个西欧没一点点硝烟味儿。圣诞节我从剑桥去伦敦观光，街上一片漆黑，游艺厅内可还是载歌载舞。

一九四〇年一开春，掌握着主动权的纳粹精锐部队就开始了他们蓄谋已久的闪电战，不多日就横扫半壁欧洲。五月下旬，盟军丢盔弃甲，狼狈撤到敦刻尔克海岸。浩浩荡荡的英法联军竟打得剩不到四十万人。直到六月上旬才陆续乘二百四十三艘大小船只逃回英伦三岛。我当时所在的剑桥正好临近东海岸。一天大早，市中心广场和人行道上净是满身污泥的败兵残将。我跟剑桥市民一道，也提了热水瓶前往慰问，一边往他们举着的缸子里倒水，一边向勇士们表示敬意。

伦敦大学是为了逃避战祸才疏散到剑桥的。可不料就在伦敦大轰炸的一个月前，大学当局竟决定迁回京城了。这么一来，那场号称"不列颠之战"的大轰炸我也赶上了。那确实是二战的一大关键。正如后来在斯大林格勒和莫斯科的血战一样，倘若伦敦——当时反纳粹战事唯一的堡垒，没能顶住，这场反法西斯战争也就没戏了。然而那座包括大陆难民在内住了上千万人的都市，经历了一个又一个地狱般的夜晚，成百上千的"卐"字轰炸机轮番不知丢下多少吨炸药。那阵子我如果不是夜夜睡在地铁站台上，也早已粉身碎骨了——我在汉普斯特德的住所两次中弹，还曾挨过一颗烧夷弹。可我算命硬。每天早晨我都踩着瓦砾去东伦敦踏访，然后向重庆的《大公报》的读者报告英国公民在战时的良好纪律及饱满的士气。他们在没有了屋顶的家里还向我伸出象征着胜利信念的大拇指。我在英国的那些年头是英国在物质上最匮乏的日子（一个月吃不上几片肉！），然而精神（士气）上，那也是他们最伟大的时刻。

　　苦难中的英国人民对中国人民的抗战仍是关切的。那时我经常应援华会之邀，赴全英各地宣讲中国人民英勇抗敌，他们显然从中也得到鼓舞。但是一九四〇年七月，丘吉尔为了保全英帝国在远东的属地而绥靖日本，悍然不顾道义封锁了我们用血肉筑成的滇缅路，切断抗战中仅剩的对外孔道，等于掐断了我们的喉咙。英国人民为了表示义愤，纷纷上街游行示威。

　　一九四二年到一九四四年我去剑桥读书的那两年，战事转向苏联和中东、北非。中部工业城（如伯明翰）虽然不时也仍遭敌机轰炸，但纳粹主力已转到东方去了。那阵子我成天披着黑袍，坐在我那间十四世纪的书斋里，钻研起世纪初的西方意识流小说。

　　诺曼底登陆前夕，《大公报》的胡政之先生一天踱进我在王家学院的书房，向我挑战了。他说，第一次欧战给我赶上了，这回该轮到你了。你肯不肯——敢不敢脱下你这身道袍，换上军装，放弃那个回国后一点用也没有的学位，代表报社到欧洲战场上去驰骋？

　　我接受了他的挑战，并且马上去英国新闻部办了由兼职的驻英特派员改为正式的战地记者的专职。我把黑道袍往箱笼里一塞，就搬到伦敦，在报社林立的舰队街开了办事处，物色了几位当地的助手：有管电报的，还有管招徕广告的。当时英国厂商绝没料到大战之后中国还要接着打内战，都在抢战后的中国市场，所以广告户络绎不绝，以致我这家《大公报》伦敦办事处不但能挣出开销，自给自足，后来还给报社买了彩印机和汽车。

　　联军新闻部派我随正在由法国东部准备攻入莱茵的美军第七军（军长派赤）行动。在巴黎，我还和也是一身戎装的老师斯诺欢聚了半日，然后就动身去追赶前进中的部队了。那时，再没有比"联军记者证"更灵的东西了。一路不但交通免费，沿途凭证食住也全没问题。这当儿，纳粹军队已成丧家之犬，一路不见败军的踪影。我追到南锡，那里的兵站告诉我第七军刚开过。再往东的铁路就炸断

39

了，要我沿公路去搭乘军用卡车。反正地面上的纳粹部队早成了强弩之末，夹着尾巴后撤，到处是炸毁的坦克残骸，有的还在冒着烟儿。法国东北部一片晴空，万里无云，也不见"卐"字敌机。一列卡车从后面开来。我侧过身去挑了挑大拇指，卡车见我身穿军服，肩上是"中国记者"的肩章，就立刻停了下来。车上载的全是一箱箱炸桥用的黄色炸药，开车的都是黑哥儿们。我就坐在TNT木箱上一路赶到凯撒劳吞，总算找到了第七军的记者团。我们驻扎在德国铅笔大王法布尔（FABER）的宅邸。主人自然早已逃得不见踪影。拉开抽屉，连假牙他都没顾得戴，可见临走时多么狼狈慌张。

现在真难设想我年轻时的精力。进驻之后马上用电报同刚刚在舰队街开办的《大公报》办事处联系上，然后就发出第一封"本报记者来自前线电讯"。照我预先安排的，伦敦收到我的电文后，马上就转发重庆。这封电报很长，我是分两截打的。不幸我在伦敦的助手只顾抢时间，竟把前后两截电报次序颠倒了。后来知道，尽管文不接气，《大公报》居然有记者从德国前线发回电报了，就还是照登并引起了轰动。

我原以为到了前线，我凭"战地记者"身份就能在工事里东钻西钻，也沾上点现代战争的征尘呢。其实，联军记者团离前方还有一段距离，只听得一声声炮响，却不见炮身。莱茵美酒却喝个够——只是原主人失陪了。在那里，行动并不自由。新闻发布官除了每天几次报告前方军情，其他时候他就陪我们喝酒聊天，也许还变相监视我们的活动。自然，像美联社、路透社那样的大通讯社，必然各有特殊的渠道线索，我这来自东方黄脸皮的单干户与其说是采访，不如说是来体验一下战场的气氛罢了。不但白刃肉搏的场面不会见到，就连战壕也无法涉足。

一九四五年二月，正当第七军准备展开莱茵大桥争夺战然后向柏林挺进之际，伦敦办事处忽然来电，说重庆《大公报》要我火速赶回伦敦。我感到愕然，但只好告别前方，绕道比利时奔回伦敦。

原来重庆报馆要我驰往美国去采访旧金山联合国成立大会，而且《大公报》社长胡霖也将参加以宋子文为团长的中国代表团。当时已有《大公报》常驻美国记者杨刚，调我去估计是为了陪陪胡老板。

首先自然是先赶办护照。在美国驻伦敦的领事馆里，我那是生平头一回打手印：不是仅仅按按大拇指，而是在整个手掌上都涂满油色，留下全巴掌的印记。当时非美籍的记者（如流亡伦敦的法国及波兰记者）也都照办。记者团共二十余人，其中包括英共的《工人日报》和法共的《人道报》。通知要我们先赴伦敦一个专通往海口的秘密车站。火车天明抵达苏格兰西岸港口哥拉斯戈。平时横渡大西洋航程只需六七天，可我们足足走了十一天，那是个庞大的护航舰队——听说共五十八艘。前头有指挥全局的旗舰，两侧有军舰护卫。当时德陆空军虽已打得精疲力竭，海军却仍很猖獗，鱼雷艇四下出没。所以上船后白天要演习逃生，晚上只准和衣而眠。另外还有个令不少同行难以忍受的禁令：不许喝酒。唯一的一次例外是四月十二日那晚，适逢同行的一位记者四十整寿。于是，就由舰上做东，并且让我们"敞开喝"。战时由于死亡常在身边打转，何况又漂在大西洋中心，随时可能喂鲨鱼，大家就边喝边醉醺醺地唱起酒徒歌曲。尽管都是男性，还有人挽腰翩翩起舞。

真正是乐极生悲！而且并非遇上了鱼雷艇。大家正在兴头上，舰长垂头丧气地踱进舱来，击了一掌，然后用低哑的声音宣布："先生们，刚才听到广播播出一个不幸的消息：罗斯福总统去世了。"大家听了也都黯然散开。酒会就这么结束了。

我们是在加拿大东岸哈利法克斯港登的陆，而且自开战以来，第一次吃到真正的牛排，印象中似乎有砖头那么厚实，而且细嫩滋润。在多伦多，我去参观了一位加拿大神父建立的中国乐器博物馆，至今仍记得挂在壁上的那把马头琴，说明书上写着鼓面是分别用男女人皮制作的。

那是我生平第一回踏上新大陆，心下充满了好奇。在芝加哥科学博物馆，我曾钻进一只潜水艇；在丹佛，瞻仰了多妻教摩门圣堂。两天后，抵达目的地旧金山，并且见到老板胡霖。

除了轴心国家之外，世界一百多个国家都派出记者并且集中住在斯奎利伯旅馆，中、苏及英国代表团则住在马可·哈帕金斯旅馆。中国代表团的副团长是外长（原武汉大学校长）王士杰，团员除属无党派的胡霖外，还有中共的董必武和民社党的张君劢。我每日在下榻的旅馆里用早餐，然后就去陪胡老板。中午和晚上我们总是去华人街的杏花楼吃中餐。董必武每餐都同我们一道吃。当时陪董老的还有来自延安的章汉夫和陈家康。席间时而谈重庆，时而交换对美国的观感。董老总是满面春风，可是一件事却确实把他惹火了。

我在燕京读新闻学时，课本上总是讲美国记者在报道时开宗明义，第一章就是新闻要真实，不容许虚构捏造。而当时竟有两家美国报纸编造了《董必武访问记》，其中之一还借这位中共领导人之口，大肆攻击苏联。真是令人愤慨！

大会开幕前几天，不断有当地华侨开车陪我们去游旧金山：海滨风光，脱衣舞，同性恋者的剧院，所有他们心目中的"精华"都观赏到了。有一天他们开了两个小时的车请我们去一家名菜馆吃龙虾。当我们正在用心掰皮剥壳之际，餐馆的美国老板跑过来，把一坛贴了红纸的绍兴酒捧到我们桌边。然后双掌合十深打一躬说："原来你们是中国代表团成员光临小馆，请容许我略表敬意。"

就在这时，我从事记者生涯以来头一遭抢到一条独家新闻。当苏联代表团团长莫洛托夫向宋子文敬酒时，他说了一句"欢迎中国代表团到苏联来商谈签订中苏友好条约"。老记者胡霖正在旁边，他急忙传给了我，我立即往重庆发了个"特急电"。

四月二十五日下午三时，联合国成立大会在旧金山歌剧院隆重开幕了。请允许我抄录那天下午五点二十分我往重庆《大公报》发的电文：

下午二时，突然落雨。一些政治悲观论者认为是不祥之兆。但会议开幕前，阳光又普照大地。旧金山行政中心显得整洁爽快。会议定四点半开始，三时左右歌剧院中已挤满了人。来自世界各地的一千八百余名记者先入了席，摄影记者们忙着抢有利角度。楼梯口站着担任维持秩序的是着敞领海军服的红十字女郎。在这庄严的歌剧院的台上，是天蓝色的背景，杏黄色的台柱，展示着四十七国的国旗。在深灰色的幕帷下是一张浅黄色的桌子。后边放着四把椅子。铜乐队开始奏乐，曲调轻松愉快。当代表们步入会场之际，记者席也活跃起来。每当灯光一闪，就表示一名要人出场：哈利法克斯、莫洛托夫、宋子文……电影拍摄机声音更加刺耳。四时三十分，音乐戛然而止，身穿军服的美国男女青年迈着稳健自信的步伐步入会场。国务卿斯退丁纽斯偕加州市长和旧金山市长步上讲坛，歌剧院中一阵如雷掌声。斯退丁纽斯举起桌上的木槌连敲了三下，全世界集体安全组织的成立大会就这样开始了。

联合国成立大会在旧金山就这样拉开了序幕。

然而会议进入正式议程时，我每日从早到晚坐在记者席上不是旁听大会就是小组讨论。不妙了，一个钟头一个钟头地听下去，听到的却不外一个"争"字。美国恨不得把泛美几十个伙伴全拉进来填满投票机器，而苏联争来争去也只为乌克兰和白俄罗斯争到两个席位。幸好最后拿出拥有否决权的常任理事会办法，不然联合国就真成了美国的御用工具。每逢看到代表争得面红耳赤，拍起桌子时，我就想起萧伯纳在他那《日内瓦》一剧最后写的一句话：人类作为政治动物是无可救药的。

反正人手多、力量雄厚的大通讯社（包括自家的中央社）都要发消息和通讯，我就在征得胡老板的同意之后，利用这段时间索性

43

在全美打了个转儿。

第一站是洛杉矶，而且直奔我向往已久的好莱坞。陪我参观的是一位颇有名气的导演，午餐他邀来一位我不熟悉的女明星（名叫玖恩·费沃尔）共酌。邻桌倒有一位我一望就认得出的倍蒂·戴维思。从那里我又跑到南方重镇休士顿，然后又转到东南的新奥尔良，看到十八世纪白人拍卖黑奴的场所。再经罗斯福的"新政"杰作田纳西大坝，最后来到华盛顿和纽约。体验完美国这支万花筒之后，才赴马里兰搭水上飞机赶回英国，航程二十四小时！

到英国，正赶上英国大选，目睹了在民主制度下，曾经力挽狂澜救了英国的丘吉尔首相的败北。英国人民认为他会打仗，但未必能治战后的英国。工党艾德礼真是个出人意料而又合乎逻辑的选择。

报道完大选，我就又搭机经法兰克福来到战败后的柏林。我踏着威廉街上的瓦砾，来到曾经显赫一时的元首府。希魔的尸首已同情妇伊娃的一道烧成灰了。悬在他那间办公厅里的枝形吊灯上的几十只灯泡早已被念物猎取者揪得一个也不剩了。另一种热门念物是柜里的十字勋章。当年凡杀良民有功者，就颁赏一枚佩戴在军服上去炫耀。

当我踏访住在柏林各角落的中国留学生时，为我开吉普的那个机灵的 GI 一路当心着还散在街头巷尾的定时炸弹。单干的新闻记者只能在夹缝中找题材。当时我估计欧战打完，国内在柏林有亲人者最关心的莫如他们的安危。所以访查后，我就给重庆报馆发了一个满是人名的电讯，最后只写了句"以上各位都见到了，安好无恙"。后来才知这个电报在重庆刊出后，不少读者给报馆去函电表示赞赏或感谢。我也继独家新闻之后，又一次受到报馆的褒奖。

说到波茨坦会议，我倒也去采访了。巨头们密谈于无忧宫的深处，记者们虽在宫墙之内，可都被关在内宫之外。每天的新闻发布照例是些鸡毛蒜皮的花絮，真格的只能等公报的发表，而那时，举世也就都知晓了。

看看在这里采访油水不大，我又见异思迁了，决定飞往纽伦堡，那里正在把大小战犯集中起来，准备举行公开审判。（看官也许怪我这人急躁，没耐性，老这么东奔西跑。可那时国内在西欧驰骋的只我这么一个记者，我不能陷在一处，不能泡，只能这么东游西荡，尽可能捞到点大通讯社不会去理睬而国内读者会有兴趣的见闻。）

战犯自然也有级别，以戈林为首的甲级战犯共二十四名。我到纽伦堡时，那些纳粹大头目都在秘密审讯中，公开审讯至少得在半年之后。纽伦堡这座古城炸得也成一片瓦砾了。这座审战犯的"司法宫"可能是市里唯一比较完整的建筑。大楼共四层，中间是审判厅，犯人都关在两旁侧院。这里有秘密警察头子，有集中营的管理人员和用犯人做试验的"科学家"，自然更有纳粹这个罪恶集团的要犯。在那几步一个岗哨的通道里，是"案卷组""资料研究室""审判组"等办公室的牌子。我旁听了几次集中营虐待犹太人的小号战犯的审讯，也从木板缝隙里瞥了一眼大块头的戈林。这位显赫一时、杀人不眨眼的元帅正蹲在草地角上，愁眉苦脸地嘬着一支雪茄。他是在确知逃不掉绞刑之后才服毒自杀的。

坐火车东行，来到纳粹老巢慕尼黑。南欧这座美丽名城也几被炸成废墟。从博物馆的碎砖堆里还可以瞥见希腊石雕的残部。我自然也去了当年纳粹分子聚会的啤酒馆，那可以说是歹徒的发祥地。然后驱车去访问了臭名昭著的达豪集中营。毒气室墙壁上看到死者最后一刻在墙上抓挠挣扎的血痕，焚尸炉也狰狞可怕，害得我当晚怔忡难眠。

在慕尼黑招待所的餐厅走廊里，我碰上一名有辆吉普的美军中士。他正在休假，想开车去巴黎一游。于是，我就当了他的黄鱼。我们跨过多瑙河，沿着阿尔卑斯山岭西行，十八天里采访了美国及法国占领区（考察了一下临时军政府，看到两区一富一贫的悬殊），然后穿过意大利北部沿着瑞士边上，经战事痕迹较少的法国东部，来到正在从战争噩梦中苏醒的巴黎。

45

那是一九四五年的暮秋。枯叶在这首都路边飞卷着，面黄肌瘦的市民挎着篮子，仆仆风尘地在争购着稀少的食品。

一九九五年

北京城杂忆

一　市与城

如今晚儿，刨去前门楼子和德胜门楼子，旧城全拆光啦。提起北京，谁还用这个"城"字儿！我单单用这个字眼儿，是透着我顽固，还是想当个遗老？您要是这么想可就全拧啦。

咱们就先打这个"城"字儿说起吧。

"市"当然更冠冕堂皇喽，可在我心眼儿里，那是个行政划分，表示上头还有中央和省哪。一听"市"字，我就想到什么局呀处呀的。可是"城"使我想到的是天桥呀地坛呀，东安市场里的人山人海呀，大糖葫芦小金鱼儿什么的。所以还是用"城"字儿更对我的心思。

我是羊管儿胡同生人，东直门一带长大的。头十八岁，除了骑车跑过趟通州，就没出过这城圈儿。如今奔七十六啦，这辈子跑江湖也到过十来个国家的首都，哪个也比不上咱们这座北京城。北京"市"，大家伙儿现下瞧得见，还用得着我来唠叨？我专门说说北京"城"吧。

谈起老北京来，我心里未免有点儿嘀咕。说它坏，倒落不到不是；要是说它好，会不会又有人出来挑剔？其实，该好就是好，该坏就是坏，用不着多操那份儿心。反正好的也说不坏，坏的说成好，

47

也白搭。您说是不是这个理儿？

况且时代朝前跑啦。从前用手摇的，后来改用马达了——现在都使上电子计算机啦。这么一来，大家伙儿自然就不像从前那么闲在了。所以有些事儿就得简单点儿。就说规矩礼数吧，从前讲究磕头、请安、作揖，那多耽误时候！如今点个头算啦。我赞成简单点。您瞧，我这人不算老古板吧？

可凡事都别做过了头。就拿"文明语言"来说吧，本来世界上哪国也比不上咱北京人讲话文明。往日谁给帮点儿忙，得说声"劳驾"；送点儿礼，得说"费心"；向人打听个道儿，先说"借光"；叫人花了钱，说声"破费"。光这一个"谢"字儿，就有多么丰富、讲究。

现在倒好，什么都当"修"给反掉啦，闹得如今北京人连声"谢谢"也不会说了，还得政府成天在电匣子里教，您说有多臊人呀！那简直就像少林寺的大和尚连柔软体操也练不利落了。

您说怎么不叫我这老北京伤心掉泪儿！

二 京 白

五十年代为了听点儿纯粹的北京话，我常出前门去赶相声大会，还邀过叶圣陶老先生和老友严文井。现在除了说老段子，一般都用普通话了。虽然未免有点儿可惜，可我估摸着他们也是不得已。您想，现今北京城扩大了多少倍！两湖两广陕甘宁，真正的老北京早成"少数民族"啦。要是把话说纯了，多少人能听得懂？印成书还能加个注儿。台上演的，台下要是不懂，没人乐，那不就砸锅啦！

所以我这篇小文也不能用纯京白写下去啦，我得花搭着来——"花搭"这个词儿，作兴就会有人不懂。它跟"清一色"正相反，就是京白和普通话掺着来。

京白最讲究分寸。前些日子从南方来了位愣小伙子来看我，忽

48

然间他问我"你几岁了"，我听了好不是滋味儿，瞅见怀里抱着的、手里拉着的娃娃才那么问哪。稍微大点儿，上中学的，就得问："十几啦?"问成人"多大年纪"。有时中年人也问"贵庚"，问老年人"高寿"，可那是客套了，我赞成朴素点儿。

北京话里，三十"来"岁跟三十"几"岁可不是一码事。三十"来"岁是指二十七八，快三十了。三十"几"岁就是三十出头了。就是夸起什么来，也有分寸，起码有三档。"挺"好和"顶"好发音近似，其实还差着一档。"挺"相当于文言的"颇"。褒语最低的一档是"不赖"，就是现在常说的"还可以"。代名词"我们"和"咱们"在用法上也有讲究。"咱们"一般包括对方，"我们"有时候不包括。"你们是上海人，我们是北京人，咱们都是中国人。"

京白最大的特点是委婉。常听人抱怨如今的售货员说话生硬——可那总比带理不理强哪。从前，你只要往柜台前头一站，柜台里头的就会跑过来问："您来点儿什么?""哪件可您的心意?"看出你不想买，就打消顾虑说："您随便儿看，买不买没关系。"

委婉还表现在使用导语上。现在讲究直来直去，倒是省力气，有好处。可有时候猛孤丁来一句，会吓人一跳。导语就是在说正话之前，先来上半句话打个招呼。比方说，知道你想见一个人，可他走啦，开头先说："您猜怎么着——"要是由闲话转入正题，先说声："喂，说正格的——"就是希望你严肃对待他底下这段话。

委婉还表现在口气和角度上。现在骑车的要行人让路，不是按铃，就是硬闯，最客气的才说声"靠边儿"。我年轻时，最起码也得说声"借光"。会说话的，在"借光"之外，再加上句"溅身泥"。这就替行人着想了，怕脏了您的衣服。这种对行人的体贴往往比光喊一声"借光"来得有效。

京白里有些词儿用得妙。现在夸朋友的女儿貌美，大概都说："长得多漂亮啊!"京白可比那花哨。先来一声"哟"，表示惊讶，然后才说："瞧您这闺女模样儿出落得多水灵啊!"相形之下，"长得"死板了点儿，"出落"就带有"发展中"的含义，以后还会更美；而"水灵"这个词除了静的形态（五官端正）之外，还包含着雅、娇、甜、嫩等等素质。

名物词后边加"儿"字是京白最显著的特征，也是说得地道不地道的试金石。已故文学翻译家傅雷是语言大师。五十年代我经手过他的稿子，译文既严谨又流畅，连每个标点符号都经过周详的仔细斟酌，真是无懈可击。然而他有个特点：是上海人可偏偏喜欢用京白译书。有人说他的稿子不许人动一个字。我就在稿中"儿"字的用法上提过些意见，他都十分虚心地照改了。

正像英语里冠词的用法，这"儿"字也有点儿捉摸不定。大体上说，"儿"字有"小"意，因而也往往带有爱昵之意。小孩加"儿"字，大人后头就不能加，除非是挖苦一个佯装成人老气横秋的后生，说："嗬，你成了个小大人儿啦。"反之，一切庞然大物都加不得"儿"字，比如学校、工厂、鼓楼或衙门。马路不加，可"走小道儿""转个弯儿"就加了。当然，小时候也听人管太阳叫过"老爷儿"，那是表示亲热，把它人格化了。问老人"您身子骨儿可硬朗啊"，就比"身体好啊"亲切委婉多了。

京白并不都娓娓动听。北京人要骂起街来，也真不含糊。我小时，学校每年办冬赈之前，先派学生去左近一带贫民家里调查，然后，按贫穷程度发给不同级别的领物证。有一回我参加了调查工作，刚一进胡同，就看见显然在那巡风的小孩跑回家报告了。我们走进那家一看，哎呀，大冬天的，连床被子也没有，几口人全蜷缩在炕角上。当然该给甲级喽。临出门，我多了个心眼儿，朝院里的茅厕探了探头。嗬，两把椅子上是高高一叠新棉被。于是，我们就要女主人交出那甲级证。她先是甜言蜜语地苦苦哀求，后来看出不灵了，系了红兜肚的女人就叉腰横堵在门槛上，足足骂了我们一刻钟，而且一个字儿也不重，从三姑六婆一直骂到了动植物。

《日出》写妓院的第三幕里，有个家伙骂了一句"我教你养孩子没屁股眼儿"，咒得有多狠！

可北京更讲究损人——就是骂人不带脏字儿。挨声骂，当时不好受，可要挨句损，能叫你恶心半年。

有一年冬天，我雪后骑车走过东交民巷，因为路面滑，车一歪，差点儿把旁边一位骑车的仁兄碰倒。他斜着瞅了我一眼说："嗨，别在这儿练车呀！"一句话就从根本上把我骑车的资格给否定了。还有一回因为有急事，我在人行道上跑。有人给了我一句："干吗？奔丧哪！"带出了恶毒的诅咒。买东西嫌价钱高，问少点儿成不成，卖主朝你白白眼说："你留着花吧。"听了有多窝心！

三　吆　喝

一位二十年代在北京做寓公的英国诗人奥斯伯特·斯提维尔写过一篇《北京的声与色》，把当时走街串巷的小贩用以招徕顾客而做出的种种音响形容成街头管弦乐队，并还分别列举了哪是管乐、弦乐和打击乐器。他特别喜欢听串街的理发师（"剃头的"）手里那把钳形铁铉。用铁板从中间一抽，就会吱啦一声发出带点颤巍的金属声响，认为很像西洋乐师们用的定音叉。此外，布贩子手里的拨浪鼓和珠宝玉石收购商打的小鼓，也都给他以快感。当然还有磨剪子磨刀的吹的长号。他惊奇的是，每一乐器，各代表一种行当，而坐在家里的主妇一听，就准知道街上过的什么商贩。最近北京人民电台还广播了阿隆·阿甫夏洛穆夫以北京胡同音响为主题的交响诗，很有味道。

囿于语言的隔阂，洋人只能欣赏器乐。其实，更值得一提的是声乐部分——就是北京街头各种商贩的叫卖。

听过相声《卖布头》或《大改行》的，都不免会佩服当年那叫卖者的本事。得气力足，嗓子脆，口齿伶俐，咬字清楚，还要会现编词儿，脑子快，能随机应变。

我小时候，一年四季不论刮风下雨，胡同里从早到晚叫卖声没个停。

大清早过卖早点的：大米粥呀，油炸馃（鬼）的。然后是卖青菜和卖花儿的，讲究把挑子上的货品一样不漏地都唱出来，用一副好嗓子招徕顾客。白天就更热闹了，就像把百货商店和修理行业都拆开来，一样样地在你门前展销。到了夜晚的叫卖声也十分精彩。

"馄饨喂——开锅！"这是特别给开夜车的或赌家们备下的夜宵，就像南方的汤圆。在北京，都说"剃头的挑子——一头热"，其实，馄饨挑子也一样。一头儿是一串小抽屉，里头放着各种半制成的原料：皮儿、馅儿和佐料儿；另一头是一口汤锅。火门一打，锅里的水就沸腾起来。馄饨不但当面煮，还讲究现吃现包，讲究皮要薄，馅儿要大。

从吆喝来说，我更喜欢卖硬面的：声音厚实，词儿朴素，就一声"硬面——饽饽"，光宣布卖的是什么，一点也不吹嘘什么。

可夜晚过的，并不都是卖吃食的，还有唱话匣子的。大冷天，背了一具沉甸甸的留声机和半箱唱片，唱的多半是京剧或大鼓。我也听过一张不说不唱的叫"洋人哈哈笑"，一张片子从头笑到尾。我心想，多累人啊！我最讨厌胜利公司那个商标了：一只狗蹲坐在大喇叭前头，支棱着耳朵在听唱片。那简直是骂人。

那时夜里还经常过敲小钹的盲人，大概那也属于打击乐吧。"算灵卦！"我心想："怎么不先替你自己算算！"还有过乞丐。至今我还记得一个乞丐叫得多么凄厉动人。他几乎全部用颤音。先挑高了嗓子喊"行好的——老爷——太（哎）太"，过好一会儿（好像饿得接不上气儿啦），才接下去用低音喊："有那剩饭——剩菜——赏我点儿吃吧！"

四季叫卖的货色自然都不同。春天一到，卖大小金鱼儿的就该出来了。我对卖蛤蟆骨朵儿（未成形的幼蛙）的最有好感，一是我买得起，花上一个制钱，就往碗里捞上十来只；二是玩够了还能吞下去。我一直奇怪它们怎么没在我肚子里变成青蛙！一到夏天，西瓜和碎冰制成的雪花酪就上市了。秋天该卖"树熟的秋海棠"了。卖柿子的吆喝有简繁两种。简的只一声"喝了蜜的大柿子"，其实满够了。可那时小贩都想卖弄一下嗓门儿，所以有的卖柿子的不但词儿编得热闹，还卖弄一通唱腔，最起码也得像歌剧里那种半说半唱的道白。一到冬天，"葫芦儿——刚蘸得"就出场了。那时，北京比现下冷多了。我上学时鼻涕眼泪总冻成冰。只要兜里还有个制钱，一听"烤白薯哇真热乎"，就非买上一块不可。一路上既可以把那烫手的白薯揣在袖筒里取暖，到学校还可以拿出来大嚼一通。

叫卖实际上就是一种口头广告，所以也得变着法儿吸引顾客。比如卖一种用秫秸秆制成的玩具，就吆喝："小玩意儿赛活的。"有的吆喝告诉你制作的过程，如城厢里常卖的一种近似烧卖的吃食，就介绍得十分全面："蒸而又炸呀，油儿又白搭。面的包儿来，西葫芦的馅儿啊，蒸而又炸。"也有简单些的，如"卤煮喂，炸豆腐哟"。有的借甲物形容乙物，如"栗子味儿的白薯"或"萝卜赛过梨"。"葫芦儿——冰塔儿"既简洁又生动，两个字就把葫芦（不管是山楂、荸荠还是山药豆的）形容得晶莹可人。卖山里红（山楂）的靠戏剧性来吸引人。"就剩两挂啦。"其实，他身上挂满了那用绳串起的紫红色果子。

有的小贩吆喝起来声音细而高，有的低而深沉。我怕听那种忽高忽低的。也许由于小时人家告诉我卖荷叶糕的是"拍花子的"——拐卖儿童的，我特别害怕。他先尖声尖气地喊一声"一包糖来"，然后放低至少八度，来一声"荷叶糕"。这么叫法的还有个卖荞麦皮的。有一回他在我身后"哟"了一声，把我吓了个马趴。等我站起身来，他才用深厚的男低音唱出"荞麦皮耶"。

特别出色的是那种合辙押韵的吆喝。我在小说《邓山东》里写的那个卖炸食的确有其人，至于他替学生挨打，那纯是我瞎编的。有个卖萝卜的这么吆喝："又不糠来又不辣，两捆萝卜一个大。"

"大"就是一个铜板。甚至有的乞丐也油嘴滑舌地编起快板:"老太太(那个)真行好,给个饽饽吃不了。东屋里瞧(那么)西屋里看,没有饽饽赏碗饭。"

现在北京城倒还剩一种吆喝,就是"冰棍儿——三分啦"。语气间像是五分的减成三分了,其实就是三分一根儿。可见这种带戏剧性的叫卖艺术并没失传。

四　昨　天

四十年代,有一回我问英国汉学家魏理怎么不到中国走走,他无限怅惘地回答说:"我想在心目中永远保持着唐代中国的形象。"我说,中国可不能老当个古玩店。去秋我重访英伦,看到原来满是露天摊贩的剑桥市场,盖起纽约式的"购物中心",失去了它固有的中古风貌,也颇有点不自在。继而一想,国家、城市,都得顺应时代,往前走,不能老当个古玩店。

为了避免看官误以为我在这儿大发怀古之幽思,还是先从大处儿说说北京的昨天吧,意思不外乎是温故而知新。

还是从我最熟悉的东城说起吧。拿东直门大街来说,当时马路也就现在四分之一那么宽,而且是土道,上面只薄薄铺了一层石头子儿,走起来真硌脚!碰上刮风,沙土能打得叫人睁不开眼。一下雨,我经常得蹚着"河"回家。我们住的房还算好,只漏没塌,不然我也活不到今天了。可是只要下雨(记得有一年足足下了一个月),家里和面的瓦盆、搪瓷脸盆,甚至尿盆就全得请出来。先是滴滴答答地泼,下大发了就哗哗地往下流。比我们更倒霉的还有的是呢,每回下雨都得塌几间,不用说,就得死几口子。

那时候动不动就戒严。城门关上了,街上不许走人。街上的路灯比香头亮不了多少,胡同里更是黑黢黢的。记得一回有个给人做活计的老太太,挎着一包袄棉花走道儿,一个歹人以为是皮袄,上

54

去就抢。老太太不撒手，那家伙动了武，老太太没气儿啦。第二天就把那凶手的头砍下来，挂在电线杆子上。

看《龙须沟》看到安自来水那段，我最感动了。那时候平民只能吃井水，而且还分苦甜两种。比较过得去的，每天有水车给送到家门口。水车推起来还吱吱扭扭地叫，倒挺好听的。我们家自己就钉了个小车，上头放两只煤油桶，自己去井台上拉，可也不能白拉。

这几年在北京不大看见淘粪的了。那时候除了住在东单牌楼一带的洋人和少数阔佬，差不多都得蹲茅坑，所以到处都有淘粪的。粪是人中宝。所以有粪霸，也有水霸，都各有划分地带，有时候也闹斗殴。

至于垃圾，满街都是，根本没有站。北京城有两个地名起得特别漂亮：一个是护国寺旁边的"百花深处"；一个是我上学必经过的"八宝坑"。可笑的是，这两个地方那时堆的垃圾都特别多，所以走过时得捏着鼻子。

我小学一二年级的时候，北京有电车了。最初只从北新桥开到东单。开的时候驾驶员一路还很有节奏地踩着脚铃，所以也叫"叮当车"。我头回坐，还是冰心大姐的小弟为楫请的。从北新桥上去没多会儿，就听旁边有人嘀咕："这要是一串电，眼睛还不瞎呀！"我听了害怕起来。票买到东单，可我一到十二条就非下去不可。我一回想这件事心里就不对劲儿，因为这证明那时我胆儿有多么小！

五十年代为防细菌战，北京不许养狗了，真可我心意。小时候我早晨送羊奶，每次撂下奶瓶取走空瓶时，常挨狗咬。那阵子每逢去看人，拍完门先躲开，老怕有恶犬从里头扑出来。一九四五年在德国看纳粹集中营的种种刑具时，对我最可怕的刑罚是用十几条狼犬活活把人扯成八瓣儿咬死。

那时出门还常遇到乞丐。一家大小饿肚皮，出来要点儿，本是值得同情的。可有些乞丐专靠恐怖方法恶化缘。在东四牌楼一家铺子门前，我就见过一个三十来岁满脸泥污的乞丐，他把自己的胳膊

55

用颗大钉子钉到门框上，不给或者不给够了，就不走。更多的乞丐是利用自己身上的脏来讹诈。他浑身泥猴儿似的紧紧跟在你身后。心狠的就偏不给，叫他跟下去，但一般总是快点儿打发掉了心净。可是这个走了，另一群又会跟上来。

另外还有变相乞丐，叫"念喜歌儿"的。听见哪家有点儿喜事，左不是新婚，孩子满月，要不就是老爷升官，少爷毕业，他们就打着竹板儿到门前念起喜歌儿。也是不给赏钱不走。要是实在拿不到钱，还有改口念起"殃歌儿"来的呢。比方说，在办喜事的家门口念道："一进门来喜冲冲，先当裤子后当灯。"完全是咒话。

比恶化缘更加可怕的，是"过大车的"。我就碰上过一回，那时候我刚上初中，好几宿都睡不踏实。"大车"就是拉到天桥去执行枪毙的死囚车，是辆由两匹马拉的敞车。车沿上坐着三条"好汉"，一个个背上插着个"招子"，罪名上头还画着红圈儿。旁边是武装看守——也许就是刽子手。死囚大概为了壮壮胆，一路上大声唱着不三不四的二黄。走过饽饽铺或者饭馆子，就嚷着停下来，然后就要酒要肉要吃的，一边大嚼还一边儿唱。因为是活不了几个钟头的人，所以要什么就给什么。

那时候管警察叫巡警。经常看到他们跟拉车的作对。嫌车放得不是地方，就把车垫子抢走，叫他拉不成。另外还有英国人办的保安队。穿便衣的是侦缉队，专抓人的。我就吃过他们的苦头。后来又添上戴红箍的宪兵。可是最凶的还是大兵（那时通称作丘八），因为他们腰里挂着盒子炮。我永远忘不了去东安市场吉祥戏院碰上的那回大兵砸戏馆子，什么茶壶板凳全从楼上硬往池子里扔。带我去的亲戚是抱着我跳窗户逃出的。打那儿，我就跟京戏绝了缘。

我说的这些都不出东城。那时候北京真正的黑世界在南城。一九五〇年我采访妓女改造，才知道八大胡同是怎样一座人间地狱。我一直奇怪市妇联为什么不把那些材料整理一下，让现今的女青年们了解在昨天的北京，"半边天"曾经历过怎样悲惨的年月。

五　行　当

　　每逢走过东四大街或北新桥，我总喜欢追忆一下五十年前那儿是个什么样子。就拿店铺来说，由于社会的变迁，不少行当根本消灭了，有的还在，可也改了方式和作用。

　　拿建筑行当里专搭脚手架的架子工来说，这在北京可是出名的行当。五十年代我在火车上遇过一位年近七旬的劳模，他就是为修颐和园搭佛香阁的脚手架立的功。现在盖那么多大楼，这个工种准得吃香。可五六十年前北京哪儿有大楼盖呀。那时候干这一行的叫"搭棚的"。办红白喜事要搭，一到夏天，阔人家院里就都搭起凉棚来了。

　　那可真是套本事！拉来几车杉篙，几车绳子和席，把式们上去用不了半天工夫，四合院就覆盖上了。下边你爱娶媳妇办丧事，随便。等办完事，那几位哥儿们又来了。噌噌噌爬上房，用不了一个时辰又全拆光；杉篙、席和绳子，全分门别类，有条不紊地放回大车上拉走了。

　　整个被消灭的行业，大都同迷信有关系。比如香烛冥纸这一行，从北新桥到东四牌楼，就有好几家。那时候一年到头，香没完没了地烧。平常在家里烧，初一、十五上庙里烧。腊月二十三祭灶烧，八月十五供兔儿爷烧。一到清明，家家更得买点儿冥纸。一张白纸凿上几个窟窿，就成制钱啦。金纸银纸糊成元宝形，死人拿到更阔气了。还有钞票：上面印着酆都银行，多少元的都有。拿到坟上去烧，一边儿烧，一边儿哭天号地。等腊月祭灶，就更热闹了，为了贿赂灶王爷，让他"上天言好事，下地保平安"，就替他烧个纸梯子，好像他根本没有上天的本事。并且要烧点子干豌豆，说是为了喂他的马。小时候祭完灶，我就赶快去灰烬里扒那烧煳了的豆子吃，味道美滋滋的。不过吃完了嘴巴两边甚至半个脸就全成炭人儿啦。

现在糊灯笼和糊风筝的高手是工艺美术家了。那时候，还有糊楼库的。这种铺子也到处都是。办丧事的，怕死人到阴间在住房和交通工具上发生困难，就糊点子纸房子纸车纸马，有时还糊几名纸仆人。到七月盂兰节，就糊起法船来了，好让死人在阴间超度苦海，早早到达西天。这些都先得用秫秸秆儿搭成架子，然后糊上各种颜色的纸。工一个比一个细。糊人糊马讲究糊得惟妙惟肖，可到时候都一把火烧掉，有时候还专到马路当中去烧!

这就说到那时候办红白事来了。

先说结婚吧，那当然全由家里一手包办喽，新婚夫妇到了洞房才照面儿。订婚时，男方先往女方家里送鹅笼酒海，一挑挑的，那鹅一路上还从笼里伸出脖子来一声声地吼。做闺女的没出阁，就先得听几天鹅叫，越叫越心慌。女方呢，事先就一挑挑地往男家送嫁妆，从茶壶脸盆、铺盖衣服、掸瓶梳妆台到硬木家具。

那时候的交通警可不好当。娶亲的花轿，出殡的棺材，都专走马路当中。出殡的棺材起码也得八个"杠"——就是八个穿了蓝短褂的壮汉来抬。场面大的，棺材上还罩个大盖子，最多的到六十四人杠。前面的执事还得占上半里地。娶亲的，花轿一般也是八个人抬。走在前边的执事可热闹啦!有刀枪剑戟，斧钺钩叉。到女家，女方还先把门关严，故意不开。外头敲锣打鼓，里头故意刁难，要乐师吹这个奏那个。再说，明明是白天，执事的干么举着木灯?后来学人类学才懂得，那显然是俘虏婚姻制的遗留。

三十年代，我在燕京大学念书的时候，教务长梅宝贻先生结婚就特意用过花轿，新娘还是一位女教授。当时是活跃了校园的一桩趣事。

丧事呢，也涉及不少行业。我那时最怕走过寿衣铺，那是专卖为装殓死人用的服装店。枕头两头绣着荷花，帽子上还嵌着颗珠子。

有段快板是说棺材铺的："打竹板的迈大步，一迈迈到棺材铺。棺材铺掌柜的本事好，做出棺材来一头大，一头小。装上人，跑不了。"

那时候还有个行当，大都是些无业游民干的：专靠替人哭鼻子来谋生，叫号丧的。马路上一过出殡的，棺材前头常有这么一帮子，一个个缩着脖，揣着手，一声声地哀号着，也算是事主的一种排场。

这些，比我再小上一二十岁的必然也都看见过。现在回顾一下这些可笑可悲的往事，可以看出现在社会的进步，就表现在人不那么愚昧了，因而浪费减少了。

可不知道二十一世纪的人们再回过头来看今天的我们，又还有哪些愚昧和浪费呢？

六　方　便

现在讲服务质量，说白了就是个把方便让给柜台里的，还是让给柜台外的问题（当然最好是里外兼顾）。这是个每天都碰到的问题。比方说，以前牛奶送到家门口，现在每天早晨要排队去领。去年还卖奶票呢，今天忙了，或者下大雨，来不及去取，奶票还可以留着用。现在改写本本了，而且"过期作废"，这下发奶的人省事了，取奶的人可就麻烦啦。

"文革"后期上干校之前，我跑过几趟废品站，把劫后剩余的一些够格儿的破烂，用自行车老远驮去。收购的人大概也猜出那时候上门去卖东西的，必然都是些被打倒了的黑帮，所以就百般挑剔，这个不收，那个不要。气得我想扔到他门口，又觉得那太缺德，只好又驮回去。

以前收购废品的方式灵活多了，并不都是现钱交易。比方说，"换洋取灯儿的"就是用火柴来换破旧衣服和报纸；"换盆儿的"沿街敲着挑子上的新盆吆喝，主妇们可以用旧换新。有时候是两三个换一个，有时候再贴上点钱。如今倒好，家里存了不少啤酒瓶子，就是没地方收！

说起在北京吃馆子难，我就想起当年（包括五十年代）"挑盒子菜的"。谁家来了客人，到饭馆子言语一声，到时候就把点的菜装到两个笼屉里，由伙计给挑家来了。也可以把饭馆里的厨师请到家里来掌勺。那时候有钱就好办事。现在有时候苦恼的是：有钱照样也干着急。

　　我小时门口过的修理行业简直数不清。现在碟碗砸了，一扔了事。以前可不是。门口老过"锔盆儿锔碗儿的"，挑子两头各有一只小铜锣，旁边拴着小锤儿，走起来就奏出细小的叮当响声。这种人本事可大啦，随你把盆碗摔得多么碎，他都能一块块地给对上，并且用黏料粘好，然后拉着弓子就把它锔上啦。每逢看到考古人员拼补出土文物时，我就想，这正是"锔盆儿锔碗儿的"拿手本领。

　　有一回我跟一位同学和他母亲去东四牌楼东升祥买布。同去的还有他的小弟，才三岁。掌柜的把我们迎进布铺之后，伙计就把那小弟弟抱上楼去玩了。买完布，我们上楼一看，店里有个小徒弟正陪着那小弟弟玩火车哪。原来楼上有各种玩具，都是为小顾客准备的。掌柜的想得多周到！这么一来，大人就可以安心去挑选布料啦。

　　去年我在德国参观一家市立图书馆。走进一间大屋子，里面全是三五岁的娃娃，一个个捧着本画儿书在乱翻。一问，原来主妇们带娃娃来看书，可以把孩子暂时撂在那里同旁的娃娃玩，有专人照看。这样，还早早地就培养起孩子们对书的爱好。想得有多妙！当时我就想起了东升祥来。

　　现在搬个家可难啦。有机关的还可以借辆卡车，来几位战友帮忙。没机关的可就苦啦。以前有专门包搬家的。包，就是事先估好了一共需要多少钱；另外，包也就是保你样样安全运到。家主只在新居里指指点点：这张桌子摆这儿，床摆那儿。搬完了，连个花盆也砸不了。

　　那时候要是不怕费事，走远点儿可以按批发价钱买点儿便宜货。我就常蹭车去果子市买水果，比铺子里按零售价便宜多了，但稍有不慎也会上当。

一九八三年在美国，有一天我们郊游路过一农家蜜瓜农场。文洁若花一美元买了三个大瓜。回来我们一合计，在超级市场一元钱也买不到半个瓜。我就想，在水果蔬菜旺季，要是北京也鼓励人到产地去买，不是可以减少些运输的压力，对买主也更实惠吗？

每逢在国外看到跳蚤市场，我就想北京德胜门晓市。那是个专卖旧货的地方。据说有些东西是偷来的黑货。晓市天不亮就开张，所以容易销赃。我可在那儿上过几回当。一次买了双皮鞋，没花几个钱，还擦得倍儿亮。可买回穿上没走两步，就裂口啦。原来裂缝儿是用糨糊或泥巴填平，然后擦上鞋油的！

我最怀念的，当然是旧书摊了，隆福寺、琉璃厂——特别是年下的厂甸。我卖过书，买过书，也站着看过不少书。那是知识分子互通有无的场所。五十年代，巴金一到北京，我常陪他逛东安市场旧书店，他家那七十几架书（可能大都进了北图）有很大一部分是那么买的呢。

我希望有一天北京又有了旧书摊，就是那种不用介绍信，不必拿户口本就进得去的地方。

七　布局和街名

世界上像北京设计得这么方方正正、匀匀称称的城市，还没见过。因为住惯了这样布局齐整得几乎像棋盘似的地方，一去外省，老是迷路转向。瞧，这儿以紫禁城（故宫）为中心，九门对称，前有天安，后有地安，东西便门就相当于足球场上踢角球的位置。北城有钟鼓二楼，四面是天地日月四坛。街道则东单西单、南北池子。全城街道就没几条斜的，所以少数几条全叫出名来了：樱桃斜街，李铁拐斜街，鼓楼旁边儿有个烟袋斜街。胡同呢，有些也挨着个儿编号：头条二条一直到十二条。可又不像纽约那样，上百条地傻编。

北京编到十二条，觉得差不离儿，就不往下编了，给它叫起名字来。什么香饵胡同呀，石雀胡同呀，都起得十分别致。

当然，外省也有好听的地名。像上海二马路那个卖烧饼油条的"耳朵眼儿"，伦敦古城至今还有条挺窄又不长的"针线胡同"。可这样有趣儿的街名都只是一个半个的。北京城到处都是这样形象化的地名儿，特别是按地形取的，什么九道湾呀，竹杆巷呀，月牙、扁担呀。比方说，东单有条胡同，头儿上稍微弯了点儿，就叫羊尾巴胡同，多么生动、富于想象啊！

我顺小儿喜欢琢磨北京胡同的名儿，越琢磨越觉得当初这座城市的设计者真了不起。不但全局布置得匀称，关系到居民生活的城内设计也十分周密，井井有条。瞧，东四有个猪市，西四就来个羊市；南城有花市、蒜市，北城就有灯市和鸽子市。看来那时候北京城的商业网点很有点儿像个大百货公司，各有分工。紧挨着羊市大街就是羊肉胡同，是一条生产线呀，这边儿宰了那边儿卖，多合理！我上中学时候，猪市大街夜里还真的宰猪。我被侦缉队抓去在报房胡同蹲拘留所的时候，就通宵通宵地听过猪吱吱儿叫。

因为是京城，不少胡同当时都是衙门所在地，文的像太仆寺，武的像火药局、兵马司。还有管考举人的贡院，练兵的校场；还有掌管谷粮的海运仓和禄米仓。我眼下住的地方就离从前的"刑部街"不远，多少仁人志士大概就在那儿给判去流放或者判处死刑的。

有些胡同以寺庙为名，像白衣庵、老君堂、观音寺、舍饭寺。其中，有些庙至今仍在，像白塔寺和柏林寺。

有些胡同名儿还表现着当时社会各阶层的身份：像霞公府、恭王府，大概就住过皇亲国戚；王大人、马大人必然是些大官儿；然后才轮到一些大户人家，像史家呀、魏家呀。

那时候，北京城里必然有不少作坊，手艺人相当集中。工人不像现在，家住三里河，上班可能在通州；那时候都住在附近，像方砖厂、盔甲厂、铁匠营。作坊之外，还有规模更大、工艺更高的厂子：琉璃厂必然曾制造过大量的各色琉璃瓦，鼓楼旁边的"铸钟厂"一定是那时候的"首钢"，外加工艺美术。

有些很平常的地名儿，来历并不平常。拿府右街的达子营来说吧，据说乾隆把香妃从新疆接回来之后，她成天愁眉不展，什么荣华富贵也解不了她的乡愁。那时候皇帝办事可真便当！他居然就在皇城外头搭了这么个地方，带有浓厚的维族色彩。香妃一想家，就请她站在皇城墙上眺望。也不知道那个"人工故乡"，可曾解了她的乡愁。

民国初年袁世凯就是在北京城这里搞起的假共和，所以北京不少街名带有民国史的痕迹，特别是今天新华社总社所在的国会街。野心家袁世凯就是在那里干过种种破坏共和的勾当，曹锟也是在那儿闹过贿选。五十年代初期我在口字楼工作过几年，总想知道当时的参众两院设在哪块儿，找找那时议员们以武代文、甩手杖丢墨盒儿的遗迹。

八　花　灯

节日往往最能集中地表现一个民族的习俗和欢乐。西方的圣诞、复活、感恩等节日，大多带有宗教色彩，有的也留着历史的遗迹。节日在每个人的童年回忆中，必然都占有极为特殊的位置。多么穷的家里，圣诞节也得有挂满五色小灯泡的小树。孩子们一夜醒来，袜子里总会有慈祥的北极老人送的什么礼物。圣诞凌晨，孩子们还可以到人家门前去唱歌，讨点零花。

我小时候，每年就一个节一个节地盼。五月吃上樱桃和粽子了，前额还给用雄黄画个"王"字，就是为了避五毒。纽扣上戴一串花花绿绿的玩意儿，有桑葚，有老虎什么的，都是用碎布缝的。当时还不知道那个节日同古代诗人屈原的关系。多么雅的一个节日呀！七月节就该放莲花灯了。八月节怎么穷也得吃上块月饼，兴许还弄个泥捏挂彩的兔儿爷供供。九月登高吃花糕。这个节日对漂流在外的游子最是伤感，也说明中国人的一个突出的民族特点：不忘老根儿。但最盼的，还是年下，就是现在的春节。

哪国的节日也没有咱们的春节热闹。我小时候，大商家讲究"上板"（停业）一个月。平时不放假，交通没现在方便，放了店员也回不去家。那一个月里，家在外省的累了一年，大多回去探亲了，剩下掌柜和伙计们就关起门来使劲地敲锣打鼓。

新正欢乐的高峰，无疑是上元佳节——也叫灯节。从初十就热闹起，一直到十五。花灯可是真正的艺术品。有圆的、方的、八角的；有谁都买得起的各色纸灯笼，也有绢的、纱的和玻璃的。有富丽堂皇的宫灯，也有仿各种动物的羊灯、狮子灯；羊灯通身糊着细白穗子，脑袋还会摇撼。另外有一种官府使用的大型纸灯，名字取得别致，叫"气死风"。这种灯通身涂了桐油，糊得又特别严实，风怎么也吹不灭，所以能把风气死。

纽约第五街的霓虹灯倒也是五颜六色，有各种电子机关，变幻无穷。然而那只有商业上的宣传，没什么文化内容。北京的花灯上，就像颐和园长廊的雕梁画栋，有成套的《三国》《水浒》或《红楼梦》。有些戏人儿还会耍刀耍枪。我小时最喜欢看的是走马灯。蜡烛一点，秫秸插的中轴就能转起来。守在灯旁的一个洞口往里望，它就像座旋转舞台：一下子是孙猴，转眼又出来八戒，沙和尚也跟在后边。至今我还记得一盏走马灯里出现的一个怕老婆的男人：他跪在地上，头顶蜡扦；旁边站着个梳了鬏髻的小脚女人，手举木棒，一下一下地朝他头上打去。

灯，是店铺最有吸引力的广告。所以一到灯节，哪里铺子多，哪里的花灯就更热闹。

六十年代初的一次春节，厂甸又开市了。而且正月十五，北海还举行了花灯晚会。当时我一边儿逛灯一边儿就想：是呀，过去那些乌七八糟的要去掉，可像这样季节性的游乐恢复起来，岂不大可丰富一下市民的生活。

九　游乐街

说起北京的魅力来，我总觉得"吸引"这个词儿不大够，它能迷上人。著名英国作家哈罗德·艾克敦三十年代在北大教过书，编译过《现代中国诗选》。一九四〇年他在伦敦告诉我，离开北京后，他一直在交着北京寓所的房租。他不死心呀，总巴望着有回去的一天。其实，这位现年已过八旬的作家，在北京只住了短短几年，可是在他那部自传《一个审美者的回忆录》中，北京却占了很大一部分篇幅，而且是全书写得最动感情的部分。

使他迷恋的，不是某地某景，而是这座古城的整个气氛。

回想我漂流在外的那些年月，北京最使我怀念的是什么？想喝豆汁儿，吃扒糕，还有驴打滚儿，从大鼓肚铜壶里倒出的面茶和烟熏火燎的炸灌肠。这些，都是坐在露天摊子上吃的，不是在隆福寺就是在东岳庙。一想到那些风味小吃，耳旁就仿佛听到哗啦啦的风车声，听见拉洋片儿的吆喊。"脱昂昂、脱昂昂"地打着铜锣的是耍猴儿或变戏法儿的。这边儿棚子里是摔跤的宝三儿，那边儿云里飞在说相声。再走上几步，这家茶馆里唱着京韵大鼓，那边儿评书棚子里正说着《聊斋》。卖花儿的旁边有个鸟市，地上还有几只笼子，里边关着兔子和松鼠。在我的童年，庙会是我的乐园，也是我的学堂。

近来听说有些地方修起高尔夫球场来了，比那更费钱更占地的美国迪斯尼式的乐园也建了起来。我想：这是洋人家门口就可以玩到的呀，何必老远坐飞机到咱们这儿来玩？比如我爱吃炸酱面，可怎么我也犯不着去纽约、华盛顿吃炸酱面呀，不管他们做得怎么地道——还能地道过家里的？到纽约，我要吃的是他们的汉堡包。最能招徕外国旅客的，总是最具有民族特色的东西，而不是硬移植过来的。

　　听说北京要盖食品街了。这当然也是为旅游者想的。然而满足口福并不是旅游最大的，更不是唯一的愿望，他们更想体验一下我们这里的游乐——不是跟他们那里大同小异的电影院和剧院，而特别是民间艺人的表演。比起烤鸭来，那将在他们心目中留下更为持久的印象。

　　去年，我去了趟法兰克福。老实说，论市容，现代化的大都会往往给我以"差不多"的印象。三天的勾留，使我至今仍难以忘怀的却是在曼因河畔偶然碰上的一个带有狂欢节色彩的集市。魔术团在铜鼓声中表演，长凳坐下来就有西洋景可看。儿童们举着彩色气球蹦蹦跳跳，大人也戴起纸糊的尖尖丑角小帽。我们临河找了个摊子坐下来，各要了瓶啤酒，吃了顿刚出锅的法兰克福名产：香肠。到处是五光十色，到处是欢快的喧嚣。我望着曼因河心里在想，高度工业化的联邦德国，居然还保留着这种中古式的市集。同时又想，即使光为了吸引旅游者，北京也应有一条以曲艺和杂技为主体的游乐街呢！

十　市　路

　　一九二八年冬天，我初次离开北京，远走广东。临行，一位同学看见我当时穿的是双旧布鞋，就把他的一双皮鞋送了我，并且说："穿上吧，脚底没鞋穷半截，去南方可不能给咱们北京丢人现眼！"多少年来，我常想起他那句话：可不能给咱们北京丢人现眼。真是饱含着一个市民的荣誉感。

　　在美国旅游，走到一个城市，有时会有当地人士白尽义务开着自己的车来导游。一九七九年在费城，我就遇见过这么一位。她十分热情地陪我们游遍了市内各名胜和独立战争时期的遗迹。当我们向她表示谢意时，她意味深长地回答说："我家几代都住在这儿，我爱这个城市，为它感到自豪。我能亲自把这个伟大城市介绍给你们，对我来说是莫大的快乐。"

一九八三年我去新加坡访问，参观市容的那天，年轻的胡君站在游览车驾驶台旁，手持喇叭向大家介绍说："现在大家就要看到的是新加坡共和国的城市建设。"语气间充满了自豪感。他不断指着路旁的建筑说："在英国殖民时代这原是……现在是共和国的……"从他的介绍中，我觉出这个青年对自己国家的荣誉感。

人有人格，国有国格，一座城市也该有它的市格。近来北京进行的文明语言、禁止吐痰等活动，无非就是要树立起我们这座伟大城市的高尚市格。北京确实不是座一般的城市，而是举世瞩目的历史名城，是十亿人民的第一扇橱窗，是我们这个民族有没有出息，究竟有多大出息的标志。每当公众场所敦促市民注意什么时，过去常写上"君子自重"，这是大有分量的四个字呀！

从客观上说，北京的变化确实大得惊人。这几年光居民楼盖了多少幢啊！可是我感到少数市民精神面貌的改变却大大落后于物质上的变化。就拿我所住的这幢楼来说吧，包括我们在内，不少人过去都住过大杂院，如今总算住上有起码现代化设施的楼房了。这楼从落成到现在才两年多，可是楼下的门窗早就给自行车什么的撞得七零八碎，修一回再撞破一回。上下十二层楼，本来楼道都安有电灯，偷泡子呀，拔电线呀，如今干脆成了一片黑暗世界。有人主动做了卫生值日牌，传不上几天就没影儿了。有好心人自告奋勇打扫楼梯，刚扫完，就有专喜欢一路嗑着瓜子上楼的人，毫无心肝地把楼梯又糟蹋得不像个样子。

我向来不大爱管闲事，可是自从市里大张旗鼓地进行禁止吐痰以来，我也忍不住了，就多了几回嘴。我逢上的往往还都是些读书人。大凡吐痰的，总先咳一下，接着，就啪的一声啐了出来，不定落在何方。去干预，客气的就理直气壮地说一声"有痰"或"没手绢"。有回逢上一位骑车的青年，他停下来，脚尖点地，瞪了我一眼,接着又狠狠地啐了一口,就蹬上了车。我在肚内法庭上立刻给他戴上了"顽固不化的东亚病夫"的帽子,并判他头一口不经意,罚五毛,第二口明知故犯,罚五块,可被告人早一溜烟儿骑远了。

如果我是本市摄影记者,我就想拍这么几张照片:在"此地禁止停放自行车"的牌子前,横七竖八的是一长排自行车;在"请勿踏入草地"的牌子旁,父子二位正兴高采烈地在草地上打着羽毛球,真是对着干。这可比漫画更灵,因为是真人真事呀。这种人是你号召你的,我干我的,缺的就是"自重"精神。

至于售货员,什么时候不可以聊天,为什么单单一上柜台就犯起聊天瘾来了?几位售货员凑在一堆时,叽叽喳喳笑得别提多开心了,怎么就不留几分笑容给顾客?

我给《北京晚报》写过一篇《文明始自安全》的文章,至今我仍认为要保持北京起码的市格,先得重视一下这个问题。大马路上的交通事故不说,为什么个别骑自行车的放着专为自行车铺的道(像三里河)不走,偏要在人行便道上横冲直闯逞威风?我早晨散步,就尽量贴着树根走。心想,要撞我,你先得撞撞大树!往日里管汽车叫"市虎",我看应该管那些骑快车的(特别讲究撒把骑的)叫"市豹"。

还有公共汽车上,小伙坐在孕妇席上就那么坦然自若!抱着娃娃的妇女歪歪拧拧地挤在座旁,他毫无表情地脸朝着窗外。我想,真是哀莫大于心死。

一九四九年以后,咱们这座古城也经历了一场脱胎换骨。现在看来,换骨(城市建设)固然不易,砖得一块一块地砌;可脱胎(改变社会风气和市民的精神面貌)更要难。

然而那正是市格的灵魂。

——九八五年十月

怀念上海

其实，我前前后后在上海总共也没待过五年。我在那里始终是个过路人。但是每逢想到上海，我就仿佛忆起一位早年的恋人。它驮负过我早年对生活的热望和遐想，也遗留着不少悲愤的痕迹。我见过红头阿三在南京路上挺着大肚皮巡逻的旧上海，也曾于一九五六年看到了把当年洋人耀武扬威的跑马厅辟成人民大道和人民公园的新上海。十年动乱期间，这里曾经是风源，是火山口；如今，它成为通往广大世界的窗口。

我最早两次路过上海，是在一九二八及一九三二年。那两次我都是坐火车来的，再换轮船去汕头。第一遭是由朋友带到潮州去避难——后来教上了书；第二回是去寻找《梦之谷》中的"盈"。当时，我这土头土脑的北方佬身穿一件蓝布大褂，是个地地道道的"阿木林"。我住过大自鸣钟附近的小客栈，也在轮船甲板上度过夜。我只记得代售船票的客栈一进门，墙上总挂着一块黑板，上面用白灰水写着各国轮船抵达和启碇的日期。那时，从上海到汕头的一张统舱票只需三只大洋。近年来每逢出国，在机场候机厅里仰头看班机起飞或抵达时间的电动布告牌时，就总记起那家小客栈。

一九三二年去福州教书那次，朋友替我买的是房舱——可能相当于现在的四等舱票。教完一年书，身上剩了几个钱。于是，我就在北归前，去南台一家百货公司买了套廉价西服，还配了一个带螺丝扣的蝴蝶结。我心想，这回经过上海时可要洋气些了。不料由于

69

蝴蝶结上的螺丝扣太松，走在上海闹市的人行道上，没几步就脱落下来，几次三番蒙路人指点我。最初，我还猫腰拾起来，把它重新拧上。最后索性揣在口袋里了。总之，那时每次经过上海，必得出点洋相。

一九三三年我还在北平读书时，就认识了从上海来到北平的巴金、郑振铎和靳以。他们在三座门办起《文学季刊》和《水星》。我同他们结为友人，成了他们刊物的经常撰稿人。《水星》月刊上发表了不少我的小说。那时，在举国抗日情绪高涨之下，所谓京派与海派的畛域早已消失了。很幸运，我正是在这个时期开始写作的。

一九三六年春，《大公报》决定出上海版，将我从天津编辑部抽调去沪筹备。那以后，一直到转年的"八一三"，我就坐阵上海，负责编沪津两地的《大公报·文艺》。当时，巴金以及他主持的文化生活出版社鼓励、帮助和支持着靳以和孟十还编的《文季》《作家》、黎烈文的《中流》、黄源的《译文》。我以及我编的刊物自然也得到他的指导。无论是日常稿件的处理，还是当时《大公报》主办的"文艺奖金"，他都给予了无私的帮助。当时上海正在进行着各种论争，"两个口号"之外，还有"第三种人"问题。我这个来自北方的二十几岁的小伙子，对事态既感到茫然，主观上也有不少糊涂处。记得那时巴金一再告诫我，当前，文艺界的中心任务就是抗日，暴露社会黑暗面也是为了抗日。编刊物不能只追求热闹，对于自己人打自己人，一定不要介入。倘若没有他的关怀和提醒，我肯定会闹出笑话，甚至闯下祸。

鲁迅生前，巴金和黄源一直同先生保持着密切联系，《大公报·文艺》因而也得到了先生的关怀和支持。

那时报馆设在爱多亚路，宿舍则在霞飞路，即现在的淮海路。为了锻炼身体，也为了看看市容，我每天上下班都步行。从大世界拐过去就是八仙桥，再一拐，就是黄金大戏院。然后，笔直地就来到像是巴黎拉丁区的霞飞路。

初到上海，我住报馆宿舍。后来，就像当时许多文艺界朋友一样，我也搬到亭子间里。那真是年轻单身汉的理想栖所。当时，霞飞路上的二房东大多是罗宋（白俄）人，房租里包括家具。这样，意见不合，随时可以搬走。一回我刚搬进一个亭子间，由于我养的一只猫跑到房东太太屋里拉了屎，她朝我咆哮了一通，逼我要么扔掉那猫，要么马上搬走。我搬走了。

我还感谢那时上海弄堂里的老虎灶。一个单身汉只要拥有一只热水瓶，走到哪里也不愁喝不到开水。

当时文艺界朋友有住在静安寺路一带的，如茅盾、西谛和黎烈文，有住北四川路的。当我住在环龙路（霞飞路）时，那一条街还住有黄源、杨朔、孙陵和孟十还。

我们聚首的地点通常在大东茶室，这也是老上海值得怀念的一个角落。那茶室是广东人开的，就设在南京路上。随便什么时候走进去，泡上一壶大红袍，可以足足待上半天甚至一天。不断有各种甜食和刚出屉的小笼包子送到桌前，可以按照自己的口味和钱包来任意挑选。那时，我们都还是单身汉，谁先来谁就先占好桌子。随后，圈子越来越大。于是，我们就一边嚼着马拉糕或虾饺，一边海阔天空地无所不谈。谈生活，谈文艺，还谈对某篇文章的看法。那时的大东茶室也说得上是个文章交换所。当我收到一些写得好而只是篇幅对报纸副刊来说太长了的文章，我就带去转给他们编杂志。同时，他们也把手头一些很有前途的新人短稿转给我——有的我还用来支援为《武汉日报》编《现代文艺》的凌叔华。

那时，上海文化界真是活跃。报纸时常用特号阴体字登出刊物和各种丛书的广告。四马路上书店一家挨一家，而且都开架任人翻看。门前不时还竖起大旗，旗上预告着新书或什么刊物上新的连载。《梦之谷》就曾有幸上过大旗。

上海虽然不像故都北平那样遍地名胜古迹，半淞园和老城隍庙却还是很好玩的。后来，我还从西方论中国苑林的著作里知道半淞

71

园很有研究价值。因此，当它被日本飞机炸成废墟时，我愤慨不已。从洋楼林立的租界去老城隍庙，就好像从西方又回到了中国。我喜欢那道弯弯曲曲的石桥，也爱吃那里的头卟面和五香豆。

大都会的上海，大概不少居民向往着广漠的农村。大世界里各种游艺光怪陆离，但我更感兴趣的是一楼的跑马场。地板上铺起一层沙土，两匹头上扎了红绸的毛驴在骑者的鞭策下，气喘吁吁地绕圈跑。花上一两只角子就能在这闹市中心，尝一下驰骋郊野的田园乐趣。可是站在围观的人群里，我很为瘦弱的毛驴抱屈。

同大世界跑驴有异曲同工之妙的，是去极司斐尔路（也不知道现在叫什么名字）附近坐手推独轮车。公共汽车和有轨电车四通八达的上海，竟然在西北角落里可以坐上最原始的交通工具。那种木制独轮车像煞旧时北平的送水车，只是两旁的板子上不放水槽，却各坐上一位好奇的乘客。车由一位壮汉推着，嘎悠作响，恍如回到了唐宋。那想必也是近郊农民的一种副业。

我顶喜欢吃上海的盖浇饭，因为省事、省钱，又省时间。我也爱吃上海的棒瓜——一种袖珍型的西瓜。这两者都最合单身汉的需要。大西瓜只适宜有家室的人吃，光棍抱个大西瓜，一人怎么能消受！

最令我神往的一个角落，乃是坐落于二马路和三马路之间的一个又黑又脏的弄堂，叫"耳朵眼儿"。在那里，可以吃到北平的烧饼、油炸鬼和豆汁。我站在那油污的案头兴致勃勃地嚼着家乡的风味小吃，诚然感到莫大的快慰。

然而一过苏州河来到北四川路，就会蓦地面对那令人痛苦的严酷现实：成队身穿草黄军服的日本丘八往返巡逻，一路挑衅；挂太阳旗的日本海军司令部就设在那条马路的北端。一回，有个粗心人由窗口丢下一只香蕉皮，刚好落在东洋巡逻队一名士兵的头上。肇事者当即被扭到司令部去，从此就下落不明了。

卢沟桥一声炮响，大时代来临了。文艺界成立了抗敌协会，我也曾跟着《大公报》的军事记者去大场及吴淞一带采访过。大世界十字路口上掉炸弹时，我坐的那辆电车正从八仙桥朝西藏路开。先施公司后身挨炸时，我离得也不远。那是我头一回看到那么多尸首，血淋淋地堆在卡车上。

可那时人们并不惧怕死亡。中国飞机轮番轰炸泊在江边的日本旗舰"出云号"时，我也挤在外滩公园的人群里。

当时真正感到迷茫的，是不晓得自己能为抗战做点什么。

一天，《大公报》胡霖老板把我叫到他那小房间去。我依稀预感到他要说什么。因为报纸已由十六版一下子缩成四版，"文艺"自然早就停了下来。那时我认定大敌当前，最不中用的是文人。这个想法我在转年写《梦之谷》序言时，就曾清楚地表露过。

老板首先对我到沪后的工作肯定了几句，接着就说看来上海的形势不容乐观。他从"爱护青年"出发，决定发给我半个月的工资，叫我尽早逃到后方，另谋出路。

这样，在上海我平生第一遭尝到了失业的滋味，而且是在何等狼狈的情况下！

别了环龙路，别了大东茶室，我就偕同"小树叶"，离开了上海。当时南京已不通车，赴内地只能绕经香港。然而由于黄浦江上的炮战，驶往香港的大火轮已开不进来了。我们只好搭乘驳船到吴淞口外去登轮。那时江上一片浓烟，四处炮声隆隆。"小树叶"同我在驳船甲板的一角，紧紧搂抱着，嘴里低声哼唱：

冒着敌人的炮火，前进，前进，前进进！

我就是这样告别的上海。

一九四六年六月下旬，旅英七载之后，我又回到了上海滩，踏

73

上了祖国的土地。然而那是怎样的上海啊！法币贬得快成鄂都银行的钞票了。南京路上，摊贩到处兜售着美军的剩余物资：从香烟、丝袜，一直到罐头花生米。小贩还把避孕套吹成气球，系在肩上，高高飘起，当作招牌。

租界没有了，然而生活在自己的土地上，人们并不自由。新闻书刊都要送检，文化界不断有人失踪。学生们结队示威游行，声嘶力竭地呐喊：反饥饿！反内战！大批军警出动弹压，把成百名抓到的学生往卡车上推。接收大员肥胖得流油，穿军衣和着便衣的武人横行霸道，为所欲为。

八年艰苦抗战，换来的就是这样一种局面吗？

我怔忡，我感到茫然。

《大公报》急如星火地把我从英伦调回，可并没有为我安排住处。上海租房子非有金条不可，然而我不但那时身无金条，生平也没见过那玩意儿！我带回的又是一位半种妻子。她虽是上海出生，宁波父亲，可自幼就随英国母亲在她娘家长大。从小学到牛津，受的是典型的英国教育，连中国话也不会讲。在伦敦时，她曾经对回到出生地满怀热情。然而她刚一抵达上海，就发觉这不是她的国家，她也不是个中国人。住在先施旅馆时，半夜里爬出一只臭虫，她竟委屈得呜咽起来，说这辈子头一回见到这种又脏又丑的虫子——而我却是在臭虫伴随下长大的，每年夏天炕上都爬满这种虫子。尽管留洋七载，对臭虫以及生活中一切不愉快的种种，我都不感到奇怪，甚至认为那都是当中国人应该接受并与之斗争的一部分。她却登时就流露出"不如归"的情绪。

辗转搬了六次家后，我们终于住进了复旦大学的徐汇村，紧邻是方令孺。那是一幢日本式住房，小而精致。地上虽铺着榻榻米，我们照样摆床和桌椅。我尤其欣赏那方形浴桶。放足了水，插上电，不一会儿就烧热了。人坐进去，水可以漫到脖颈。格温还挎了篮子，满校园拾来一些碎砖瓦，竟然在窗前圈起一小块草坪。生活好像又安顿下来了。

大学为我们两人都开了课。我教新闻写作和英国小说。由于是兼职，每逢我出差，例如去台湾或海南岛采访，我的课就由她来代。很快她就适应了校园生活，而且经常有学生到我们那日本小屋来串门。

一九四七年春天一个黎明，当我们还在酣睡时，外边有人"嘭嘭嘭"猛力砸门。我们被惊醒，赶忙爬起来去开门。七八个持枪的士兵闯了进来，不问三七二十一就翻箱倒柜。在英国中产阶级家庭长大的格温从未见识过这种场面。她躲到房间的一角，浑身哆嗦，又气又怕。士兵们把被子枕头扔得满地，还用刺刀在榻榻米上狠狠地扎了几个大窟窿。

他们什么也没搜到，就骂骂咧咧地将门一摔，扬长而去。

格温呜咽着嘟囔道："这不是个国家，这是热带丛莽！"

然而这时她已有了身孕。一个年过半百的私人开业的妇产科大夫断定她是难产，说大小性命均处在危险中。复旦在东北郊，他的家在西南郊的法华路，相距甚远。他担心若真告急，可能措手不及。后来又提出，他那位也是半种的太太，正回美国探亲去了。为了万全起见，他邀请我带着孕妇暂住他家，直到娃娃满月。我以为这下碰上了个打着灯笼也难找的大好人，盛情自然难却。

谁知这位"大好人"却阴险地破坏了我好不容易建立起的家。对我，那真是晴天霹雳！而且发生在我三十七岁上，正意气风发地很想在文学和新闻两方面均有所作为的时候。

我痛苦，我彷徨。我急于想离开上海，但我又不甘心再出国。这时，以社会学家吴景超教授为首的北大、清华等北平几家大学的教授正在筹办一个叫作《新路》的刊物，约我去编文艺及国际栏。既不需出国，又能暂离上海，回北平故土，这自然是再好不过的去处了。

然而在一九四七年五月，我由于笔下有失检点，无意中开罪了一位大权威。《新路》出刊后，封面上每期都印着"吴景超主编"字样。大权威却把这份不久就被国民党查封了的刊物斥为罪大恶极，随后一口咬定我是它的主编。

事实上，我同这个刊物的关系，仅仅是在一九四八年二月间去北平开了一次会。回沪得悉刊物受到攻击后，立即拍了一封电报，坚决辞去原来答应负责的栏目。为了道义，我保证在上海为该刊撰稿。在《红毛长谈》（台声出版社一九八九年版）一书中，我把当年为《新路》写的文章，一篇不漏地收了进去。

从一九四八年起，除了一九五六年审干后短短那几个月，《新路》这黑锅我足足背了三十余年，一直背到一九七九年二月。

一九四八年一放暑假，我就辞去复旦教职，做赴港的准备。我站在决定自己后半生命运的十字路口上，面临一生最严峻的选择。

总之，四十年代我在上海的日子，有苦也有甜。在徐汇村那座小楼里，我把自己已写的小说、散文和特写分别结集出版，对前半生的文学工作做了一次回顾。对于复旦大学为我这在外漂泊了七年之久的游子提供栖身之所一事，我也铭感至今。然而不容否认，正是在那里，我平生第一次遭到了沉重的打击，而且是内外夹攻。难怪一位德高望重的先生在报上挖苦我"赔了夫人又折兵"。

也许由于这，我有三十几年没来上海了。十八岁上我路过上海时，刚刚步入人生，对未来充满幻想。三十年代中叶，我又来到上海。在这里，我参加了高尔基和鲁迅这两位文学大师的悼念，也从事了繁忙而有意义的文艺活动。四十年代后半叶我在这里狠狠地栽过筋斗。幸而我自一九二九年就结识的好友杨刚，及时地从美国赶来上海。她抚慰我，鼓励我，并指引我走上使我至死不会脸红的道路。

此刻，我正在住院修补我这架老朽的机器。明天出院，接着就将飞往上海。啊，阔别了三十四年的上海！那里住着三十年代以来的老友巴金、辛笛、济生，以及许多年轻朋友。

一九九〇年六月十八日于北京友谊医院病房

足迹篇：香港

　　一九六九年下湖北咸宁五七干校时，我们十四连（人民文学出版社）最初被指定住进一个叫"过路胡"的村子。"胡"是因为村里的人都姓胡，而"过路"则由于那个村子刚好位于往返甘棠镇和县城的必经之路。所以经常有旁的连的人拄着棍子或挎着提包从我们村走过。

　　不知怎的，住进之后，我时常想到香港。大概从我记事的二十年代起，香港对内地文化人往往就是个"过路"的转运站。鲁迅从广州去厦门得路过香港，郁达夫从上海去新加坡也得先到这个码头。一九七九年我重访美国以及后来去新加坡，往返都经过香港。在我一生中，香港既曾是个中转站，又是个避难所。因而对于香岛，我很自然地怀有一份深厚的感情。

　　香港之所以曾经是个中转站，完全是由于当时内地交通的落后。九十年代的人飞来飞去惯了，简直没法想象当时行旅的艰难。一九三八年秋，《大公报》出香港版时，胡老板（霖）用电报把滞留在昆明的我从困顿中召唤出来，要我重操旧业——编文艺副刊兼跑旅行通讯。当时从昆明去香港只有先坐三天火车（滇越路）抵达安（越）南的海口，然后搭轮船再走三天，才能到达香港。

　　除了在瑞士，我一生没坐过比滇越铁路更险更奇的火车了。第一天到达开远。火车沿着红河渐入山峦，不但山洞一个接一个，而且车身不断跨桥，从一个悬崖穿进另一悬崖。第二天来到边城河口，跨过边界，进入法国殖民者盘踞的老街。在上海南京路上看到手持短棒的红头阿三还只是令人反感，法国殖民官就凶多了。我永远忘不了老街海关那个喝得酩酊大醉的法国检查员。他不是翻开箱子一层一层地检查，而是先把整个箱子倒翻在地，然后再折腾。由于抗议，我还挨了他一脚。

总算在香港上了岸。

当时香港《大公报》的馆址倒还适中：在皇后大道中段，斜对着一家电影院。现在我一到香港就迷路，可那时还没填海筑地的香港，再好认不过。香港的闹市位于面对着九龙的岛北面。不算山坡，一共只有沿岛从东到西的两条十分长的马路，靠海的名德辅，靠里的名皇后。两条路平行，由于太长了，所以分为上中西环。有个阔佬们侪的跑马地，还有个热闹的湾仔和铜锣湾。双层电车沿着皇后大道来回开，怎么也迷不了路。山上，我只记得一个荷来大道，因为报馆单身宿舍就在那儿。半山住的大多是洋人或少数高等华人。我偶尔走过时，由于家家都养着狗，所以总躲得远远的。

当时香港大学有马鉴和许地山两位燕京时代的老师，我短不了往薄扶林道跑，并且通过他们用上了大学图书馆。山下，往来较多的是并非冤家的同行戴望舒。那时，他正为《星岛日报》编副刊。报馆内部交往最亲密的是同房间的李纯青。在他的帮助下，我在刊物上出了多辑揭露日本内部的特刊。我们俩还同游过一趟澳门：各自带上半个月的薪水，输得分文不剩地回到香港。那次等于给我打了赌博的预防针。还有就是我小时的同窗谢冰季（原名为楫），冰心大姐的小弟。那时他已成为一条缉私艇的艇长了。我曾同他一道玩了一整天。那天，他把船开到无人地带的宝安。我们坐在甲板上一边嚼着香脆的苏打饼干，喝着沁凉的汽水，一边茫然地望着大海，谈论着战火会不会烧到这片水域。

当时在香港有两件事最令人恼火。一个是断水。下午一点，所有的自来水管怎么拧也不出水了。报馆除了饮水和入厕之外还需要

79

水来冲洗底片，所以从中午起，编辑部就大盆小盆地存起水来。另一件可比断水更加令人气恼：新闻检查。每天报纸上版前，先得把校样送审。当时中国半壁山河正在被日军蹂躏，而港英为了怕开罪东京，竟然不许在版面上有"抗日"字样。我编的文艺版稿件多来自战地，所以首当其冲。经常得开尺寸不同的天窗，有一次审查官干脆在整个校样上打了个大红叉子。那天我刚好在九龙一家小电影院。老板派人找遍了一家家影院，才黑咕隆咚地把我从座位上拽出来。天窗总不能开个整版啊！

香港我喜爱的是山顶和浅水湾。初次坐缆车，我高兴得要命。特别是半山的植物园和那里的猴群。当然给我印象更深的是晚间到达山顶后的环岛散步。头上是璀璨的星群，脚下是万家灯火。

还有就是浅水湾。时常同张国荣兄一家去那里度星期天，然而我是个水一齐腰就恨不得喊"救命"的胆小鬼。谁也教不会我泅水，所以每去海滨，我多半只晒晒太阳。唯独一到浅水湾，我还是换上裤衩，跳下水去，因为据说这里的海，出去几英里都那么浅。仰卧在那粉末般的细沙上，在温暖的阳光下，任凭海水一阵阵地把身子托起，真像躺在宇宙的摇篮里。

《大公报》的命运同一部抗日史是连在一起的。我是一九三五年在它的老家天津参加进来的，转年就随着上海版的创立而去了黄浦滩。"八一三"之后，报纸先撤到武汉，然后又迁到陪都重庆。从那里又分出个香港版。当时张季鸾和王芸生坐镇重庆，胡老板挂帅到香港来打天下。他要我在主编《文艺》之外，兼管《小公园》，并且强调要编得合乎香港的小市民的口味。

这下可难住我了。然而为了帮助报纸打开销路，我还是硬了头皮答应下来。好在当时香港人才济济。我首先抓西洋音乐，这方面的主要撰稿人是徐迟。另外也有作者专写海外珍闻。那阵子我还去参加过一个舞蹈学校。那位教师气得说，从没见过我这么笨的学生，我也就自动退了学。最头疼的是影评。当时香港影评家讲究给正在上演的影片打星，五颗星星是满分，算是最佳影片。当时港九有近十家影院，家家都希望为自己上演的影片打五星，就一方面送票来疏通，一方面找上门来求情。终于，我利用去岭东做旅行采访之便，把这个摊子甩给土生土长的李驰了。

也正是在香港那一年多，我在感情生活上出了岔子，有了婚外恋。当时"小树叶"仍在西南联大读书，我认识了住在九龙的雪妮。如果有一天我写我第三本回忆录——感情回忆录，我再原原本本地去回忆那段日子。反正为了去看雪妮，我常去九龙。当时我把心寄放在太子道北边一道小山脚的一幢白色的小楼里，同她一道住的是位瑞士语言学教授。我们一道去过猴子山，还去渔村品过龙虾。不过在一座庙我们抽到的是一道"不吉"的签。

一九三九年秋我就是从九龙登轮去的欧洲。那天清晨来码头为我送别的，有接编《文艺》的杨刚，还有就是穿一身紫的雪妮。轮船朝西已开出好远，那紫色的影子还在挥着手帕。是命运开的一个玩笑，那一别就是永别了。

一九四九年我由沪经台北去港时，报馆预先为我安排的住所就在九龙花墟道一幢小楼里。楼上住着罗孚，隔壁是张骏祥和白杨。一九八七年我任中文大学崇基学院"黄林秀莲学人"时，再一次去九龙小住。那一个月里，洁若和我自始至终受到吴瑞卿女士无微不至的照拂。后来又去香港大学住了十天，仿佛又回到剑桥，体验了香港的校园生活。一住进去，我就要求瑞卿带我们去看猴子山。猴子少了，而且也没以前那么友善了。

论风景，国内的大学我最喜欢钱塘江的之江（今名不详）和临海的厦大。我去过不少所外国大学。哥伦比亚和纽约大学都位于市中心，哈佛和耶鲁确实颇像剑桥和牛津。然而论风景，没有一所比得上中文大学。这里，整个校园都在山上，一幢幢教学楼或住宅宿舍都面向着大海，而且远离市廛。白天，窗外时有远帆掠过；夜晚，躺在床上可以倾听汹涌的波涛在歌唱。在嘈杂的湾仔或香港仔，我

只闻到鱼腥，闻不到香味。只有来到沙田，我才意识到自己是置身
于香岛上。

一九九三年

第二辑 故人

朦胧的敬慕

——悼念鲁迅先生

也许有人比我更怕死，我却不相信有比我再怕看死人的了。走在街上，我从没有胆子向寿衣铺里望望。夜半，即便从很远很远地方飘来的僧器或诵经声，也必害得我用棉被厚厚包起头来，直像那是什么符咒一样。

我曾见过三位死人，在我的记忆中，他们都将是我永不会忘记的。而且，我还该陈说我都例外地不曾害怕过：一个黄昏，我的母亲死在我的怀抱里；小学时代，曾排着队去中央公园社稷堂瞻仰过孙中山先生的遗体；最近，在鲁迅先生灵前，我守了两天灵。

扶着那绛色帏幔，职务使我看见了数千张陌生的但是诚笃的脸，一个个脚跟都像坠了铅球，那么轻又那么沉重地向灵堂踱。低垂的头，低垂的手，低垂的眉眼和心。待踱到灵堂中央，冥冥中似有什么使他们肃然驻足了。敬穆和哀悼如一双按住的手，他们的身子皆极自然地屈下了。然后噙了一汪眼泪，用手巾堵着嘴，仓皇地奔了出来。

最感人的莫如一群小学生的吊唁。在那近三十位小吊客中间，我特别留意一个衣服褴褛、腿下微跛的，他胁下夹着的画册和石板说明了是刚刚放学，如今正在回家或在街头玩耍的时候，然而他却结伴迢迢跑到了这里。那个微跛的孩子，一拐一拐地，一直来到灵前，两只颇清秀的眼睛直直地凝视着鲁迅先生的遗体，然后，又放下胁下的画册，深深地鞠躬。我不信做了那么些纪念周，他还不知道"三鞠躬"的礼数，然而，当我数到第三次以后，他仍向下屈着小小腰身，他一连鞠了七个躬才红涨着脸，也红涨着眼睛，走出灵堂。

如果稍换一个情况，我将忍不住笑出来的，然而，我那时是用极大的崇敬心情替他掀开帏幔，一直目送他走下殡仪馆的台阶。

那个背影唤起我一点回忆。十多年前一个傍晚，如一切贪爱窗外景色的孩子一样，四点钟以后的时间对我变了滋味，换成鲜艳颜色。然而我放下了玩具，和同伴沿着朱色皇城走好长好长一段路去瞻仰一位"民国缔造者"的遗体。空着的肚皮充满着的一半是对"尸骸"的恐惧，一半是对"伟大"的钦仰。我们跨进那座御花园的大门时，紫禁城角的太阳已向下沉落了。我们喘着气向陌生的大人打听路线，好容易才攀了一道高大石阶，在花圈花篮的簇拥中，我看到了安息着的孙中山先生。

——我记得，当时我的心一点也没有跳！

我们环着那铜棺走了一圈，又蹑着脚步走了出来。

抬头，紫禁城角的太阳已经沉落下去了。我似乎打了一个冷战，然而，除了模糊的"伟大"，我并没有摸清死的是什么人。只是冥冥中，一种超乎孩子胸膛容量的哀戚或尊敬感觉便梗塞在我喉咙间，我赶不掉它。

归途，我们放洋画的袋子里，每人都塞了一袋传单：有工人发的，大学生发的，有国民党的，共产党的，说明孙先生的生平和抱负（这些我曾保留到六年前，直到一个朋友将我寄存的最珍贵的东西，如小学生时代的作文本，全当作烂纸卖掉了）。当时我们其实一点也不懂，但当孙传芳乱批三民主义，张作霖满街捉革命党时，我却私下藏了一本《孙中山传》。

伟大的人格也许有一种潜移默化的力量，这力量在茫然无知的孩子心灵上时常比成人更深刻，更恒久。

我不知道如果鲁迅先生这时醒转过来，他将会怎样热烈地抱起那个微跛的孩子。

　　　　　　　　　　　　　　一九三六年十月，上海

我的启蒙老师杨振声

　　每个读书人从小到大，都不知要经过多少位老师的教导。在自己还是幼苗时期，每位老师都曾浇过点水，撒过点肥，但是在众多老师中间，总有一两位由于他们对自己更下过心，有过更多的影响，因而几十年后仍难以忘怀。杨振声（今甫，一八九○至一九五六）先生对于我，就是这样的一位。他辞世已快三十年了，至今，我依然时常怀念他。有时，他那颀长的身材，慈祥和善的面容，富于幽默机智的神态，以至他那使人感到纯朴而亲切的胶东口音，还会在我的梦境中出现。我以活到今天，还能提笔追忆我们师生间这段情谊为幸。

　　除了兵荒马乱的一九三七年至一九三八年间那段日子，我从没在他身边工作过。对他，我了解的只是一鳞半爪。我没有资格，也不妄想对他做全面的记述。当他在五四运动中当闯将时，我还是个九岁的娃娃；他毕生研究、主要讲授的是教育心理学，并且是国内屈指可数的国画鉴赏家，我对这些都一窍不通；他在中国公学、青岛大学、清华大学、西南联大和北京大学教过书，我只在燕京大学旁听过他的一门课。关于他，应当由他的同代人以及和他共过事的人来写。不少人已经同他一样作古了，但是健在的也还有。我希望他们都来写一写，因为在中国近代新文化运动中，杨振声老师是值得一写的人物，写出来对新的一代是会有教益的。

　　虽然我最早接触新文艺是一九二六年在北新书局当学徒时，直到一九二九年我对新文艺才有了点轮廓性的认识。那一年，我在燕京旁听了从清华来的客座教授杨振声的"现代文学"。当时，我正在不需要中学文凭就可以录取的燕大国文专修班学习。在班上，杨先生从来不是照本宣科，而总像是带领我们在文学花园里漫步，同我们一道欣赏一朵朵鲜花。他时而指指点点，时而又似在沉吟思索。他都是先从一部代表作讲起，然后引导我们去读作者旁的作品并探讨作者的生平和思想倾向。记得国内他着重讲的是鲁迅的《呐喊》、茅盾的《蚀》、蒋光慈的《少年漂泊者》、郁达夫的《沉沦》和沈从文的《月下小景》。对这些作家，他往往是先从他个人的印象谈起，亲切而娓娓动听。外国作家他讲过托尔斯泰的《战争与和平》、陀思妥耶夫斯基的《罪与罚》、哈代的《还乡》和罗曼·罗兰的《约翰·克利斯朵夫》。每次上课，他都抱了一大叠夹着纸条的书，随讲随引。他不念事先备好的讲义，也从不把自己的观点强加给学生。他只启发，并不灌输。他一向以平等待人，对我这个旁听生也从未歧视过。

在旁听杨老师这门"现代文学"课之前，我只是碰到什么书就看什么。他给了我一幅当代的文艺地图，并且激发我去涉猎更多的作品。

一九三〇年夏天，我靠假文凭混入辅仁大学外文系之后不久，就同一个叫安澜的美国青年办起《中国简报》（*China In Brief*）。最初，我只是他以两毛五一小时的代价请去教中文的。（那两年，为了工读，我教过好几位洋人，包括后来成为捷克大汉学家的普沙克。）安澜那时刚从美国什么新闻系出来，家里给了他不多的一笔钱"去看看世界"。当他看到另一个美国人在上海办起的《密勒士评论周报》很成功，他也跃跃欲试。有一天他问我的意见。我说，现代中国文学可是个"处女地"。我对他讲了讲杨老师现代文学课中所谈到的几位作家，并且把鲁迅的《野草》口译给他。他听了兴奋之至。刊物就是这么办起来的。他要我负责刊物的一半（介绍现代中国文学）。他把当时我正教着他的一本《华语读本》丢开，要我每天把《实事白话报》《世界晚报》等社会新闻较多的报纸口译出来，由他记述，这就是他负责的另一半（社会）的稿源。刊物大概出了八期，他口袋里那点底子就光了，我们也收了摊。

《中国简报》同杨老师很有点关系。正是由于他的引导，我才开始较有系统地阅读一些现代作家的作品，看了一些"作家论"，并且经杨先生介绍，去访问了沈从文、凌叔华等在北平的作家。所以《中国简报》并不完全是炒冷饭，也登过几篇我写的访问记，第一篇写的是沈从文。

一九三三年夏天，我在福州教完书回到北平，经过教育部的甄别考试补发了文凭，就转学燕京。这一年，原在青岛大学任校长的杨老师辞去校长职务，也迁来北平，在西斜街定居。为了编好一套中小学教科书，这位大学校长还跑到北师大实验小学执起教鞭。也正是这样，他同沈从文先生合编起天津《大公报·文艺》——我的文学摇篮。

一九三三年至一九三五年间，除了去西斜街看望他，我还常同他一道参加在北平举行的一些文艺盛会，中山公园品茗或到朱光潜先生家去听诗朗诵。对于我那时的每篇习作，他都曾给过指点和鼓励。

一九三四年至一九三五年间，我正在设计着走出校门以后的人生道路。我不想卖文为生，想找个有助于日后创作的固定职业。那时我有两种选择：去内蒙或是去天津《大公报》。我是蒙族人，很想深入草原，写写自己的家乡。经吴文藻老师介绍，我在呼和浩特也见到了当时主管内蒙的傅作义将军。他看过我在《国闻周报》上发表的《绥远之行》，很希望我去。但是后来听说去了就得当个官儿，当了官儿就得入国民党，我心里一琢磨，《大公报》毕竟是一份民间报纸，我这才经杨振声、沈从文两位先生介绍，进了报馆。

从一九三五年进《大公报》直到"八一三"抗战的两年间，最初十个月我只编天津版的《文艺》，后来就坐镇上海，兼编两地《文艺》了。这在我一生中是很重要的阶段。在南方，我依靠的是巴金，北方则是杨、沈二位。

全面抗战后，由于版面骤然收缩，我立即被上海《大公报》遣散了，就绕道港粤流亡到武汉。除了一九二八年冬天到汕头时，那是我一生第二次的失业。虽然仅仅几个月，滋味可真不好受。身上的钱一天比一天少了，客栈里欠的钱一天比一天多了起来；从早到晚各处奔走找职业，有的人面孔绷得铁青，有的人心肠好却又无能为力。

就在这当儿，杨、沈二先生从沦陷的北平逃到了汉口，并慨然收容了我，让我参加他们从一九三三年以来在编纂的中小学教科书的工作——那时已近尾声。他们在珞珈山脚下租了所小独院，几间平房，院门是座竹编的篱笆门，横楣上有五个"福"字，我们戏称那地方作"五福堂"。这样，失业后我算是找到了一个栖身之所。

几个月后，我们各自带着一点随身行李，挤进一列火车，又流徙到长沙。在沅陵小住后，才沿着新开辟的公路，由湘经黔入滇。"五福堂"搬到了昆明的北门街。我并不在教科书的编制里，那几个月他们每月送我五十元生活费。至今我仍认为那准是他们从自己的薪水中硬撙节出来的。

一九三八年秋天，我接到《大公报》老板胡霖一个电报，先自己责备一通他在"八一三"遣散同人多么有悖情理，然后敦促我即日启程赴港，重整旗鼓。接着，就汇来川资。那时做老板的非常讲求实际：看人有用时真肯重用，用不着一脚踢开时也绝不腿软。等又用得着你时，也不惜骂上自己两句，以示诚恳。我从而领略到友情和职业关系之大不一样。

这样，我的流亡生涯又告结束，穿过法国殖民统治下的安南，三天后就来到香港，编起港版的《大公报·文艺》，并兼旅行记者，跑了岭东和滇缅。

91

一九三九年出国后，我在国外曾同杨老师有过两度短暂的相处。一九四三年他同古生物学家杨锺健先生应英国文化委员会之聘，赴英国牛津大学从事学术交流，曾到剑桥小住几日。一九四五年，我去美国旧金山采访联合国成立大会时，他也正在那里访问。都是短暂的相聚，但在异地见到旧知，分外感到亲热。

解放前夕，国民党见大势已去，曾妄想胁迫北平学界一些知名人士随他们逃往台湾去当丧家之犬，大都受到摈斥。杨老师也曾接到这种飞机票。他毫不动摇，坚守岗位，以热切的心情迎接解放。

解放初期，我住在西城国际新闻局宿舍，杨老师孤身一人同当时北大理学院院长合住在锣鼓巷一幢洋式平房里。我每个月必带孩子去看他一趟。那时，知识分子正在脱胎换骨，有的人心情不很舒畅，杨老师却精神焕发。他看到国家摆脱了反动统治，老百姓翻了身，感到无限喜悦。我是从他口中第一次听到新凤霞这个名字的。原来杨老师走出他那阳春白雪的书斋，时常到天桥或隆福寺去看民间艺人的演出。有一天他说天桥戏棚子里真有能人啊，对新凤霞演的《祥林嫂》赞美不绝。记得他还曾与苗培时同志一道搞过一些通俗读物。他没一点点士大夫的架子，也正是在那种"俯首甘为孺子牛"的心境下，他写了《和平鸽旅行团》和《华东一级人民英雄刘奎基》。他急于跟上时代，急于把自己的一切贡献出来。

紧接着，他又经受了一次革命的考验。

一九五二年全国教育进行了一次大调整。就北京而言，外国教会办的燕京和辅仁被关闭了，北大从红楼搬到了未名湖畔。同时，各大学内部也经过了一次大调动。曾在北京大学执教半辈子的杨老师，从他最喜爱的北京调到长春东北人民大学去了。这消息对我都是莫大的震动，但他二话没说，就动手打点起行装。临别，我把从伦敦带回来的那架在大轰炸中一直陪伴我的收音机，抱去送给他，希望他身在东北，仍能听到首都的声音。

还有一件事也给我留下印象。二十年代，知识分子的婚姻大都是由家庭包办的。不少人后来由于与原配没有共同语言，并且为了行使本人自由恋爱的权利，都另外找了生活伴侣。杨老师也是当时婚姻制度的受害者。反抗封建婚姻在他的作品中占有相当位置。他在教育界和文艺界都经常接触一些才貌出众的女性，他从没闹过一点点花样。他为三十年代的人争取婚姻自主的权利，他自己几十年来一直忍受着孤独。

一九五六年他病笃在协和医院时，我正脱产参加中直党委组织的学习。那时的纪律是雷打不动，没有星期天，也不许请假。但我还是偷偷跑去看过他几趟。他瘦成一把骨头，羸弱得说话都感到吃力。但每次去，他都要我讲给他外面——特别是首都的新鲜事物。他闭上眼，欣慰地倾听着。后来，协和把他放进一个特殊的装置，他实际上已经进入弥留状态，但他还用手示意要我讲。记得一回我正在给他讲一场国际性的体育比赛，我以为他睡着了，就把声音放低，不准备讲下去了。但他的头在枕上移动了一下，用微弱的手势示意要我继续讲下去。无论他给病魔或什么魔折磨成什么样子，只要他的心还在跳，他就仍是为祖国的喜而喜，为祖国的忧而忧。

五四运动时，杨老师怒斥丧权辱国的军阀，为此他坐过牢，两个月后才被营救出来。他出身并不寒微，但他一生都是站在贫苦大众的立场上，用他的笔抨击剥削者和压迫者。解放后，他对新社会只有歌颂。有些人对人民政权的态度是以个人得失为转移：得意就拥护，失意就抵触。杨老师在历史转折关头上，个人生活不是没遇到过挫折，但他始终从大局出发，坚定地站在人民大众的立场上，对新社会，他只有由衷的拥护，情绪从未波动过。

杨老师是新文学运动的先驱者之一，他的《玉君》和鲁迅的《阿Q正传》同为最早的中篇小说。但他留下的作品不多，因为他一生主要的贡献是在培养人才的教育事业上。从二十年代末期直到他逝世为止，他没离开过教育岗位。教育的功绩是巨大的，但也是无形的。我们需要作家，同时，我们也需要像杨老师这样牺牲了个人的创作来培养作家以及各种人才的教育家。我是怀着敬意和感激之情来提到这一点的。

　　杨老师平易近人，我从没见他发过脾气。但是在原则面前，他是大义凛然的。一九三三年，为了维护教育独立，抵制党官的干预，他曾毫不踌躇地丢掉了大学校长那顶乌纱帽，甘愿去教小学。一九三六年，南京开过一次全国美展，杨老师是美展的主持人。但当他听说国民党要把那批古物运到英国去换军火打内战时，他立即拂袖而去。这种气节，这种操守，这种有所为有所不为的精神，是中华民族传统中最为可贵的。

一九八四年

一代才女林徽因

　　一九三三年深秋的一个下午，我照例到文科楼外的阅报栏去看报。那时我住在临湖的六楼，是个刚从辅仁英文系转到燕京新闻系的三年级学生。报栏设在楼前，有两架：一边张贴着北平的《华北日报》和《晨报》，另一边是天津的《大公报》和《益世报》。忽然，在《大公报·文艺》版底下一栏，看到《蚕》和我的名字。那是前不久我寄给沈从文先生请他指教的，当时是准备经他指点以后再说的——倘若可以刊用，也得重抄一遍。如今，就这么登了出来，我自是喜出望外。尽管那是把五千字的东西硬塞进三四千字的空间里——也就是说，排字工人把铅条全抽掉，因而行挨行，字挨字，挤成黑压压一片。其实，两年前当熊佛西编《晨报》副刊时，他也登过我的一些短文，记得有一篇是谈爱尔兰小剧院运动的。然而这毕竟是自己的创作第一次变成了铅字，心里的滋味和感觉仿佛都很异样。

　　然而还有更令我兴奋的事等在后头呢！

　　几天后，接到沈先生的信（这信连同所有我心爱的一切，一直保存到一九六六年八月），大意是说：一位绝顶聪明的小姐看上了你那篇《蚕》，要请你去她家吃茶。星期六下午你可来我这里，咱们一道去。

　　那几天我喜得真是有些坐立不安，老早就把我那件蓝布大褂洗得干干净净，把一双旧皮鞋擦了又擦。星期六吃过午饭我蹬上脚踏车，斜穿过大钟寺进城了。两小时后，我就羞怯怯地随着沈先生从达子营跨进了总布胡同那间有名的"太太的客厅"。那是我第一次见到林徽因。如今回忆起自己那份窘促而又激动的心境和拘谨的神态，仍觉得十分可笑。然而那次茶会就像在刚起步的马驹子后腿上，亲切地抽了那么一鞭。

在去之前，原听说这位小姐的肺病已经相当重了，而那时的肺病就像今天的癌症那么可怕。我以为她一定是穿了睡衣，半躺在床上接见我们呢！可那天她穿的却是一套骑马装，话讲得又多又快又兴奋。不但沈先生和我不大插嘴，就连在座的梁思成和金岳霖两位也只是坐在沙发上边吧嗒着烟斗，边点头赞赏。给我留下印象的是，她完全没提到一个"病"字，她比一个健康人精力还旺盛，还健谈。

那以后，我们还常在朱光潜先生家举行的"读诗会"上见面。我也跟着大家称她作"小姐"了，但她可不是那种只会抿嘴嫣然一笑的娇小姐，而是位学识渊博、思想敏捷，并且语言锋利的评论家。她十分关心创作。当时南北方也颇有些文艺刊物，她看得很多，而又仔细，并且对文章常有犀利和独到的见解。对于好恶，她从不模棱两可。同时，在批了什么一顿之后，往往又会指出某一点可取之处。一次我记得她当面对梁宗岱的一首诗数落了一通，梁诗人并不是那么容易服气的，于是，在"读诗会"的一角，他们抬起杠来。

一九三五年七月，我去天津《大公报》编刊物了。每个月我都到北平来，在来今雨轩举行个二三十人的茶会，一半为了组稿，一半也为了听取《文艺》支持者们的意见。小姐几乎每次必到，而且席间必有一番宏论。

一九三六年我调到上海，同时编沪津两地的《文艺》。那是我一生从事文艺编辑工作最紧张、最兴奋，也是最热闹的一年。那时，我三天两头地利用"答辞"栏同副刊的作者和读者交谈。为了使版面活跃，还不断开辟各种专栏。我干得尤其起劲的，是从理论到实践去推广书评。什么好作品一问世，无论是《日出》还是《宝马》，我都先在刊物上组织笔谈，然后再请作者写创作那部作品的经验——通常一登就是整版。我搞的那些尝试，徽因都热烈支持，并且积极参加。

那一年，我借《大公报》创刊十周年纪念的机会，除了举办文艺奖金，还想从《文艺》已刊的作品中，编一本《大公报小说选》。谁来编？只有徽因最适当，因为从副刊创办那天起，她就每一期都逐篇看，看得认真仔细。我写信去邀请，她马上慨然答应了，并且很快就把选目寄到上海。她一共选了三十篇小说，有的当时已是全国闻名的作家了，如塞先艾、沙汀、老舍、李健吾、张天翼、凌叔华，有的如宋翰迟、杨宝、程万孚、隽闻、威深等，当时并不大为人所知。

她还为这本选集写了一篇"题记"，其中她指责有些作家"撇开自己熟识的生活不写，因而显露出创造力的缺乏或艺术性的不真纯"。她号召作家们应"更有个性，更真诚地来刻画这多方面的错综复杂的人生，不拘泥于任何一个角度"。她还强调作品最主要的是诚实，她认为诚实比题材新鲜、结构完整和文字的流丽更为重要①。

记得一九三六年她向良友公司出版的《短篇佳作集》推荐我的《矮檐》②时，曾给我写过一封长信，谈这个"诚实"问题。可惜所有她的信都于一九六六年八月化为灰烬了。这里我只好借用她在一九三六年五月七日从北平写给她的美国好友费正清夫人（威尔玛）的一封信③：

---

① 见《大公报文艺丛刊·小说选》，上海大公报社一九三六年八月版。——作者原注

② 见《二十人所选一九三七年短篇佳作集》，上海良友公司一九三七年版，花城出版社一九八二年重印本。——作者原注

③ 感谢威尔玛，最近她不但把她写的《梁思成小传》寄给了我，并且还为我复制了若干封林徽因致他们夫妇的信。我在下边还将引用。从这些信中，我还看到徽因的英文写得真漂亮，费正清夫妇也这么称道。——作者原注

对，我了解你对工作的态度，我也正是那样工作，虽然有时和你不尽相同。每当一个作品纯粹是我对生活的热爱的产物时，我就会写得最好。它必须是从我的心坎里爆发出来的，不论是喜还是悲。必得是由于我迫切需要表现它才写的，是我所发觉或熟知的，要么是我经过思考才了解到的，而我又十分认真、诚恳地想把它传达给旁人的。对我来说，"读者"并不是"公众"，而是比戚友更能了解我，和我更具有同感的；他们很渴望听我的诉说，并且在听了之后，会喜，会悲。

从八十年代张辛欣的小说看，家务同妇女的事业心之间的矛盾，似乎是永恒的。在同一封信里，三十年代的女作家林徽因也正为此而苦恼着：

　　每当我做些家务活儿时，我总觉得太可惜了，觉得我是在冷落了一些素昧平生但更有意思、更为重要的人们。于是，我赶快干完手边的活儿，以便去同他们"谈心"。倘若家务活儿老干不完，并且一桩桩地不断添新的，我就会烦躁起来。所以我一向搞不好家务，因为我的心总一半在旁处，并且一路上在诅咒我干着的活儿——然而我又很喜欢干这种家务时，有时还干得格外出色。反之，每当我在认真写着点什么或从事着一项工作，同时意识到我在急慢了家务时，我就一点也不感到不安。老实说，我倒挺快活，觉得我很明智，觉得我是在做着一件更有意义的事。只有当孩子们生了病或减轻了体重时，我才难过起来。有时午夜扪心自问，又觉得对他们不公道。①

---

① 引自一九三六年五月七日林徽因致威尔玛函。——作者原注

"七七"事变那天，当日本军人在卢沟桥全面发动侵略战争时，这对夫妇正在山西五台山一座古庙里工作着哪。徽因谈起来非常得意，因为那天是她从一座古寺的罩满灰尘和蜘网的梁上，发现了迄今保存得最完整的古老木结构的建造年月。

　　亲爱的北平践踏在侵略者的铁蹄之下了。思成和徽因当然决不肯留在沦陷区。像当时北平的许许多多教授和学者一样，他们也逃出敌占区。

　　一九三七年深秋，我们见过一面，在武汉还是长沙，现在记不清了。当时我正失业，准备随杨振声师和沈先生去大西南后方。那时同住在一起的，记得还有丁西林、朱自清和赵太侔三位先辈。后来买到了汽车票，我们就经益阳去了沅陵。

　　我们去湘西后不久，长沙就开始被炸。那时，徽因同思成正好在那里。一九三七年十一月她在致费正清夫妇的信中写道：

　　　　昨天是长沙第一次遭到空袭，我们住的房子被日本飞机炸了。炸弹就落在离我们住所的大门约十五码的地方。我们临时租了三间房。轰炸时，我妈妈、两个孩子、思成和我都在家，两个孩子还在床上生着病。我们对于会被炸，毫无准备，事先也完全没发任何警报。

　　　　谁也不知道我们怎么没被炸个血肉横飞。当我们听到落在左近的两颗炸弹的巨响时，我同思成就本能地各抱起一个孩子，赶紧奔向楼梯。随后，我们住的那幢房子就被炸得粉碎。还没走到底层，我就随着弹声摔下楼梯，怀里还抱着小弟。居然没受伤！这时，房子开始坍塌，长沙的大门、板壁，甚至天花板上都嵌有玻璃，碎片向我们身上坠落。我们赶紧冲出旁门——幸而院墙没倒塌。我们逃到街上。这时四处黑烟弥漫。

当我们正扑向清华、北大、南开三家大学合挖的临时防空壕时，空中又投下一颗炸弹。我们停下了脚步，心想这回准跑不掉了。我们宁愿一家人在一起经历这场悲剧，也不能走单了。这颗炸弹落在我们正跑着的巷子尽头，但并没爆炸。我们就从碎玻璃碴里把所有的衣物（如今已剩不下几件了）刨了出来，目前正东一处西一处地在朋友们家里借住。

抗战期间，有个短时期我们曾同住在大后方的昆明。当时，我同杨振声师、沈从文先生住在北门街，徽因、思成和张奚若等人则住在翠湖边上。她有个弟弟在空军里。那时，她家里的常客多是些年轻的飞行员。徽因就像往时谈论文学作品那样，充满激情地谈论着空军英雄们的事迹。我也正是在她的鼓励下，写了《刘粹刚之死》。

一九三八年夏天我去香港继续编《文艺》，她仍然遥遥地给我指点和支持。一九三九年，我去英国了，这一别就是七年。

一九四七年我从上海飞到北平。事先她写信来说，一定得留一个整天给她。于是，我去清华园探望她了。

当年清华管总务的可真细心，真爱护读书人。老远就看到梁思成住宅前竖了块一人高的木牌，上面大致写的是：这里住着一位病人，遵医嘱她需要静养，过往行人幸勿喧哗。然而这位"病人"却经常在家里接待宾客，一开讲就滔滔不绝。

徽因早年在英国读过书，对那里的一切她都熟稔、关切。我们真的足足聊了一个整天。

徽因是极重友情的。关于我在东方学院教的什么，在剑桥学的什么，在西欧战场上的经历，她都一一问到了；而她也把别后八年她们一家人的经历，不厌其详地讲给我听。

最令她伤心的一件事是：一九三七年她们举家南下逃难时，把多年来辛辛苦苦踏访各地拍下的古建筑底片，全部存在天津一家银行里。那是思成和她用汗水换来的珍贵无比的学术成果。她告诉我，没有想到，天津发大水时，它们统统被泡坏了。

关于友情，这里我想再引徽因在胜利后返北平之前，一九四六年二月二十八日从昆明写给威尔玛的信：

> 我终于又来到了昆明！我来这里是为了三件事，至少有一桩总算彻底实现了。你知道，我是为了把病治好而来的，其次，是来看看这个天朗气清、熏风和畅、遍地鲜花、五光十色的城市。最后但并非最不关紧要的，是同我的老友们相聚，好好聊聊。前两个目的还未实现，因为我的病情并未好转，甚至比在重庆时更厉害了——一到昆明我就卧床不起。但最后一桩我享受到的远远超过我的预想。几天来我所过的是真正舒畅而愉快的日子，是我独自住在李庄时所不敢奢望的。
>
> 我花了十一天的工夫才充分了解到处于特殊境遇的朋友们在昆明是怎样生活的，……加深了我们久别后相互之间的了解。没用多少时间，彼此之间的感情就重建起来并加深了。我们用两天时间交谈了各人的生活状况、情操和思想，也畅叙了各自对国家大事的看法，还谈了各人家庭经济以及前后方个人和社会的状况。尽管谈得漫无边际，我们几个人（张奚若、钱端升、老金和我）之间也总有着一股相互信任和关切的暖流。更不用说，忽然能重聚的难忘时刻所给予我们每个人的喜悦和激奋。

对于胜利后国民党发动内战，徽因是深恶痛绝的。写这封信之前不久，她在一九四六年一月从重庆写给费正清的一封信里，谈到自己当时的悲愤之情：

正因为中国是我的祖国，长期以来看到它遭受这样那样的罹难，心如刀割。我也在同它一道受难。这些年来，我忍受了深重的苦难。一个人毕生经历了一场接一场的革命，一点也不轻松。正因为如此，每当我察觉有人把涉及千百万人生死存亡的事等闲视之时，就无论如何也不能饶恕他……我作为一个"战争中受伤的人"，行动不能自如，心情有时很躁。我卧床等了四年，一心盼着这个"胜利日"。接下去是什么样，我可没去想。我不敢多想。如今，胜利果然到来了，却又要打内战，一场旷日持久的消耗战。我很可能活不到和平的那一天了（也可以说，我依稀间一直在盼望着它的到来）。我在疾病的折磨中就这么焦灼烦躁地死去，真是太惨了。

从这段话不难推想出，一九四九年徽因看到了民族的翻身，人民的解放，是怎样地喜出望外。

开国前夕，我从香港赶到北平。当时思成和徽因正在投入国徽的设计。他们住在清华园，每天都得进城来开会。幸而思成当时有辆小型轿车。他的残疾就是在美国留学时遇上车祸造成的，但他并没有因此害怕开车。两个人就这样满怀激情，在为着革命大业而发挥着他们的才智。

我同徽因最后一次见面，是在二次文代会上。有一天在会场上，她老远向我招手。我坐到她身边，握握她的手，叫了她一声："小姐。"她不胜感慨地说："哎呀，还小姐哪，都老成什么样子啦！"语调怪伤感的。我安慰她说："精神不老，就永远也不会老。"

但仅仅过了一年，噩耗就传来了。

这位出身书香门第，天资禀赋非凡，又受到高深教育的一代才女，生在多灾多难的岁月里，一辈子病魔缠身，战争期间颠沛流离，全国解放后只过了短短六年就溘然离去人间，怎能不令人心酸！我立即给思成去了一封吊唁信。思成的回信我原以为早已烧毁于一九六六年八月那场火灾，但据文洁若说，十一年前它曾奇迹般地重新出现了一次。

一九七三年，文物局发还了一些十年动乱期间查抄的书物。当时我们全家人挤在东直门内一条小巷的一间八平方米斗室里，洁若也只得"以社为家"，住在办公室，还把家中堆不下的书也放在一只破柜子里。一天，她偶然发现一本书中夹着这封信，她还重读了一遍。信一共有两页，是用蝇头小楷直书的，字迹非常工整。思成首先感谢我对他的慰问，并说他一直在害病，所以拖了这么久才写回信。徽因与世长辞时，他也正住在同仁医院，躲在她隔壁的病房里。信中以无限哀思回忆了他们共同生活和工作过来的几十年，是一位丈夫对亡妻真诚而感人的赞颂。可惜这次动手写此文时，怎么也没找到这封珍贵的信。

一九八三年我第三次访美之际，除了在圣迭戈承卓以玉送来徽因年轻时的照片两帧，又蒙费正清赠我一本他的《五十年回忆录》，其中有一段描绘抗战期间他去李庄访问思成和徽因的情景。

　　徽因瘦极了，但依旧那么充满活力，并且在操持着家务，因为什么事她都比旁人先想到。饭菜一样样端上，然后，我们就聊起来。主要是听徽因一个人谈。傍晚五点半，就得靠一支蜡烛或者一盏油灯来生活了。八点半就只好上床去睡觉。没有电话，只有一架留声机和几张贝多芬、莫扎特的唱片。有热水瓶，可没有咖啡。毛衣也不少，就是没有一件合身的。有被单，但缺少洗涤的肥皂。有笔，可没有纸。有报纸，可都是几天以前的。

最后，费正清慨叹道：

住了一个星期，大部分时间我都在患重感冒，只好躺在床上。我深深被我这两位朋友的坚毅精神所感动。在那样艰苦的条件下，他们仍继续做学问。倘若是美国人，我相信他们早已丢开书本，把精力放在改善生活境遇上去了。然而这些受过高等教育的中国人却能完全安于过这种农民的原始生活，坚持从事他们的工作。[①]

现在要出版的《林徽因文集》里所收的作品，从数量上来说，同徽因从事文艺写作的漫长岁月确实是很不相称的。一方面，这是由于她一生花了不少时间去当啦啦队，鼓励旁人写；另一方面，也是因为她的兴趣广泛，文艺不过是其中之一。她在英美都学过建筑，在耶鲁大学还从名师贝克尔教授攻过舞台设计。我在她家里曾见过她画的水彩，一九三五年秋天曹禺在天津主演莫里哀的《悭吝人》时，是她担任的设计。

我不懂建筑学，但我隐约觉得徽因更大的贡献，也许是在这一方面，而且她是位真正的无名英雄！试想以她那样老早就被医生宣布患有绝症的瘦弱女子，却不顾自己的健康状况，陪伴思成在当时极为落后的穷乡僻壤四出奔走，坐骡车，住鸡毛小店，根据地方县志的记载去寻访早已被人们遗忘了的荒寺古庙。一个患有残疾，一个身染重痼，这对热爱祖国文化遗产的夫妇就在那些年久失修、罩满积年尘埃的庙宇里，爬上爬下（梁柱多已腐朽，到处飞着蝙蝠）去丈量，测绘，探索我国古代建筑的营造法式。威尔玛在她的《梁思成小传》中曾引用梁思成于一九四一年所写而从未发表过的小结说：截至一九四一年，梁思成所主持的营造学社已经踏访了十五个

---

① 见费正清所著《五十年回忆录》（*China Bound, A Fifty-Year Memoir*），第 229 页，哈佛哈佩尔及劳出版社 1982 年版。

省份里的两百个县，实地精细地研究了两千座古建筑，其中很大一部分林徽因大概都参加了的。

徽因的这些作品，有一部分是我经手发表的，如《模影零篇》。我不懂诗，但我十分爱读她的诗。她的小说，半个世纪前读的，至今仍留有深刻印象。这里，我再一次表示遗憾：她写得太少、太少了。每逢我聆听她对文学、对艺术、对社会生活的细腻观察和精辟见解时，我心里就常想：倘若这位述而不作的小姐能像十八世纪英国的约翰逊博士那样，身边也有一位博斯韦尔，把她那些充满机智、饶有风趣的话——记载下来，那该是多么精彩的一部书啊！

一九八四年七月三日

记 叔 华

在老一辈的女作家中，我认识最早的是冰心大姐，那是由于我和她的亡弟为楫小学同班，从一九二〇年就常去她家玩。同凌叔华和林徽因两位大姐都是一九三三年认识的，并且都是沈从文先生带我去见的。说起来叔华还是我的老学长。在我之前，她也曾在燕京读过书。

我同叔华往来最频繁是一九三五至一九三七年。当时她在武汉为报纸编文艺副刊，我则继杨振声、沈从文二先生之后，编起《大公报·文艺》。我们曾互称是"联号"，因为我们经常在稿件上相互支持，使得平、津作家也可以同华中读者见面，也使我编的刊物稿源更加扩大。我不知道今天全国众多报纸文艺副刊之间，有没有这种"联号"，对刊物是大有好处的。

一九三六年我们曾举办过一次"《大公报》文艺奖金"。当时我自然也邀请了叔华为评委之一。我们从始至终也未开过一次会，全由我用函电同在平、津、武汉以及上海的评委联系。尽管在小说评选上有过一段曲折，最后总算圆满结束了。

转年七月，卢沟桥一声炮响，全面抗战展开了。政治上豁亮了，生活基础却动摇了。报纸紧缩，我失了业，就借"小树叶"由沪经港粤而流浪到武汉。当时叔华对我们十分热情，让我们暂睡在他们在珞珈山半山腰那幢小楼的书房。我们还一道去东湖逃过警报。

这时，杨振声和沈从文两先生也由北平逃到了武汉。杨老师知道我当时已失业，就把我作为他们那个教科书班子的编外人员收容了，无非是让我生活有个着落。

于是，我们就在珞珈山脚租了一幢大门前有用竹子编成五个"福"字的住处，我们戏称它作"五福堂"。白天我去武汉大学在半山的图书馆工作，夜晚回到"五福堂"来过流浪中的"家庭生活"。

由于同在珞珈山，这一段我同叔华常有往来。当时小滢还是梳了两道小辫子的小姑娘，聪明活泼，是我们那堆流亡的文化人眼中的小天使。热情的叔华不断在生活上给我们以照顾、指点。患难中见友情。那几个月里我们接触频繁，然而日益紧张的时局不容我们有悠闲的心情来谈论文学。随着国军的节节退却，空袭日益频繁，当时谈得更多的是这么退却下去可怎么办。叔华一家在武汉大学，他们自然把命运交给了学校。我们那"五福堂"也非长久之计。后来我们先逃到长沙，然后经湘西沅陵去了昆明。叔华一家则随着武大疏散到四川乐山。

三八年我去香港编《大公报·文艺》时，叔华为刊物写过一些描绘后方生活的文章，并转过一些武大教授们的稿子。那大概是我们在编辑工作上最后一段往来了。

四五年陈通伯教授曾以联合国文教理事会成员身份来过伦敦。当时我已离开剑桥，重操记者旧业。后来他也在伦敦成立了办事处，我们往来更多。四六年我回国前，我们曾一道游过瑞士，半个月里，我对他与叔华的家庭生活略有了解。

维吉尼亚·吴尔夫是本世纪英国一位卓绝的作家。她的内侄朱莲·贝尔曾在武汉大学任教，后来在西班牙内战中牺牲。可能由于朱莲的关系，维吉尼亚·吴尔夫晚年与凌叔华曾有过一段文字交往。我见过叔华的一本书，前面有她写的序。叔华还在新加坡大学任过教。她既能文，又擅绘画，是位理想的文化使者。在沟通东西、向西方介绍中国文化的工作上，叔华的功绩不可磨灭。

大姐的梦

读了冰心大姐的新作《我的家在哪里?》,仿佛握到一颗使人爱不释手的水晶,玲珑剔透,似在素淡的月色或绰绰灯影下看人生。映照出的是一个小而完整的穹苍:大姐走过的和正在走着的灿烂旅程。

世上,我大概是唯一曾在二十年代初去过她中剪子巷的家——她灵魂深处的家的人,而且去过不知多少次。小学时,我同她的亡弟为楫是同窗;中学时,我在北新学徒,给她送过校样和稿酬;大学时,我又师承过文藻先生。她到过的地方,大多也有我的足迹。每次我去看她,首先迎接我的都是陈大姐的笑容。小妹和女婿陈恕是我的好友。我们都酷爱乔伊斯和叶芝。钢钢更是我的忘年交。

人入晚境,难免时而为故人和往事所萦绕。然而大姐绝不是位感伤主义者。文藻师逝世的那天,我亲眼看到她在劝慰一位哭成泪人的吊唁者。冰心老人了不起,首先就在于她虽有时浸在回忆中,然而她那双炯炯有光的眼睛,更凛然地盯着现实。什么尖锐的问题她都敢碰,什么不平她都要鸣,她说她一无所有,然而她拥有一腔火热的正义感和一具大无畏的心灵。

最近看到她题的一幅字:"置身于正道,是为最吉祥。"正是这位九十二岁老人的真切写照。

一九九三年春节于北京

第三辑 文心

我与文学

我目前是个文学上的待位生，在课业上常和文学发生彼此无从藏躲的关系。此外，书架上堆的多是些文学书籍，偶尔也不自量地写一些短篇，四出投寄。这些浅微的因缘恰是一般喜好文学的青年普遍的情形。《文学》编者先生向一个并无作品的人征文，谅来不外是想得到诸方面各别的口供。那样，我这篇自应列为爱好文艺青年的自述。

我最初走进文学这圈子既不是先天的禀赋，也不曾因隔墙见了桃花枝子，被羡慕的心情诱进园门。我是被生活另一方面挤了出来，因而只好逃到这肯收容病态落伍者的世界里来。

五年的时光都葬在一个每天三遍经的破尼庵里。一位迂腐、暴躁的老头子用水烟袋和榆木板陪我们二十几个贫而淘气的书生在一间黑乌乌的大殿里消磨大家的童年。每天前嘴背着"子曰学而"，屁股后挨着扎肉的板子。直到十一岁才入小学一年。

别的功课都来得占先，唯有笔算，成天被维新的塾师骂作"木头"。于是，纵没犯规矩，手心每天起码也要照顾三四板子。我还能记得立在黑板前用乞怜的眼色向同伴求不致受罚的答案的情景。恩者常提出的条件是"叫声爹"，这交易直争执到"大叔"时，才混到一个数码——常常是并不能庇护手心的数码。

遮我这低能的丑的是每礼拜六贴在校门洞的作文榜。于是，我在笔算班去出丑忍痛，再到作文班去扬眉吐气。

阅书室摆的《小朋友》里被发现我的名字时，会成为全校的美谈，连扫地的茶役都莫名其妙地探问。于是，这光荣弥补了我另一方面的缺憾。可是笔算教员在捉到我的手掌时，板下显然已经加了劲。

及至我能用代庖的文章交换命分算草时，我的小学教育在一种势力平衡下安然度过了。

在初中，我忽然对"设X"的一次方程发生了浓厚兴趣，居然凭自己的力量拿过月考的一百分。在我追赶别人的决心快坚定时，那代数教员被教会里较有势力的一个人挤走了。换来的是一个麻脸（据说他怕老婆），但经他手打折了的板子不止一条了。

那时我已成了几乎没有人管的孩子了。上午读半天书，下午走到一个地毯房去学手艺。学校里用的是硬木板子，毯房里用的是铁耙子。终于，在双重刑具之下，我支持不住了。我由地毯房逃走过，但生活不允许我不流着泪走回去。终于，我放弃了文凭的完整，而硬不再上代数班。

科学的门从此把我关在外面了。

于是，我揉着沾满羊毛屑的眼，读着一些"不实际"的文艺书。终于生活把我赶到灰色的路上去。我想死，又没有胆量；于是，我想生。天天除了念佛经诵诗篇以外，尽守着日报的"征求栏"，探听有饭可吃的地方。有时一天跑四个门路：店员、跑街、文书和教师。一见面就被拒绝的理由常是"身量太矮"。

我终于找到栖所了，是在北河沿西上坡一家书局里。在那里，我不但不曾被嫌身量矮，且受到许多鼓励。我见到许多名人，有作"性史"的，写"情书"的，自然，还有写小说的。他们大都是北大或中法大学的教授。细长的，枯老的，红嫩嫩的，一个个喊着"老板"由我窗口走过，有时还向账桌旁我这个小伙计点点头。在那里，我的工作除了捧着油墨蚂蚁仔细校对之外，还要到红楼去抄书，有时还被派去给作家们送稿费。我骑着局里的车，手腕上绑了一大叠钞票，随骑随看有没有被风掠过一张。

虽我停留的时间不长，却对我一生是个重要的转折点。白天做事，晚上可以把柜上的书借几本带回公寓去读。我读到许多早期的新文艺作品，但我特别想提提华林著的一部只有二三十页的《新英雄主义》。

这是一本用热情笔调鼓动弱者拿出勇气来的书。我曾把公寓的门反锁上，淌着泪，通夜反复读它。一本小册子给我圈得都看不清楚了。它令我毅然把佛经烧掉，割断人间一线家族的关系——三堂兄，迈上了奋斗的道路。

我有机会升学了，这消息反使得老板代我高兴起来，且帮我挡住当时来自三堂兄的一种无理的暴力。为此，我总在感激着。

回校后我成为一个新的人了，对待功课、交友，都有了改变。我认真向人生深处探索了。每晨黎明时，我哼着《雄军歌》挺着胸膛向太阳冒芽处大踏步走去，从不觉出一瓶瓶羊奶在肩上的重量。

当我了解一些做人之道时，我开始憎恶起许多身边的人了。我首先发现的是每天朝会站在台上大讲耶稣的老师是多么卑劣。他们那怕外国人的贱态增强了我的爱国心。他们背地里嫖饮的放荡激怒了我。我约同校中贫弱孩子们组织起一个少年团体，以互助的精神自治自励。遇到贫穷的团员和别的富有同学打了架送到势利眼的斋务长那里审判时，我们还要求旁听过。同时，在一个与校外大中学生合组的十人通信团里，除勇敢地供说各人感想外，我也骂过学校当局。信经官府及学校双方验讫后落到我的手中时，常发现红的"×"字画在不敬的地方。

终于触怒了双方。在一种默契的谅解下，我被送到可以不审而毙的狱中去了。

释出之后，自由失了，在软禁中，我开始静心读书。

不相信吗？我读过化学、物理、生物，但我连其界说也不知道。我那时的科学教员（教务长）是一个向青年会钻营，同时又在情场

113

追逐的忙人。（我当时为他打杂。）上课的时间我们都被放逐到城外护城河边去捉水虫做标本。除了季终交进一只又腥又臭的干蛙以外，我的时日多消磨在响闸的绿荫旁，守着流水，诵读我所爱读的书。

革命军到北京了。像棵显圣的铁树，我的情绪开了花。提灯大会那夜我扛了丈长铁管的大方灯，进北海穿南海地奔走了半夜，用嘎哑的嗓音喊着："国民革命万岁!"

立时，在学校里我变成革命"元老"了。于是，我当了许多主席，并做了校刊主笔。

终于，在多重痛苦的矛盾下，我开始了流浪生涯，我飘到东南海的某角隅，用粉笔作筷子。

那些时除了《毛毛雨》一类肉感的歌谱以外，一个青年所酷爱的还有一些"浪漫派"的作品，叙述的多半是一些病态的人物。有着怪的脾气，说着欺天的大话，干着荒唐的事。骄傲自己的穷，骄傲自己的放荡，骄傲自己的流浪。那时代恰巧在自己性格身世中寻到若干相同处。于是，受重大打击的反响纵任自己在一个人生地疏的地方学习书中英雄的行动。结果在短的时日中，我已有的短处都蔓长起来。我孤独得似乎不能见人了。我暴躁得和海涛也生气。我饮酒了。更典型的，我开始追求异性了。终于，许多浪漫故事里的趣味和苦头我都尝到了。

及至我再回到故乡时，在性格上我已成为十足的病态文人，虽然文学是什么我也摸不清。曾有一位好心的女人目睹我堕落的状况生了惋惜，她决心把我拉到革命战线上去。她懊丧地失败了，但她那堆信说服了我浪漫之不当。

由于生命的各种机缘，我认识了许多师友。我曾正襟听过长须垂胸的老神父讲说拉丁文学，我曾陪过一个因失恋而出家的修士流着泪通夜读完他抽屉底上的情诗。我曾和许多年纪相仿的人合做过多少荒唐的梦，一个个都如秋菊般地凋了。但我仍在梦着。不同的，也是我感激的，是我有比传奇中更真实、更健全的朋友了。由他们，我得到教育，得到生命力。

目前我犹不能把心钉在一方土上，我仍想用漂泊来逃避不如意的现实。但滚着的石头毕竟沾不上青苔。虽然漂泊生涯最富趣味，这样逃避终不是办法。我还是设法把自己按住，如一个电话接线生那样专注地工作。

总之，我爱文学，但文学并不是我有意选择的。对科学死了心是近年的事。世上或有天生的文人，但我深知道我不是。如果教育把我造成一个好的木匠、一个好的药剂师，我或更能脚踏实地地为人做点事。前几年我还向社会科学钻过，可是不曾钻进去。直到现在，除非是为"教文学""研究文学"，我一点不以为一个喜好文学的人有入英文系、国文系的必要。文学没有方程式，黑板画不出门径来。如果仅为个人欣赏，则仍另外应有技术的职业，无须令社会背起这份担负。如果是为创作，则教室不是适宜的工场。文学博士会写"文艺思潮"，但写人生的，却什么士也不需要。

因此，我已由西洋文学系转入新闻系了。

我近来虽涂些文字，但大都失败。原因并非全因我无能，大半由于我无知。一个对人性、对现社会没有较深刻理解的人，极难写出忠于这时代的作品。我虽说话笨拙，但我推想，说几句俏皮话不是太难办的事。该说什么，却成问题。学社会科学不见得就理解社会，因为那至多是幅地图，能按图去观察实际生活才是创作最好的准备。中国文坛上有成就的人莫不是和实际生活有密切的接近。伟大的作品在实质上多是自传的。想象的工作只在修剪、弥补、调布、转换已有的材料，以解释人生的某方面。

我年纪尚轻，谦虚犹压不住对自己过分的期望。回忆起来，过去的痛苦刚好形成一个不太寂寞的开端，像我这什么也没有了的人，正不应把自己糟蹋在太稳定的生活里。我希望目前这点新闻的训练能予我以内地通讯员一类的资格，借旅行及职务扩展自己生命的天际线。如果在经历中我见到了什么值得报告给大众的，自己纵不是文人，也自会抑不住地提起笔来。如果我什么也不曾找到，至少在这大时代里，我曾充当了一名消息的传达者。

一位由刻苦中爬到创造大道上去的先辈，近来曾作文否认灵感与天才的存在。这不仅是破除了一种寒人心的、帮人偷懒的迷信，且增加了正在踌躇者的勇气。

如许多人，我一向也曾用自己性情乖僻证明过文人的资格，甚至还在服饰行为上用这怪处作商标过。但年来由我接触的几位颇有成就的文学者的生活观察，他们并不如一般文坛消息所载的那么态度反常。反之，对艺术愈进步，对人生的态度似也愈成熟、健康。酗酒、女人只是初期少数受中外才子流毒的文人行径，前进着的文学者们却正在将对自己那份尊重移到作品上去，其待人接物毫不异常。于是，我开始懂了：一个文学者并不需要特殊性格，虽然好静为事实所迫，不一定要"原始，孩子，性情不定，不擅推理，孤僻私己"（见柯灵渥的《艺术哲学》）才能创作。

反之，一个艺术者正需要一条坚实的体格以便能持久地工作，一具清澄、健全的心灵以洞察事物内在的魂质。不然，其传达的经验亦必是病态的。艺术需要想象、需要情感，那是在创作的刹那，用以模拟、再现心目中的景象，而以心眼透视之，一篇戏剧或小说在酝酿中，多需要理智的支配——这里我愿意暂丢开诗歌。而且，在涉及社会问题的作品中，是需要公正的批判的。人生事实客观的记载已有新闻纸担当了——虽然不够详尽。文艺者调理这些事实似在记叙外，有意无意间总免不掉用较具体的语言加以因果的、价值的诠释，甚而是功过的评判。社会总有两个对敌的势力在搏战。描述这搏战的文学者如不先以理智判别双方之是非，则描述终无端绪。何况"不平之心人皆有之"，评判几乎是免不了的事，这责任需要对全局通盘的认识，这似又不是病态者所能的了。

对于人事有浓厚的兴趣似是文学者一个必要的条件，因为好奇心是视察最初的原动力。一个艺术者的好奇心应比旁人更深一步——不是散漫的浏览，而是逼近的凝视。能为崇高而屏住呼吸，能为幽默而感到松释。

一个显明的事实：社会对这辈新进文学者所要求的条件更严格了。这是中国文学向上迈进最好的证据。

一九三四年十二月，北平

未带地图的旅人

一九二九那年的冬天特别冷。开春了，道边的枯草都已在返青，可是圆明园废墟上断垣乱石间的积雪却还未化尽。经两家大学来此散步的青年们踩过的隙缝里满是灰色斑纹，乍看像是镶了碎块的大理石。半亩园旁升起袅袅炊烟，佛香阁背后的玉泉塔衬着淡蓝色的云天，显得格外玲珑可喜。

两个青年踏着芜蔓的草丛在激烈地争辩着。

女的用浓重的湖北口音在严厉地责问着："这么重要的理论书你为什么看不下去？不忙还我，你还是拿去，硬着头皮也要看。朋友，这不是本随随便便的书，这是革命真理！"

说着，就把一本封皮已满是皱纹的书朝对方塞去。男的勉强接了过去，嘴里嘟囔着："那么老长的句子！多绕嘴，多抽象啊！我就是看不下去，比方说……"

两人争辩得越来越不冷静。男的嚷起："理论，理论，充其量只不过是张地图，它代替不了旅行。可我要的是体验这个光怪陆离的大千世界。随你这个书呆子念地图去吧！我嘛，我要采访人生。"

"不带张地图？"

"对，没地图照样可以走路，而且更不平淡，更有趣，更富于……"

"你会掉进深渊去的，或者在茫茫的生活森林里迷了路，给狮子老虎吃掉！"

"没关系，反正只有一辈子好活。掉进深渊——深渊就不该去体验体验？既然总有死的一天，狮子老虎肚子里不是比埋在黄土里还暖和吗？"

他一边这么扯皮，一边顺手抄起一块卵石，嗖的一下朝远处抛去。石头落处，惊起一只叫不出名字的大鸟。它呼扇着翅膀贴着地面飞走了。于是，他就撒开腿追了过去，一心想掏一窝鸟蛋。

她气鼓鼓地在后边骂着："你真是一匹野马……"

两人间多少次争论都是给他这么一阵顽皮打断了的。

那女青年是燕京大学英语系的学生杨缤——后来改名杨刚，男的则是我自己。当时由于没有文凭，进的是国文专修班，打算两年后混张文凭同《梦之谷》里那个大眼睛的潮州姑娘去南洋。当时我刚从南国回到古城，在一个诗歌朗诵会上遇到杨刚，一见面她好像对我就很了解。

相识以后，我们就通起信来。那时学生会的交通部在办着一种校内邮政，一封封书信在男女宿舍之间来回穿梭着，里面装的无非是些罗密欧同朱丽叶式的对话。但是我同杨刚的信（保存了一大包，全部毁于一九六六年八月的一场火灾中），装的却是另外一种内容：从对人生观的探讨到各自读书笔记的摘录。她在信里总是引导和督促我学点革命理论，而我则满纸净是"漂泊"呀"流浪"呀的字眼，抄录的诗句不是出自苏曼殊、纳兰性德就是拜伦和雪莱。那时我迫切要求的不是去分析生活、理解生活；一心只想投进去，当一个"百代之过客"。

一晃整整过了半个世纪。动手编这个集子的时候，首先浮上心头的一幕就是当年我们之间进行过多次的关于地图的辩论。我倒幸而没给狮子老虎吃掉，深渊可还是伸下过一只脚。这一生如不是有像杨刚、巴金、柳杞、孙用等多少位净友的关注和指引，路走得还要瞎。个人走瞎路事小，人是个社会动物，这是我在起步的时刻所没想到的。

不，地图不能代替旅行，然而在人生这段旅程中，还是有一张

119

地图的好。

我是个土生土长的北京人，十八岁以前，往南只到过艺人拳师在席棚底下各显身手的天桥。

一九二八年冬天的一个星期二，我以闹学潮的罪名给崇实赶了出来。那晚，我夹着个蓝包包（我的全部财产）拍香饵胡同一个张姓同学家的门去借宿。接着传来一个险恶的消息，说我上了市党部的黑名单。一个高个子的潮州籍华侨同学跑来悄悄地问我，敢跟他去广东吗？连一丝牵挂也没有的我，有什么不敢的。于是，星期四我就又夹了那个蓝包包同他进了东车站。火车朝南奔驰着。啊，原来这就是黄河！接着是更惊心动魄的长江。不几天，出了吴淞口。呀，多么腥咸，多么蓝，多么无边无际的海哟！我兴奋得像是灵魂出了窍。可是黄河边上破破烂烂的棚户，下关成群的乞丐，朱宝三路旁脸色清癯的雏妓，租界里抢着棍棒的洋警官以及黄浦滩上挂着星条或米字旗的炮舰，也在我心灵上深深地留下了阴影。

我终于在汕头落了脚，在美丽的角石——面对大海的半山坡上一家学堂里，找到一个凭喉咙换饭吃的职业。尽管我的潮州话讲得"零落"，我一直把那里当作我的第二故乡。它是我流浪生涯的第一站。而且就在那里，我第一次尝到恋爱的滋味——或者不如说苦味；懂得了在现实生活里，两人相爱并不就能成为眷属。她也真挚地爱上了我，但是一只大手硬是把她攫了去。那只大手是蛇江电船的老板，长途汽车公司的大股东，她教书的那家小学的校董——更重要的是，他是"市党部"的什么委员。是初恋，也是脆弱心灵上一次沉重的打击。

一九三四在一篇自述里我这样描述过这段时期："及至我再回到故乡时，在性格上我已成为十足病态的文人——虽然文学是什么我也摸不清。曾有一位好心的女人目睹我堕落的状况生了惋惜，她决心把我拉到革命战线上去。她懊丧地失败了，但她那堆信说服了我浪漫之不当。……我仍想用漂泊来逃避不如意的现实。但滚着的石头毕竟沾不上青苔。虽然漂泊生涯最富趣味，这样逃避终不是办法。我还是设法把自己按住，如一个电话接线生那样专注地工作。"

"女人"这个字眼用得太不敬了，那指的是杨刚。在她的帮助下，我从感情的旋涡里拔出脚来，靠假文凭混进了大学本科，并开始对写作认真起来。更重要的是我这样修改了自己对于地图的观点："学社会科学不见得就理解社会，因为那至多是幅地图，能按图去观察实际生活才是创作最好的准备。"然而我并没认真把地图放在心上。

说起写旅行通讯，我应该感谢一位孟姓朋友。他是平绥铁路的货运员。在当时，这个职业给予他一种便利：可以捎上一个免费的乘客。有两个暑假我都曾随了他往返于北平与包头之间。

说来真是阔气！我们坐的可以说是"专车"——在铁路上叫作"守车"，是挂在一列货车尾巴上的那种有两个小窗口的闷子车，车厢里只有我们两个。守车外边挂着盏红灯：前头的司机只要看到红灯在，就可以放心路上并没甩掉一辆车皮——那时候路基不稳固，车辆也衔接得不牢靠，有时火车头跑着跑着会丢掉几节车皮的。

守车里空空荡荡，只有两条板凳。车行进时，白天我们就聊天，或者席地下跳棋；要不他蹲在车厢角落里算账，我伏在车窗口观赏塞外风光：凋敝不堪的村舍，形容枯槁的农民，和一望无际、五彩缤纷的罂粟花。晚上，我们就裹上点什么，各自蜷在地板的一角，透过地板裂缝里可以瞥见发红的煤屑掉到下面轨道上。

每到一站，朋友就把个铅笔头往耳朵缝上一夹，拿着一叠货单下去办事了。遇到货车需要停上半天的时候，我就一个人进城去兜个圈子。我最早的一篇特写《绥远散记》就是这种免费旅行的收获。

一九五六年秋，我随文艺界代表团访问内蒙时，又走过那条铁路了。当年的罂粟地里长起了茂盛的高粱和玉米，当年行人夹在驼群骡马间走的土路变成了柏油马路，姑娘们穿着洁白的工作服，脚步轻盈地在织布机之间跑来跑去。

我想到了关于地图的争论。没有地图，绚烂的理想是不能变成现实的。

　　早年，当旁的孩子们在上代数几何时，我却坐在地毯房的长条板凳上吸着羊毛屑，织着波斯图案。所以科学的大门早就对我关闭了。文学呢，我同样没有根底，所以那个国文专修班念了一年就再也混不下去了。"文学博士会写'文艺思潮'，但写人生的，却什么士也不需要。"那时我是这么安慰自己的。

　　大学最后两年，我从文学系转入了新闻系。当时的逻辑是："我希望目前这点新闻的训练能予我以内地通讯员一类的资格，借旅行及职务扩展自己的生命的天际线。如果在经历中我见到了什么值得报告给大众的，自己纵不是文人，也自会抑不住地提起笔来。倘若我什么也不曾找到，至少在这大时代里，我曾经充当了一名消息的传达者。"

　　然而我讨厌那利用顾客心理上的弱点来招徕的"广告学"，对于怎样无孔不入地抢"独家消息"的采访术我也听不下去。这样，我就旷着本系的课，却去旁听文学课。

　　那时我已经开始给《大公报·文艺》和《水星》月刊写小说了。教"特写"课的老师斯诺总向我强调新闻同文学并不是两码事。"你可以说前者是摄影，后者是绘画；难道你不能从摄影里学到点取景的角度，学到明暗的对比吗？更何况两者的素材都离不开生活本身呢。"他讲起狄更斯、萧伯纳早年的记者生涯，还要我读一篇描绘一条巨轮在太平洋上沉没的特写。他说，作为消息来报导，也许五十个字就交代了，然而作者用大量的细节渲染了甲板上极度紧张的气氛，刻画了各种乘客在惊慌中的神态和心理。"这不就是很好的文字写生，是写小说多么好的准备！"

　　这就逐渐明确并且坚定了我的生活道路："我的最终鹄的是写小说，但因为生活经验太浅，我需要在所有职业中选定一个接触人生最广泛的。我选中了新闻事业，而且我特别看中了跑江湖的旅行记者生涯。"

每到临近毕业时际，系办公室里就出现一些新面孔——都是什么通讯社或报馆派来在毕业生中间物色人才的。时而把某人叫进办公室，时而故意在走廊上拦住你谈上几句，边谈边滴溜着眼睛上下打量着。

我幸而没受到这种品评。由于一九三三年就开始给《国闻周报》和《大公报》写稿，在距离毕业典礼前的两个月光景，我的位子早就定了下来。

那是一个星期天的下午，杨振声老师约我去来今雨轩吃茶，在座的有天津《大公报》的胡霖社长。当场就说定：六月十五日行完毕业典礼，七月一日我就将成为该馆的工作人员，编副刊。那位矮胖、近视、十分精明的社长问我有什么愿望和要求，他指的大概是薪金之类的问题。我的回答是：希望编副刊之余，尽可能有机会接触一下社会生活。

也许"社会"那两个字用得不当。

进馆还不到一个月，胡社长有一天要我去法院帮本市版采访个案子。什么案子现在已记不起了，只记得那是在河北的一间阴暗发霉的大屋子里。我被领进"记者席"时，发现一个矮瘦的中年人正蜷缩在一个角落里，面孔很熟，可又说不出在哪儿见过。他仿佛也有同感，所以就相互点了点头。

我专注地四下张望起来，暗自琢磨着：那个穿长衫戴着金丝眼镜翻看案卷的大概是律师，站着警察的也许是被告席吧。如果有一天写小说需要法院作背景，这不就很现成吗？所以自己心里满惬意。

当时的天津大公报馆设在法租界电力厂对面，濒临流着污水的墙子河。过河就是一座雏形的巴黎圣母院。编辑部在二楼，是有点像篮球场那么一个长方形的大房间。楼下是机器房，对面也是机器房，所以四周总弥漫着煤屑和机油的气味。一进门的长条桌子是要闻版，然后就顺序排了下来；每张桌子代表报纸的一个版。副

123

刊——我那张桌子，同本市版相隔不远。

回到编辑部我才发现原来矮瘦的中年人是本市版的一位同事。我刚兴奋地走过去想告诉他这次采访多么有意思，坐在要闻版的胡社长就赶过来了，对我说："你写你的，他写他的，不要商量。"这样，我把副刊发完之后，就动手写起法院的报导。

第二天，本市版登出的是我写的那篇，而且，那位矮瘦的中年人没几天就从大房间里永远消失了。我听到宿舍里人们在议论：《大公报》这碗饭也好吃也不好吃，看你有用，年终可以发你三个月奖金；要是淘汰起来，它也一点儿不手软。

这时我才明白，原来我那次的采访曾造成另一位同事的失业。我感到恶心。首先，我恶心我自己，也恶心这种借刀杀人的手段。

我怀着抗议的心情去找胡社长了。我说，在来今雨轩您可能误会了我的意思。我希望接触"社会"生活，但我并不想在本市采访。我想去外地。他问我能编出够半个月用的稿子吗，我说，一个月都行。

他透过深度的近视镜向我笑了笑，然后，就揉着他那胖胖的下巴站了起来。

我的旅行记者生涯是从报导水灾开始的，这就是本集中《流民图》那一组文章。

整个一九三五年的夏天，那个长方形的编辑部各个版几乎都在为水灾忙着。每天早晨打开报纸，大标题不是某处决口水势下注，就是什么堤坝崩溃洪流泛滥。画刊上满是露着树梢或屋顶的汪洋大水，偶尔还有求救的枯手从水面上伸出，更可怕的是捞上来的成堆成堆的尸体。社论呼吁着"治河是急务中之急务"，然而要闻版上却是什么"剿匪捷报频传"。社会上各赈灾团体在广告版上用最动人的话语呼吁着捐款："一块钱掷下来就是一具救命圈""狂流卷去了他们的爸妈，栖在树杈上啼哭着的孤儿们向你乞讨"。画家们办起赈灾画展，体育界搞起"义赛"，戏剧家也举行着"义演"。这些广告是呼吁，也是抗议——抗议在南京的那个所谓"政府"，它只会打内战，不顾老百姓死活，并且竟然还假借赈灾名义加征赋税！

我挥着汗，呼吸着对面电力厂的煤屑，坐在办公桌前拆着大堆大堆的读者来信。当一个读者在信里问我什么是他的"出路"时，我以悲愤的心情这样回答了他：

> "什么是他的出路呢？"我自问着。这惊动了我左侧正译着报告江河水位电报的同事。"已经淹没二十几个县了！"他回答我。我愕然。这又惊动了对面一位写着本市凶杀案的同事。"穷得没办法嘛，怎么不杀人！"他摇着头，写着满是血迹的新闻。一只粗大多毛的手（指墨索里尼）在欧洲伸出来了，扬言要统治另一个弱小的但是倔强的民族。我丢下了这支笔。我不能写了。什么又是一切人类的出路呢？朋友，我问你。

一天，社长把我叫到他那小房间里去，那儿已经坐着一位长脸庞、身材瘦削的中年人，谈吐十分爽快。经介绍，知道是画家赵望云。社长微笑着对我说："这回可真派你去内地了，同望云去鲁西灾区。他画，你写。借你们两位的文字和艺术功夫来推动赈灾工作。看怎么样？"

几天后，我们就一起在兖州换车来到被大水包围着的济宁城了。在报上看到过"水政分歧"四个字还不大懂，下车之后才明白：原来由于国家实际处于无政府状态，各省都力保自身。鲁西为了摆脱灾情，就负夜决堤毁坝，想把水往苏北放；面对险势，苏北自然也不答应。于是械斗了。"水政分歧"原来如此血淋淋！我在《人生采访》中，曾写过一点感想：

> 城是为大水围起。人们是成千上万地冻死饿死。我住

的客栈里却有官老爷大叫条子；随着又是猜拳又是清唱。我第一次明了人与人之间是横着怎样深的一条鸿沟。……那时，政府忙于剿共，水是自由地泛滥着。各省，甚至各县，都只为了保护自身而筑堤。所以山东抱怨江苏故意把水堵在鲁境，江苏则责备山东夜间武装破堤。我恍然发觉中国吃尽了中央集权的亏，却分享不到一分"通盘筹划"的好处。横跨全国的一条大河，怎能由地方来局部处理呢？

现在认识到，这个问题问得实在幼稚无知。

五十年代当一系列治河的巨大工程在轰轰烈烈地进行时，我才明白：只有政权在人民手里，才会那么认真地为自己除害。我把《流民图》中这几篇收在这里，主要是希望新的一代不要忘记在人民未当家做主之前，国家是个什么样子。

为了鼓舞望云和我的士气，天津报馆不断给我们写信，说我们的东西登出后，捐款怎样显著地在踊跃起来，有时还附来一两封读者来函，以资证明。画笔稿纸竟能创造出赈款，我们自是大感开心。

这次采访，一路上同望云相处得十分融洽。他是河北南部束鹿县辛集人，出身寒苦，是当地一位王西渠先生资助他学的画。他厌恶城市，平素总待在农村，所以他画的多是农村景物。只有在开展览会或像这回应邀写生采访时，他才出来一趟。这个集子里的《破车上》就以他的家乡辛集为背景。对这次采访，我们共同有个体会：文字也好，绘画也好，都是可以拿来为现实生活服务的。并且相约以后要以民生疾苦为笔下的题材。

可惜苏北之行他未能参加，是我一个人去的。陪我看水情的那位邳县县长一定要我同他一道骑马视察。不像同事范长江，他曾骑着马驰骋大西北；我连驴子也骑不好。然而那位县长出于好心，非要我骑上去不可，还一边拍着马背，说它可乖了。我们走的是条很窄的路，一边是运河，另一边是淹没的田地。我只顾四下瞭望，观察水势。忽然，只觉得马身扭动了一下，我就扑通跌了下去。我一向不会泅水，幸亏县长及时地跳了下来，把我从污泥里拖出。

一九五六年随作家代表团访问内蒙时，不会骑马又造成很大的不便。锡林郭勒盟的盟长为了让我深入一下牧民生活，特意用他专用的吉普把我送下蒙古包。

采访完鲁西水灾，望云约我陪他去泰山看看冯玉祥将军。

由于气候关系，我们并没看到有名的日出景色，然而却看到一位半在野军人的生活。

在未见到人民解放军之前，冯玉祥的"西北军"是我心目中最好的军队。他班师回京赶走宣统那年，我好像还是个小学生。当时心坎上就觉得他"干得脆"——既然"民国"了，凭什么还在城中之城留一个皇帝！他的士兵胸袋上都缝着一块长方形的布条，上头写的仿佛是"不害民，真保民"。他把北京的鼓楼改成了"国耻楼"，里面陈列着五卅惨案时英帝国主义枪杀上海工人的照片以及示威学生的血书。他把地坛改成公园，并且在地上用山川湖泊种种模型制成一个世界平面图：有棕色的高山，蓝色的海洋，还有驶在轨道上的小火车。从比例上看到中国之大，日本之小；从那些"英属""荷属"的小木牌看到多少民族仍在受着奴役。我后来在旅行途中，时常回忆起那个模型，因为我是从它上面第一次见到阿尔卑斯山、落基山和莱茵河、密西西比河的；它最早给了我一点地理知识，也最生动有力地唤起我的爱国主义思想和对殖民者的憎恶。

在泰安一下火车，将军已经派人来接我们了。从山脚参门登山，走了好半晌才来到将军在半山的住所。现在只依稀记得山坡上有几座相距不太远的洋房，一处挂的牌子仿佛是"冯玉祥国学研究所"，里头堆着不少线装书；另一处叫作"冯玉祥科学实验所"，桌上放了许多瓶瓶罐罐。是不是还有旁的所，现在已记不起来了。当时的一个感触是：一座名山给他一人占了，什么都打上了"冯"字标记；另一个感触是：当许多旧军阀把钱花在酒色上时，这位武人却在钻研着文化，毕竟还是难能可贵的。但更可贵的是：当蒋介石对侵略者深作大揖，坚持枪口对内时，这位身材魁梧、穿了粗蓝布短袄、一身农民打扮的将军，却毫不避讳地同我们大谈应该组织民众，积极准备抗战。

临别时，他赠我以他来命名的那个研究所出的一部古今诗集（书名已记不准确了），里头选了从汉魏唐宋以至民国的诗人的诗，冯玉祥的名字也列在那些历代诗人中间。在翻阅时，书里忽然掉出一个东西。捡起一瞧，是一张将军给士兵剃头的照片。

在下山途中，我就对望云说：一定得找机会专诚来拜访这位将军一趟。

为什么说冯玉祥当时是"半"在野呢？当时他名义上是南京政府军事委员会的"副委员长"（头衔大致是这样），其实并没有兵权，那只是为了把他安抚住。于是，将军就在这座名山上建造起他的"学术"世界。可是蒋介石仍旧放心不下。一九三六年初吧，就还是把冯将军接到了南京。不消说，拨给他一所华丽的官邸，可是也更便于监视了。

那年三月初，在得到报馆同意之后，我就到南京冯公馆去访问了。那天他大概已接见了不少宾客，声音有些沙哑，但是他的眼睛仍那么炯炯有光，讲话时神情始终是亢奋的。

那是"一二·九"事件刚过去不久，许多同学仍然关在宋哲元的牢房里。因此，我首先问他对华北学生救亡运动的看法。我说，南京这里有人指控学生是有背景的。他气愤地说："学生的爱国运动是我们国民自发的救亡运动，正是民气蓬勃的表现。"关于在游行示威中被拘捕扣押的学生，他说："这一年来，不晓得有多少纯洁的青年学生由于政见不同遭到囚禁。这些青年对国家富有热情，对解放抱有信念。政府（指蒋介石）不应该让他们长期困在监牢里。"

当时由于新文字运动是进步人士倡导的，南京那批党棍也一直恨得要命，唯恐实行起来民众更加觉悟，他们的摊子更不好维持。

在泰山时，我曾看到冯的书桌上放着一本讲拉丁化文字的书，估计他对这一运动可能也是同情的，就请他发表点看法。他说："欧化文字构造复杂精密，适于学术思想、著述。文艺还是应当尽量接近大众。汉字拉丁化用法简易，便于学习，对大众是最实用的文字。"

那次访问中，将军主要谈的却是他对组织民众，准备抵抗侵略的看法。他谈得慷慨激昂，一点没有由于身在南京而有所避讳。有时他从沙发上站了起来，一下叉腰，一下摇晃着拳头。这部分谈话占我那篇访问记的大半。

文章在南京旅次写成后即寄津馆。我的通讯稿一般是寄到就登的，但这一篇却压了好几天，而且是删成一小块掖在第四版一个不显眼的角落里。更令人沮丧气愤的是，关于抗战那一部分被砍得一点痕迹也没有了。

这是我在新闻工作中第一次遭到的打击。一九四四年至一九四五年间，从伦敦寄回的有些通讯通篇未能登出来，如关于国际上对戴笠特务统治的抗议。在那样的年代里，一篇通讯也不知道得过几道关口才能和读者见面！

一九三六年四月间调到上海去筹备沪版《大公报》时，一天偶然遇到了斯诺——那时他已从老师变为我的同行了。当他问起我进《大公报》一年来的情况时，我就把访冯这件事说了。他仗义地说，我来替你弥补一下。那时他正担任伦敦一家报纸的驻华记者，我写了封信介绍他去见冯将军。

冯什么时候和怎样接见他的，我完全不了解，只是一天在上海一家英文报纸见到这样一条消息：日本外务省向南京抗议，说冯玉祥身为国民政府军事委员会副委员长，竟然向美国记者斯诺发表了"不友好"的谈话，煽动反日，表示强烈抗议，并要求赔礼道歉。

距"七七"全面抗战只有两个月，我怎么会写起《雁荡行》那样的山水通讯来呢？这里需要说明一下。

当时，上海《申报》《新闻报》和《大公报》三家竞争得十分尖锐。不过《申》《新》两家牌子老，根底厚。来沪开业刚刚一年的《大公》就不同了，它得想尽办法"闯牌子"。花样不断翻新：体育版组织了"大公球队"，戏剧版的唐纳搞起《中国万岁》的演出，文艺版举办了一次奖金。形式尽管不同，但目的只有一个：让报纸的名字响彻黄浦滩。

那阵子，春秋两季商办旅行团在上海极为盛行。报纸上满是去莫干山、南普陀等名胜的广告，办法都是交一笔整数，全程食住行都一包在内。

胡社长可能从这类广告偶然得到了启发。四月下旬的一天，他把我叫到办公室去，先说了一下"你接连采访灾区够辛苦的"，接着笑眯眯地说，"该让你换换口味了"，问我去写点山水通讯怎么样。我当时是只要能跑出编辑部，哪里都愿意去。

于是，他摊开报纸，就在舟山呀普陀呀那些旅行团中间，随便指了一下雁荡。他揉着下巴，嘱咐我一定要保密，并且说，会关照经理部给我报个假名字。"路上可别暴露出记者身份！"我就这么神秘地同一簇只讲宁波话的陌生人同游了十几天。去时坐一条小火轮到温州，归途搭汽车沿浙东公路经天台回到杭州。

我自幼喜读游记，曾随徐霞客和林纾神游过不少名胜。二十年代中叶，冰心女士的《寄小读者》就曾把我带到太平洋彼岸，徐志摩的《我所知道的康桥》领我去过那所大学城。看小说我也特别爱看有室外描写的作品，像屠格涅夫的《猎人笔记》、哈代的《还乡》以及康拉德小说中的海上生活。三十年代我曾把陆蠡译的《格莱齐拉》一连读上几遍。我还喜欢看历代文人笔下描绘的同一个地方，比方说杭州西湖。不用说马可·波罗时代的北京，就是关于解放初期的北京的记载或照片也会引人入胜的，因为那时十字路口的那些牌楼还没拆掉——不是留恋它们，而是为了同今天的宽畅宏伟相对照。写"一二·九"运动的人倘若对西直门城廓当时的样子不甚了了，就描绘不出那紧张激昂的场面。

游记在我国文学的宝库里历来占有重要位置。不去说什么《山海经》，只消打开《古文观止》，从六朝到唐宋，通过记、序、赋、铭各种形式写的游记真是美不胜收。在各种文体中，山水描写也是最接近诗歌境界的。

我是在华北平原生长的，虽然也见过一些山，然而像雁荡那么千岩竞秀的峰群我却是第一次见到；而且那么多瀑布，每一处的神姿都不尽同。那次旅行暴露出自己文字根底之差：描绘往往跟不上感受的深度。

在写这种山水通讯时，我内心一直有个矛盾：不安于——或者说不甘心单纯去写自然景物。怎么把人——不是穿了古装、像木偶那样盘腿坐在松下的人，而是把当代的人写进景物中去，对我一直是个没能解决好的课题。在雁荡一组里，我不过是在煞尾处用一个新娘子点缀了一下。在巴伐利亚，我刚好碰上那个被美国兵遗弃了的女裁缝。一九五六年写的《草原即景》里，那位年轻女司机帮了我的忙，我用她的侧影使画面略有暖意，也算打上了社会主义时代的印记。

此书出版时，我已满七十周岁。我希望在今后的写作中，努力学习把景色和人物糅合得更紧密一些。

和大家一样，三十年代上半期，我也是以热切的心情企盼着大时代的到来的。它终于在卢沟桥的炮声中开始了。"八一三"后，"大世界"和先施公司先后挨了炸弹，黄浦江上展开了炮战。就民族而言，全面抗战有如一个抱肘缩颈、受尽凌辱的人，终于挺起身子拼命了。兴奋啊！痛快啊！再不需要在稿子上打什么××了，再不需要悄声谈论抗战了。对个人生活，那可是一个空前的大变动，其幅度是事先怎么也逆料不到的。报纸一下子从十四版缩成四版。尽管我随外勤记者一道去了卢沟桥和淞沪前线，老板却一眼看出我不是军事记者的材料。于是，就发给我半个月薪金，让我去自谋生路了。

第一次尝到失业的滋味，慌得很呢。那时我正同杨朔住在环龙路一幢杏黄色的小楼里，他是我的二房东。底层是他同孙陵办的北雁出版社，三楼是他们的卧室，我住二楼。从报馆回来后，我以莫知所措的心情问他有什么打算，他似乎也还茫然。于是，打点打点，我就同"小树叶"（我对之永远负疚的一位同志）一道离开了上海。

那时去南京的火车已经不通了，由于战火，轮船也已不敢开进沪滨。我们买了船票，就坐上一条小驳船出吴淞口去搭南行的轮船。将近一个小时驳船都是在炮弹四落的硝烟里穿行着，船身颠簸得像是随时都可以沉没。我们俩吓得要命，可是为了给自己打气，一路还低声哼着："冒着敌人的炮火——前进！"

辗转到了汉口，那里《大公报》的副刊已经有人主持了，我只好四处托朋友寻找职业。好容易在老河口找到一个教书的位子，还没等赴任，那地方就沦陷了。这时候杨振声老师正从北平逃来，我们就一道由武汉而长沙，然后经湘黔两省的公路到达了昆明。《湘黔道上》就是途中的一些见闻。

那一次横跨西南三省的旅行，使我看到当时的所谓"建设"，是只限于几座城市，广大农村依然停留在原始时代。我在一封《贵阳书简》里曾这样描述我的感慨：

> 单说我们自己呢，这番苦可不冤。八百里的荒山啊，什么你都看不见，满眼净是硗瘠、荒凉，陪伴着极端的贫穷。然而在这旅途的那端却有这么一座阔城等着你，有电灯，有电话，有洋瓷浴盆，还有离湘境后久违了的绿树林，这简直是太丰富的报偿了。
>
> 其实，比起上海，比起青岛，贵阳还说不上阔。然而位于一枚枯叶般的省份里，就已经有些阔得不和谐了。每一个疲倦的旅客一走入贵阳近郊，看到那么细柔嫩绿的垂柳，看到饭店旅馆的醒目广告，都会感到莫大欣喜，甚而感激；然而当他把肚子填饱，把疲惫的身子安置到一张铁

床上时，一种惊讶的感觉又会冒上心头。于是他情不自禁地问自己（沿途那些乞丐般的穷苦同胞的影子，逼着他问自己）：怎么，这是仙境吗？是沙漠中的海市蜃楼吗？昨夜还睡在四面透风的茅舍里，睡在一张为虱蚤霸占了的破席上，身旁是一张张菜色的脸，举目望去，周围只有焦黑巉石，长满枯黄野草的荒原，今夜怎么竟有了丝绵被？穷的印象是冲淡了，却为另一种难受代替了。

离开晃县没多远，湖南那种蓊郁的松岭不见了。出现在车窗外的，就只是山的瘦骨：土是惨黄的，山是秃的；偶然露出一片横断石面，就像秃瓢上长了块疮疤。瘦马吃着枯草，直像疮上爬着的虱子。唯一为这些荒山生色的，就只有野生的天竺。没有人栽种，没有人培植，它好像为荒山抱了不平——天赋给它的太薄，人又太懒；于是，嫣红的天竺仗义地生满了山坡，红得几乎闪了光。村子是稀少的，每到一座县城，照例在近郊荒山脚下竖着一些木牌："××县造林场""××县保林场"。牌子的残破模样说明它已经历过多少寒暑，"保林场"保的却依然是万顷枯草。然而贵阳近郊的模范林场的树苗却茂盛异常，可知贵州土壤和树木本非冤家。沿途名洞古刹的左近，也常有些绿树，但那与民生无关。倒是黔南的杉树，高可参天，确是壮观。

一出晃县，多的是节烈碑，有时十几个连接排列。凉篷、小轿下垂搭着的仍是三寸金莲。这真使我们对内地文化不知如何估量。沿途护路队很多，黄昏时，这些衣装不甚齐整的队员时常在枪刺上挑了一束白菜或猪肉，缓步回家，至为逍遥。

贵州河流太少了，田间灌溉多用一种巨型水车，直径可数丈，水由旋转的木斗汲上后，逐一地投入半块横断的竹筒里，流入田垄。遇阴天，灰重的云彩下，这大水车转动起来，直如一幅荷兰风景画。

　　所有坐公路车的人，在担心个人安全之余，都不能不连声赞叹黔省民力的伟大。能征服这样险阻的高山，那股力量无论放在什么上面，也是不可轻视的了。一出玉屏，山路就变成了"带子"，折折叠叠，害得半车人全吐了。到盘山，车有时蛇行，有时作螺旋形，车呜呜地响，只见那英勇的司机，四肢不息地扭动。然而更英勇的是那看不见的千万只手，用勇敢、灵巧和坚忍铺成了这魔术般的路。

　　到重安，湘黔公路的最高线，司机又带我们驾起云了。车由山脚爬到云中，四下全是不透明的白茫茫一片。大地像一块西式点心，我们钻到上面那层奶油里了。那时，深浅、高低、远近的观念完全没有了。一切全陷入渺茫，只是隐隐地心窝里时常问着："假使差了一尺呢？"但即刻又按住这不祥的疑问。慢慢地，奶油变成半透明的了，隐约好像已看到了什么。果然，我们钻出云头了，我们超越了大地的那层奶油，车轮下是万顷银白"云海"。（到这时才明白这"海"字如何不易躲避！）偶尔海里孤岛般露出几座峰头，然而在凌空而上的我们，那不过是"丘冈"而已。

　　在一个山坳，我们遇到了一件怪事。一辆大汽车横在桥中间，只留一道过人的缝子。我们的车停了，司机下去看。过一下，我们听到一片喊嚷。"打官司！""凭什么？"我们车上有几个军人，他们首先跳了下去。我由窗口扒看，只见桥栏上坐了七八个用纱布缠头的人，满脸怨气。他们同我们的军人互相嚷起来了。我赶忙也跳了下去。原来那辆车前四五天在此翻了，死了一个，伤了十来个。虽然跑贵阳不到一天路程，电报、电话、公函全去过了，不但没有车来接，连个回音也没有。故此这些旅客急了，将他们的车横在路上，想借此威胁那沉默的路局。

于是，引起了纠纷，甚至几乎动了手。

最后，大汽车搬开了，一个缠了白布的陌生旅客登了我们的车。他是代表那些旅客去贵阳交涉的。

一九三八，六，六

一九三八年秋，我又回到新闻岗位了，是在香港，仍旧编《文艺》。那阵子的香港真是忠奸难辨；特务、汉奸，都挂着种种商业的牌号。文艺界抗敌协会请了一位英国女"作家"演讲，支持中国人抗战。我也在《大公报》上把她捧为"伟大的同情者"。她原来是个"托派"！乱呀，乱呀，浑水摸鱼的家伙有的是。

就在这时，我结识了一位好朋友：黄浩同志。一九七五在北京市房管局于八宝山为他举行的骨灰安放仪式上，我才知道早在一九三八年他就受到党和八路军的委托，在日寇占领下的北平和天津进行地下抗日活动。他也是晋察冀边区政府的参议员。那时他和一位游击队员来到香港，在侨胞中间宣传并募款，为冀中军区购置急需的医药器材。这位以牧师身份和花边行业作掩护的潮州人，是在敌人鼻子底下为民族解放斗争执行特殊任务的。他的工作中心就在北平菠萝仓胡同。一九四三年一个拂晓，日本宪兵用枪托砸他的前门时，他才机智地跳后墙逃到妙峰山解放区去。六十年代反修斗争中，这位已近七旬的黄浩老人抱了一束鲜花，揣着自己写的诗句，在严寒中站在首都医院门外等候慰问在莫斯科被苏联军警殴打的中国留学生。十年浩劫期间，"四人帮"的爪牙徒劳地向我外调过不下二十次，逼我写诬陷他的材料。他自己，他的弟弟黄声（前汕头市副市长）和小儿子都先后含冤死于他们手中。

集子里《爆破大队长的独白》仅仅是他们讲给我的关于八路军奇袭日本侵略军的许多事迹之一。在一九三八年，对白区读者那还是很新鲜的。当时由于武汉、广州相继失陷，颇有些人对抗战失却了信心。《独白》曾让人们看到游击战的威力。

为了宣传和募集捐款，我随他们两位走遍了岭东几县，那是我四返我的"第二故乡"潮州。第一站就碰上林炎发这个冤狱。林是大革命时期岭东的一位农民领袖，后被迫流亡海外。抗战初期国共合作了，他又返回潮州。他刚一回乡，与国民党紧密勾结的地主就以莫须有的罪名把他投入牢狱，并且施以酷刑。我把一切有关方面全访问了。报道中，我不加评语，完全让客观事实本身来暴露真相。文章在港报刊出后不久，就接到黄声的来信说，他们被迫把林炎发放了出来。这是继水灾之后，我又一次体会到文字是能为现实服务的。

说《大公报》对国民党小骂大帮忙，然而小骂也并不总是允许的。《岭东黑暗面》那几篇在港报刊出时，就已经给砍得不大接气了。当时港版的特写，重庆《大公报》总是转载的，这几篇却一个字也没登出来。

但是一九三八年那次我还采访了岭东光明的一面，那是黄声同志为游击战争培养人才的南侨中学——当时潮汕国民党部的眼中钉。抗战前，黄声原在暹罗为华侨子弟办学。像许多爱国华侨一样，全面抗战展开后，他立即奔回祖国，从事救亡工作。第一次见到他，印象就很深。他因为常跑山路，晒得很黑，也很近视，眼镜时常拖得很低。喜欢侧了头，捏着一只烟蒂，坐在墙角静静思索，时而狠狠地吐着烟丝。但是只要一谈起南侨中学或者战时教育，他便把椅子拉到你身边，滔滔不绝地倾吐他的理想。他反对让青年们去读死书，认为应当办适应抗战需要的教育。既然是生活在随时可能变为战场的土地上，就应当把抗战同教育结合起来。

他告诉我，头年七月九日，他同两三个同志一道到离他家乡只有几里的石牛埔去办学校。为什么单挑这么个地方呢？他不但想到那里荒废着一所校舍，而左近多少青年没有书读，并且还留意到那个小山谷将来可以打游击。因为隔一条小河，一座竹林，便是大公

136

山——北伐时革命军打过胜仗的地方。参加那次战斗的有农民，也有一支学生军。小山丘夺下来了，北伐军浩浩荡荡地前进了，年仅十六七的学生组成的那支队伍却全部牺牲在山麓下。他指给我看那地点时，我肃然脱下了帽。山下，经过血的灌溉，已长满了郁茂的龙眼和橄榄树。南侨中学的校址就是当年的司令部。

南侨的创办费总共只二十元，主要是买了钢板、蜡纸、油墨和文具。他们自己动手打扫了那间已经空了十年，满是尘埃和蜘蛛网的校舍。他们的教育方针是"开展活泼愉快的自我教育，建立集体活动的艰苦生活"。他们用救亡理论代替了"党义"，用爬山射击代替了"柔软体操"。学生们课余帮助农民种地收割，并分作四个工作队经常下乡宣传，晚上还办夜校。学生们白天学习，晚上又当起"小先生"。他们给前方战士写了一万多封慰劳信，又亲手为战士们做棉背心。下课后还站岗放哨，防止汉奸进行破坏。认真的侦察员一次竟误把一位教员给抓了起来。

当我去访问的时候，他们正面临一场严峻的斗争。左近地主造了他们许多极其恶劣的谣言，终于，县政府下令该校"着即解散"。黄声去质问县教育局，回答是"根据一封匿名信"，接着才交了底："党部对你们不放心。"

但是南侨——岭东这座进步力量的堡垒，并没被这么一道命令所摧垮。

一九三九年春，我经河内赶到了滇缅路，一直走到缅甸东部的腊戍。这趟旅行使我看到了抗战的另一面——壮烈的一面。多少华侨青年为了支援抗战，丢下他们在海外的安定生活，奔回祖国，用原始工具协助修建那条通往广大世界的公路——海岸被封锁后，它成了我们唯一的生命线。在采访那位印度铁工时，我问他为什么志愿到中国来支援。他擦了擦沿着头上穆斯林头巾淌下的汗水，朴素地回答我说，因为他恨侵略者，一切侵略者；他自己的祖国当时也处于奴役中。更动人的是那成千上万用保甲制度征来的民工。他们

137

从远地跋山涉水徒步走来，自带干粮；有的老人胡须长达胸部。公路穿过的主要是少数民族地区，老百姓受着国民党和土司的双重压迫。他们顶着烈日，在那恶性疟疾猖獗的地带挥动着锄头。那时我还不懂得劳动人民是历史的创造者这个真理。在文章末尾，我说他们是构成历史的"原料"。这不只是用字不当的问题，它正说明一个没带地图的旅人的愚盲。

一九三九年的初夏，我由滇缅赶回香港，那里已经积压着成百封的信件等待处理了。有从延安或敌后寄来的文章，也有报告行踪的作家书简。其中有这么一封看了使我莫名其妙的信。这是由伦敦大学东方学院寄来的。信中问为什么他们去信已近一月，迄不见我的答复。我怎么也没有找到他们前一封信，就回了个信，说明我因工作已离港多时，问他们原信究竟谈的是什么内容。不几天，回信来了。原来该院中文系缺一名讲师。经于道泉先生（早年我参加C.Y.时领导过我的同志，当时也在该系任教）推荐，邀我担任该职，待遇是年薪二百五十镑，旅费自备，先订合同一年。

这就是老舍先生曾经教过书的地方。据熟悉英国情况的朋友说，条件太苛刻了。二百五十镑一年，刨掉所得税，也就勉强够糊口的。而且这笔旅费去哪里筹措呢？即使举债前往，合同也只有一年，得哪辈子还清！所以尽管我做了多年的出洋梦，初步的想法还是干脆回绝算了。

事情给主持港报的胡社长听到了，他把我叫到办公室去。当时希特勒已经相继吞并了奥地利和捷克，战云已经在欧洲上空弥漫。胡判断欧洲非打起来不可，而且要打大仗。他劝我不必计较条件，先去了再说。至于旅费，你愁什么！报馆给你垫上，去了写点子通讯不就还上了吗。

回到宿舍，一位同事伸出大拇指说，老板高明！《大公报》还没派过自己的记者去欧洲呢。戈公振、陈学昭都是客串。老板要把你这个棋子先摆在那里，这叫深谋远虑。

于是，我就给伦敦大学回了信。接着，由英国内务部签的入境证就寄来了。报馆庶务课的同事们在胡社长的关照下替我忙了起来：申请护照，订船票，还为我兑换了英镑和准备过境时使用的法郎。

就在这当儿，遇到一件倒霉的事。

当时，报馆宿舍是在香港半山坡罗滨臣道一幢楼房的五层。整理箱子时，出于好奇，我曾端详起法郎和英镑上面的图案，可能为对面楼上的歹人瞥见了。年轻时，我是倒下就睡着，通宵不醒的。第二天睁眼一看，哎呀，护照、证件凌乱地撒个满地，床下的箱子为人撬开了，所有的港洋和钱币全被盗光。

那是我生平第一次失盗，真是身子凉了半截。去不成了还在其次，怎么去赔偿这一大笔款子呢！越想越着慌。当时杨刚已经从上海孤岛来到香港，准备接我的摊子了，她也替我发愁。

可是胡社长关心的是：证件丢没丢？没丢就好。他带点哲理味地宽慰我说：好事总是多磨的，人生哪能没点挫折！丢的钱照样再给你补一份就是了，反正你勤写点通讯就都有啦。

这样，在纳粹轰炸机向华沙市区俯冲的那天清早，我就上了法国邮船"阿拉米斯号"。第二天早餐时从广播器里听到英法对德宣战，欧战正式爆发了。第三天，就发生了《坐船犯罪记》中所描述的那件至今仍令人气愤的事。

殖民者对殖民者自然也是"官官相护"的。此文从苏伊士寄回香港刊出时，已被检察官开了大半天窗。这还是一九四六年十月在上海江湾补记的。

重读这段往事的记载在我是痛苦的。但应当让新的一代读者了解过去黑暗年代里的各个方面，同时看一看殖民主义是怎么回事，也看看当时作为一个中国人的厄运。上海外滩公园那个"中国人与狗不得进入"的牌子并不是孤立的，当时的中国人走到哪里也要遭到同样待遇。《剑桥书简》里那个法国理发师那么对待我还不因为我是个中国人！当时我多么想把他上唇那撮口髭给拔下来啊！

天平也好，木秤也好，价值是从比较中得出的。空气，阳光，生活中许多无形而又不可缺少的东西我们毫无察觉地享受着，只有当它们短缺时才会察觉，才会认识其价值。国家地位正是这样一种东西。只有在殖民地、半殖民地以至异域生活过来的人，心里才有把尺子，并且能深刻地认识到做今天的中国人有多么不同。把《坐船犯罪记》收在这里，主旨就在于为年轻的读者提供一把（不管多么粗糙的）尺子。

从一九三九年十月抵达英伦到太平洋事变这个阶段，像其他旅英的中国人一样，我也是被莫名其妙地列为"敌性侨民"的。英国内务部为这类人做出不少规定：晚上八点以后及早晨六点以前不许出门，不准进入距海岸若干英里以内的地区，而且每周得向所在的警察局报到一次，大约是为了证明自己并未潜逃。

在那个阶段，理发也仍然得到经常给东方人理的熟店，住公寓也得找这样的地方。第一个圣诞节我想到伦敦去度，事先就根据报纸上出租栏的广告，从剑桥写信向海德公园附近一家公寓订了个房间，在利物浦街下了火车之后，我还特意从车站打了个电话。房东太太说，来吧，房间给你保留着哪。我提着一只小皮箱，按照地址找到了那家公寓，叩了叩门。门开了，那位在电话里满口应承的太太打量了我两眼之后，立刻变了卦，说真抱歉，房间刚刚租了出去。门咣当又关上了。《新政治家与民族》周刊还发表过我对这件事的一封抗议信。

最不愉快是当丘吉尔为了保全英帝国的残局，悍然封锁我们用血汗修成的滇缅路以讨好日本侵略者那阵子。由于我应援华会的邀请，到英国几个城市做过关于滇缅路的演讲，又曾参加过一次英共组织的要求立即开辟第二战场的人民大会，因此受到伦敦警察局一位便衣先生的光顾，他彬彬有礼而又转弯抹角地对我做了一个多小时的盘讯。

珍珠港事变后，一夜之间中国的国际地位有如气球般地腾高起来，成为"伟大盟邦"了。然而这时又出现了另一种尴尬局面：有时被误认作是日本人。

一天我坐在公共汽车里，后排突然有个喝得半醉的乘客用赛马场上的行话连声嚷着："嗨，你押错了马！"他越嚷越激动，后来索性把头探到我脖颈后了，酒气喷得我难以忍受。这时我才察觉他是在朝我嚷，就回过头来瞪他一眼，质问他为什么这样无礼。"因为你是个小日本！"我纠正他说："不，先生，我是中国人！"

这下更麻烦了。他马上站起来，紧紧坐在我身旁。先是一长串道歉的话，然后向我歪歪扭扭地行了个军礼，大声嚷道："向伟大的中国致敬！"这时，整个汽车里的乘客也都随声附和地向我表示起敬意。汽车照样在伦敦那狭窄的马路上行驶着，车里却好像是个交响乐队，而贴在我身边的那位醉鬼则是位独奏演员。他忽而仰起头来，眼珠朝上打几个滚儿，然后双手抚着胸脯，无限感慨地说："啊，中国，李白的故乡！"然后弯下身来紧紧地握了一下我的手。忽而又仰起头来照样表演了一番，然后又说："啊，中国，火药的发明者！"接着又是一次握手仪式。

看来在醉意朦胧中，他很想把他肚子里那点关于东方的渊博知识全部抖搂出来，而且他越嚷越坐得贴近我，有时甚至像是要拥抱或者做出更亲昵的动作。车上旁的乘客倒蛮开心，可是我实在再也忍受不下去了。加以他那酒味已使我窒息得要命，车一停下来，我就坚决地挣脱了他，赶忙提前下了车。汽车开动了，他还从窗口伸出那红涨的脸蛋，热情地向我挥动着手里那顶鸭舌帽。我目送着开走的汽车，无限惭愧地想：一刹那间我成为祖宗的光荣和当代中国人民为反法西斯斗争所建立的功绩的化身了。

一个人在国外往往代表的不仅是他本人，在他身上经常反映出国家的地位。

为了还旅费这笔数目很大的债务，我在英国确实写过不少通讯，这里收的仅仅是很小一部分。从一个角度来说，我在英国度过的那七年，不但物质上是他们最贫匮的时期，从艺术鉴赏来说，也很不巧：博物馆、绘画馆里的许多珍贵藏品都迁到安全地带了。为了防空，甚至电视也停掉了。然而作为一个民族，那是英国最伟大的时刻。当纳粹飞机对伦敦狂轰滥炸时，为了对残暴的敌人表示蔑视，他们在搬空了的绘画馆（坐落在市中心）里举办起午餐音乐会。外边高射炮叮咚齐响，大厅里钢琴家梅拉·海丝安详地演奏着肖邦和贝多芬的乐曲——是的，英国人比第一次世界大战期间成熟多了，懂得把贝多芬同希特勒区别开来。当少壮都上了前线时，中年人负起在轰炸中站在屋顶上瞭望的职责。警报一响，他们是井井有条地进入地下铁道的，时常看到扶老携幼、相互照顾的动人情景。我的住房一次中了烧夷弹，完全陌生的邻舍就把仅仅穿了睡衣的我背出火场。到了救护站，一杯热可可马上就送到我手里。倘若公民平时没有点急公好义的社会责任感，大难临头时争先恐后，只顾自己地乱冲，后果真不堪设想！

曾经有一次当警报在伦敦闹市响起时，敌机已临上空了，于是，人们恐慌地冲向地下铁道的入口处。在黑洞洞的阶梯拐角处，一个人被挤倒了，后边的人跟着一个个地被绊倒，叠成一个大人堆。警报解除后发现：左近并没丢炸弹，里边却有几十人因窒息而丧命。近来在北京，每逢看到有些年轻小伙子挤公共汽车的一往无前或排队"加塞"时的剽悍，我就暗自担心，一旦发生战争，可怎么得了！

最难忘的是一九四〇年五月关键性的敦刻尔克大撤退。当时我正在剑桥。清早一开门，满街都是从法国突围出来的士兵，有的倚墙半躺着，有的席地而坐，一个个满身泞泥，但是他们依然唱着军队里流行的歌曲来嘲弄蔑视海峡对岸的希特勒。

在危急时刻，这种气概，这种精神力量，对于一个民族的存亡来说，是具有决定性意义的。

一九四三年正当我在剑桥准备开始写硕士论文的时候，重庆《大公报》的胡社长作为中国访英友好代表团的成员到英国来了。他们还到我所在的那个古老的大学城来观光过。胡坐在我书室的沙发上，问起我的计划。然后沉吟了一下，替我出起主意："你还差一年就可以得个硕士学位，可是学位对你有什么用场？当记者不需要它，当作家也不需要它。眼看第二战场就要开辟了，这可是千载难逢的机会啊！"接着，他现身说法地追述起第一次世界大战期间他在欧洲采访的往事，一步步地把我的思路引到他这边来。他让我慎重考虑一下：是弄个空洞的学位，还是到西欧战场上去驰骋一下？

我确实为他的话触动了。首先，在剑桥成天披了件黑道袍扮演中古僧侣的生活方式就不很合我那好动的性格。当时我研究的是英国心理派小说，越研究越感到这一派的写法在艺术上是死路一条。事实上，我已经几次在同导师的讨论中讲出这个看法，那也正是我计划在论文的结构中所要表达的观点①，说不定由于这种观点我就可能过不了关。另一方面，没能在本国的战场上跑跑一直是我的记者生涯中一大憾事，在西欧当个战地记者也未尝不是一种弥补。

于是，我给了他肯定的答复。一九四三年六月，我就告别了那座恬静的中古学院，告别了我书室对面那座峻宇雕墙的教堂——它那深沉悠扬的风琴朝夕演奏着文艺复兴以来的宗教名曲，告别了碧水萦回的剑河和拜伦塘，告别了我时常去凭吊的古罗马城堡遗址，投身到风驰雨集的报业中心舰队街了。

我同纳粹的炸弹似乎颇有缘分。一九三九年冬天，他们没派一架轰炸机光顾伦敦，东方学院却疏散到剑桥。转年迁回伦敦，恰好赶上了有名的"不列颠之战"。一九四四年夏天回到伦敦，正碰上希特勒祭起他那两宗法宝——飞弹（V1）和火箭（V2）。所谓"无人驾驶飞机"成百上千乌鸦般地满天飞，日夜在头上盘旋着，随时俯冲而下。一九四〇年纳粹德国没炸断过泰晤士河上的一座桥梁，这

---

① 在《珍珠米·詹姆士四杰作》中，我曾带上一笔，见（原书）第100~102页。——作者原注

回炸断了。我的住所也中了一弹。就在导弹四落的情况下，我请了三位助手，在舰队街挂出办事处的招牌，正式开业了。

除了每天往重庆拍发电讯，我这时期也写了不少通讯。有两篇我很想收进这个集子里，可惜一九四七年在编《人生采访》时，它们被我连同其他通讯一塌括子塞进字篓里去了。这次想复制，怎么也没查到。两篇都是有关中国海员的，这里就简略补记一下吧。

一篇写的是一位林姓中国海员海上遇难漂流获救创世界纪录的壮举。很少人知道第二次世界大战期间中国海员对那场反法西斯斗争所做出的卓越贡献。当时英国航运（也就是英伦三岛的生命线）主要靠三个港口：伦敦、格拉斯哥和利物浦。光利物浦一个港口就有两万名中国海员，在战争期间，将近两千人在服役中牺牲了生命。他们大多从事最艰苦同时也是最危险的工作：在船底舱当火头军。他们得成天忍受着烟熏火燎，船一旦出了事（从沉船比率可以看出大西洋上纳粹潜艇的猖狂），在船员中他们生还的可能性最小。

这位林姓年轻海员在一次沉船后，居然凭机智和膂力从底舱逃了出来，并且泅近一只救生筏。筏上的三名欧籍海员拼命阻止他攀上来。他终于还是上了筏子。几昼夜后，欧籍海员由于饥饿和饮了海水，相继葬身海底。这位中国海员听说过海水喝不得，怎么渴他也不喝一口。后来他想了个办法：从鱼尿脬里挤出过滤了的水喝。他靠捉鱼虾过活。每度过一昼夜，他就用大拇指的指甲在木筏边上刻个印子。他划了一百七十几个印子，始终没放弃生望。船是在葡萄牙海域亚速尔群岛附近遇难的。他天天在机警地瞭望着。终于有一天，他瞥见空中一架飞机掠过。他立刻举起筏上的手电筒，打出呼救信号。第一次飞机似乎没看到，飞走了。但是他耐心而机警地等着。他知道离陆地很近了。事实上，那时他已飘到了南美洲巴西的海域。飞机又一次出现了，而且这一次发现了他的信号。这样，他才遇救。

我在利物浦访问了这位面孔黧黑、神采奕奕的海员，深深为他

144

的机智、沉着、对生命的顽强执拗所感动。一九四七年编《人生采访》时，可能因为这篇写得比其他报告更加粗糙，所以淘汰掉了。

另一篇是写一位海员为父报仇的事。

当国家地位低落时，在海外的中国劳工生活之悲惨是难以想象的。在取得受外国船商的压迫和剥削的资格之前，他们先得忍受华籍招工承包人的剥削和虐待。那些家伙实际上就是人贩子。一个想吃海员这碗饭的工人只有通过他们才能找到工作。就业之前，得忍受种种非人待遇；上船之后，得拿出很大一部分工资去孝敬承包人。有一名海员在受虐待时进行了抵抗，于是，就被承包人推下海去丧了命。

被害者有个儿子。当时他还小，但他立志长大要为父报仇。后来他也当上了海员。船每到一个港口，他就打听仇人的踪迹。一九四四年，这个年轻海员终于打听出那个承包人已经冠冕堂皇地当上了利物浦中国海员俱乐部的什么主任。这一天，他就揣上匕首来到俱乐部求见。他们是在客厅里会面的。当场他就把匕首扎入仇人的胸膛，然后自首了。

我赶到俱乐部时，他已被捕走。客厅墙壁上溅的血迹还是鲜红的。

领到随军记者证之后，我去置办军服了。生平第一次穿上棕黄色的军装，自是十分兴奋。我来回在长镜里照，边照边摆弄着那个绣了"中国：战地记者"字样的肩章，怎么也从自己身上看不出一点点英俊气概。翻开战地记者证，看到那句"此记者如被俘获，须按照国际红十字会规定，给以少校待遇"时，心里还怦怦直跳，摹想耷拉着脑袋走在俘虏队伍中的情景。更糟糕的是，我从没穿过硬邦邦的马靴。刚走出大门，不知怎么一滑，就跌了一跤。我一边掸土，一边责备着自己：太不是军人材料了！

然而那套服装和揣在胸袋里的那个证儿可管事了。跨过海峡后，我就像吃四方的云游僧，哪个部队都有专门接待记者的联络官，吃、住之外，交通工具也便当。当我搭那条空军营救艇横渡英吉利海峡时，联络官问我会不会泅水，我说不会。这下他为难了，问我可不可以当晚去海滨突击一下，他保教。我告诉他说，我学了足有二十年，多少名师也没教会。他带着一种十分钦佩的神情朝我连连哂了几声，第二天还是让我上去了。怎么好意思不让伟大盟邦在西欧战场上唯一的记者上艇呢！

其实，战地记者离前沿总有好几英里，只能依稀听到隆隆炮声，踩上地雷的可能性要比被俘的可能性大多了。我不懂军事，一个东方记者也没有钻进司令部的门路。我只不过是去体验一下现代战争的气氛罢了。当时又不能从前线直接往重庆发电报，得由伦敦办事处转。记得第一次电讯次序在伦敦弄颠倒了，我深深同情渝馆翻译电报的同事。而且怎样从海外用英文打新闻电报，又便于译成中文，当时我也还在摸索阶段。

美国联络官在应付新闻记者上有一套十分高明的办法。除了实质性的消息之外，他们什么都肯提供。一次为了让我及时抵达一个地方，他们甚至为我开过一趟专机。那天我可有点泄气，因为原定飞机八点从慕尼黑开来，九点也没到。后来听说飞机摔到黑森林里了。又派来一架。上飞机之前我去同驾驶员握了握手，意思是关照他别把我摔到黑森林里去喂狼。握手时，我闻到了强烈的威士忌味。他帽子歪戴，两眼通红，爬上飞机时，我的腿真有点颤抖。

关于进入刚解放了的柏林，一九四七年编《人生采访》时没来得及补写，现在记忆已淡薄了，也不想再去尝试。有些情景至今仍留有深刻印象，特别是我踏着威廉街的废墟去看希特勒的元首府那次。这个当年向大半个欧洲发号施令的魔窟，却成了搜集战利品的所在。我去迟了些，黑十字勋章已被捷足先登者拿光了，还是一个站岗的红军哨兵塞给了我几枚。不知什么人喜欢恶作剧，在希特勒办公桌上拉了一摊屎！另一情景是看到德意志这个民族复兴的劲头之大。在柏林市的废墟上，妇女——甚至儿童们都排成大队，传递着烧得焦黑的砖瓦。

波茨坦会议我也算是去采访了，并且和其他记者一样，跟"三巨头"同在无忧宫里住了几天。联络官每天都举行新闻发布会，但"透露"的都是些花絮，诸如"三巨头"午餐席上的菜谱。对纽伦堡战犯，在开庭之前，同样让记者摸不到任何底细。倘若在西战场上我略有所获，那还多亏战后穿过美、法两个占领区做的那次旅行，这就是《南德的暮秋》那一组报告。

西欧战场，正如一切战场，表现了一个仿佛自相矛盾的道理：一方面，武器不精良必吃大亏，坦克装甲薄了一公分，就只好被打穿，不存在任何侥幸；另一方面，希特勒败于把宝押在那两件"秘密武器"上这一事实，也生动地证明了唯武器论的破产。战争归根结底比的是意志——不是司令官的意志，而是民众的意志；不是占上风时的意志，而是居于劣势甚至处境危急时刻的意志。理不直，气就不壮；气不壮，则士气必不振。到了一定时刻，民众的意志就像决了口的堤坝，因为他们根本不晓得为什么而战。

在柏林，我那一组的记者们是被安置在汪希湖畔一位画家的别墅里。乘我去厕所的时刻，那位画家悄悄地走到我这黄皮肤记者身旁，腰弯着，头垂着，想用壁上一张水彩画同我换几包香烟。我问了他一声：你们为什么打这场仗？他显然给我问怔了。他若有所思地偏过头去，然后耸了耸肩头，茫然地把双手摊开，用沮丧的神情回答了我：不知道。

对于把不把《美国散记》收进去，我一直犹豫不决。这篇写得特别草率。用一个月的时间跑遍美国那么大一个国家，走马看花，只觉眼花缭乱，什么也没看到。我终于还是把它收进去了，因为在文末向四十年代读者讲的那段话，在七十年代依旧是值得重复的：不要只看到美国人的生活享受，更要看到他们的实干精神。

英国小说和戏剧里一个经常出现的主题就是门第和遗产。弃儿汤姆·琼斯的出身原来并不寒微，连牛奶场的女工苔丝姑娘也要摆摆家谱，同显贵攀攀亲族关系。也许哪一代远房叔祖给国王立下一笔战功，封了爵位，于是一门九族世世代代就都沾起光。《傲慢与偏见》以及复辟时期大量戏剧里的少爷小姐们，每人头上仿佛都有个标签，上面写明每年凭遗产可以不劳而获的数目。

一九四二年在剑桥正式入学那天，我和其他也披了黑道袍的同学一道走进大学注册部，在那里把自己的名字写入一个厚大的牛皮校友册里。头天晚上同学们说，明天你就将和英国大文豪弥尔顿和拜伦同一名册了，我也挺兴奋。可是在填写那个校友册时，发现后边还有这么一项："家族有何显贵人物"。我很想填上"父亲看城门，舅舅卖白薯，姨父搬运工"，又怕人家以为我是在恶作剧，大煞风景，只好让它空白着。

相反，美国人心目中的英雄总是个白手起家、裹着报纸在街头露宿的穷小子，凭着个人奋斗（公式是：坚忍不拔加发明创造）而出人头地：不是变成百万富翁，就是当上名流巨子。在他们大量的传记文学中，从十八世纪的本杰明·富兰克林、十九世纪的发明家爱迪生到本世纪的汽车大王亨利·福特以至红极一时的基辛格，突出的总是个人奋斗的过程。"个人"固是糟粕，"奋斗"毕竟还是值得一学的。倘若学美国的豪奢，再学英国的讲求出身门第，双料糟粕，那将是不折不扣的民族自尽。

一九四七年深秋，我在家庭生活上遭到了不幸，那对我是一次沉重的打击，以致我急于离开上海。剑桥要我回去当讲师，但我不想再出国，于是，我慌忙在国内另找起栖所。在那方寸俱乱的时刻，我这个未带地图的旅人步子就更瞎了。

这时，杨刚从美国回来了。在她的指引和支持下，我参加了《大公报》的起义，从而在一九四八年也参加了党的对外宣传工作——编译英文《中国文摘》。这就导致我在开国后最初几年同国内读者几乎完全失掉了联系。由于编的是一个英文月刊《人民中国》，又兼任它的社会组组长，我曾为它写过相当数量的特写，然而都是面向国外读者的。土改运动在全国展开之前的一年，我就去了湖南。那里，在省、县、乡同志们的协助下，赶出一本描写土改过程的大型特写。我还参加并报道了妓女、旧警察以至乞儿流氓的改造，兴奋地看到在社会主义社会里，人确实是最为宝贵的，不会轻易被当作垃圾或渣滓抛弃。在坚决铲除了特务间谍和南北霸天之后，党对人民内部做的工作既细致而又耐心。我们那个刊物着重向世界展示的是：社会主义天地有多么广阔。让巴西的知识分子、泰国的民族资本家和肯尼亚的小生产者看到：在这个以工农联盟为基础的国家里，除了敌人，谁都会有前途。

为了填补集子中开国初期那几年的空白，我曾考虑过选那段时期为对外宣传所写的一些特写，其中个别篇也曾译成中文发表过，如登在《新观察》上的《费尔顿夫人体验了中国人民的和平生活》。但是以外国读者为对象写成的东西再搬回来，总归不会顺眼。那本关于土改过程的书出版后，曾立即被译成十一种文字。然而当它在上海《大公报》连载时，首先我就看不下去，味道也许有点像让一个英国人去读《灵格风》。

一九五三年我被调回文艺队伍时，我是极为兴奋的。一九三八年在昆明草草补写了《梦之谷》下半部之后，我就再也没摸文艺创作了。我渴望放下打字机能有机会拾起荒疏了十几年的那支秃笔。可是回到文艺队伍后，仍旧是编刊物，而且仍旧是同外文打交道。于是，个人的愿望同组织上的安排发生了矛盾，我苦闷起来。又是杨刚，她在漪澜堂茶座上指点我：在党为你安排的岗位上，一定要安心。我按捺下来。

一九五五年郭小川同志代表党组织找我深谈过一次。我还是把自己那个愿望向他透露了。一九五六年春，组织上批准我的计划：去开滦三年，准备写那个煤矿的工人在二十年代进行的反英斗争。但是我并没能去成。集子里解放后的那几篇东西，主要是一九五六年"专业创作"那几个月里写的，而且大部分是同年九月那趟内蒙之行的产物。我是一个完全汉化了的蒙古人，能看到自己祖先栖居过的草原，看到本来只有一座破喇嘛庙的荒原上兴建起现代化的崭新城市，我的喜悦是难以描绘的。

一九七七年秋，姜德明同志一天把他中学时代省吃俭用购藏并保存完好的几本我的旧作带来，要我替他题跋。我在《人生采访》后面是这么写的：

> 写这些通讯时，我还不曾受过一天党的教育，因此，必然有错误。唯一想替自己辩护的是：对那段黑暗的日子我从不曾粉饰过、歌颂过。主观上，我一直是站在受苦受难者一边，用文字把他们的苦难如实地记录下来。然而我没看到一个不会有苦难的新天地。因此，充其量这只不过是一片哀吟而已。

解放后，除了一九五七年经反复动员写过批评性的文章之外，对新社会我一直是歌颂的。由于我目睹了也经历过旧社会的腐败和悲惨，我只能歌颂。

后来，我丧失了歌颂的权利。

最近有朋友惋惜说，不然的话，这二十二年你可以写出多少东西。我不这么认为。不管我这支笔多么拙笨，所有我的歌颂都是由衷的，也都是用我自己喜欢的形式和语言写成的。倘若我没有可能那样做的时候，我宁愿当一只寒蝉。

动手编这个集子时，我曾试图把散文同特写分开。我发现至少我个人写的这些是不好分的。后来我才改用年代来分，这样，读者既可看到我学习写作的过程，也可从年代了解写作的时代背景。

区分诗歌同散文还是比较容易的。从形式来说，一个分行，另一个不分；一个讲求音节格律，一个不。但它们之间主要的区别要比形式来得深刻多了，重要多了。十九世纪英国湖畔诗人之一柯勒律治认为散文是文字中的精华，而诗歌是精华中之精华。差不多同时期的另一诗人则认为两者在内容上是无从截然区分的。在一定场合，散文可以含有大量的诗意；反之，诗歌倘若渗进散文气味，也会下沉并且化为白开水。这两种说法有一个共同点：诗歌是比散文更为崇高的。

我对新旧诗体都一窍不通，并且很庆幸一直有点自知之明，生平从没写过一行诗，但我懂得尊崇诗歌。也正因为这样，每逢看到那种除了分行和押韵之外，在辞藻意境上同散文没什么区别的诗时，我就益发难以容忍。

我不但自己没写过诗，而且还曾给旁人浇过冷水。一九三五年刚接编《大公报·文艺》不久，我就这样答复过一位读者：

> 创作家是对人间纸张最不吝啬的消费者，而诗人恰是这些消费者中间顶慷慨的。像一位阔佬，除去住宅他还要占一个宽大空白的花园，这自然会引人妒忌。但是许多场合，这位主人是应享有那片空白的，因为他的内容毕竟来得更精密深湛，使读者首肯那空白不是浪费。在那上面，诗人留下了无色的画，无声的音乐。然而倘若一首诗连着排下去同分行隔开，在意象、气韵上并没有什么差别时，霸占一座花园别人哪肯服气！我知道你有的是火热的情感和奔放的想象。如果你还不相信自己已掌握了那种纯化现实的本领，连行写成散文不是更有些把握吗？

"连行写成散文"——我指的就是散文诗。我喜欢俄罗斯的一些散文诗，记得屠格涅夫有一篇写阿尔卑斯山双峰在时间的长河中的对话，每句相隔几个世纪。还是半个世纪以前读的，至今犹有印象。

我早期有些散文往往带有象征意味。《破车上》写的是当时国家贫困落后的境地。《叹息的船》写的是全面抗战前，整个民族的瘫痪状态以及有些人对英、美的幻想，以为他们会出于"仗义"把我们从侵略者手中"搭救"出来。

在我的概念中，散文和特写还是应当有所区别：前者艺术性较高，着眼于创造一个完整的意境或形象；后者却比散文更贴近现实，因为它往往是新闻报道的副产品。举例来说，在《草原即景》中，我并不要向读者报道什么事实，而是想传达草原给我的那种如在茫茫大海中的感觉，以这浩无垠际的背景来衬托社会主义建设。写此文曾受到军事博物馆中罗工柳同志的一巨幅油画《井冈山》的启发。他那整个画面都是丛薄蔽翳、带烟萦雾的重岩叠嶂，只有幽谷深处露出小小那么一面红旗，看了却远比红旗飘满画面的效果要强烈。特写则实际上就是用文艺笔法写成的新闻报道。举《万里赶羊》为例。我没到过新疆，更未参加那次的赶羊，整个经过是由那位蒙族干部哈迪同志口述的。我主要的意图是把赶羊的缘起、一路的艰险尽量真实地传达给读者——真实对特写比什么都更为重要，因为感动人的不是文字，而是英雄事迹的本身。所以我从不为了加强效果而虚构什么。而且，解放前我的特写大都是职业文字。东西在报上发表后，倘若读者来信指出有不实之处，报馆被动，我个人也会砸破饭碗。就今天而言，当然主要是宣传效果问题。一旦掺了假，读者对它的真实性就要打个折扣，效果势必大为削弱。《万里赶羊》刊出后，《人民日报》不久就发表了一些读者反应。一位李少一同志写道："为了社会主义建设而从事豪迈劳动的各族人民子弟，应该受到人民的尊敬，他们是真正的英雄，敢于做从来没有人做过的事情。我仿佛看到在天山下，他们站在冰雪化成的刺骨的河水里，结成人墙，把一千四百只羊运到了彼岸。我感动得流了泪，觉得自己工作做得太少了。他们的行动为国家节省了将近五万元，更可贵的是他们的爱国主义、不畏艰苦的精神。"

由于我出了校门后，主要从事的是新闻工作，反映现实生活的特写占这个集子的大部分篇幅。它们也几乎都是我十几年记者生涯的副产品。我认为在为实现四个现代化的斗争中，这一文学体裁是值得大力提倡的。

我做记者之前，就先为自己的生活画了个蓝图，或者说规定了条航线：从开始我就有意识地把写旅行通讯当作日后写小说的准备。读者也不难从这个集子里看到我摸索的过程——今天我也依然在摸索中。譬如，写小说首先要学会写人物。我感到人物外形还比较容易着笔，用简约的线条勾勒出人物的性格对我一直是个难题。《爱狗者》是我试图从侧面画一个人的性格。

散文与小说之间的界限，见仁见智，不是绝对的。契诃夫和曼殊斐尔的有些短篇小说并没有很复杂的情节，只不过是一个人物的侧影，甚至是一刹那心境的描述。我自己对这两种文学体裁有一个比较呆板但略易掌握的区分法。我认为散文可以记述一件亲身经历过的事，如朱自清的《背影》，也可以是想象虚构的，如《桃花源记》；而小说则必须带有虚构成分。本此，《浮生六记》不是小说，因为它是一段感情生活的追述。

一九四八年我曾凭印象写过一个荡妇型的英国少女——这就是《珍珠米》中的那个令我发窘的姑娘。这里，散文同小说的界限又不好分了。肯定会有读者认为应当把它看作小说。但由于它也是我亲自经历的事，没有想象虚构成分，所以也收入此集。

在国内外，我都结交过一些画家，我时常喜欢观察、了解他们怎样构思。像为我画过《珍珠米》封面上那幅肖像的西班牙画家格雷戈里奥·普列托，同他一道在伦敦繁华街道上走路才尴尬呢！他对橱窗里的陈列品一概不感兴趣，但他一路上向我品评着周围那些行人的头部，而且一边品评一边还用手指指点点。忽然他会停下脚来，双手比成框框，眼睛向前凝视着——他是在考虑如何取景构图呢。

一九五六年我同已故女画家、《考考妈妈》的作者姜燕同志一道去内蒙访问。我从没见过像她那么辛勤的艺术家。从早到晚她画板都不离手。她总是在画，什么都画。在东锡林郭勒盟，我们碰上一场草原上的婚礼。主人把我们几个陌生客人让进一座帐篷，立刻扛来一只整羊，递给我们每人一把刀子，并且请来一位名歌手为我们唱了起来。正当我们大吃大嚼的时候，坐在我背后的姜燕却在那里速写着那位女歌手的头饰；一边画，还一边注上各种宝石的颜色。

一个有志于从事文艺创作的记者，在采访消息之余，最好也像画家们那样经常在口袋里带个本本，随时随地写写生。一九四六年我之所以能在地中海上补记八个月以前的南德之行，就得力于这个多年来保持的习惯。

有的朋友能天马行空般地纵笔写出奇文，我不具备那样的才赋。在写作上，我一直努力做个勤勤恳恳、一笔不苟的学徒。由于一个时期曾研究过英美心理派小说，我确实读过不少怪诞作品。像爱尔兰那位乔伊斯大师，他的作品甚至文字也多是生造的。在他最后一部巨著中，有一节描绘都柏林城郊溪水旁一群浣衣妇在嚼舌根，语言是用全世界江河的名字缀成的。当我在日内瓦踏访他的墓地时，我曾慨叹过："这里躺着世界文学上的一个大叛逆者，他使用自己的天才学识向极峰探险，也可以说是浪费了一份天资去走死胡同，究竟是哪一样，本世纪是难以下断语的。"现在作为一种表现技巧，可以断言是后者。我对任何畸形的东西都不大有好感，它们对我的写作的影响是微乎其微的。

我的特写基本上是用文字从事的素描写生，艺术加工主要是在剪裁上。我从斯诺那里学到一条至理名言：冗赘散漫是文章的大敌。写东西非讲求点文字经济学不可。《伦敦三日记》其实是根据将近十天的日记压缩而成的，我穿过巴伐利亚省沿着中欧阿尔卑斯山直趋巴黎的这次旅行，事实上走了十八天，报告本身却只有十一天。我把一些琐节删掉了。当然，由于当时的认识水平，我删掉的也说不定是应当着重写一笔的。但是没法补救了，所有的日记、笔记、文稿、卡片，都已化为灰烬了。总之，连报道也不宜有闻必录，何况还想让它比那流传得更久一些呢。

解放后看到朋友们陆续出散文集，我从未为之心动。我深知自己这些东西非珠非玉，而且一个没带地图的旅人，笔下误谬之处绝不会少的。这次敢于拿出来，既不是由于认为自己这些东西斐然成章，更不是在误谬这个问题上有了什么把握；这只不过表示我对于党的文艺政策所具有的信心。同时，恰好正逢新中国三十大庆，我才排除一些个人顾虑，想让新的一代读者在今天与昨天之间，有个对比；让他们通过我当时用粗线条所刻画的图景，看看旧中国是个怎样的烂摊子，看看那时天灾与人祸之间的关系，看看那时作为中国人的罹难，看看当时也标榜"革命"的反动政权把国家和民族地位糟蹋成什么样子。有了这样一种透视，再看看今天，我们就会更加珍爱它。另外，还想让读者对第二次世界大战时期的西欧有点印象，看看一个恶魔般的法西斯政权，为一个伟大民族招致来怎样的凌辱与毁灭。

关于这种体裁的写作如果有什么经验教训可谈，那就是：要尽量克制——抑制好发议论的冲动。有议论宁可另外写成随笔杂文，尽可能不夹在描写中。在这一点上，我特别喜欢契诃夫。他从不把笔下的人物当作自己的代言人，也不使用"画外音"。尽管特写在艺术上低于散文，它也应通过形象来表达观点和思想。

我从不写理论文章，但在《大象与大纲》里，我曾试图用散文形式表达一下我的上述想法：文艺作品应当是通过形象来阐述作者对生活的观察及感受。我相信高明的手笔是能把议论融到作品中去的。就文学作品而言，像法国的《红百合》（A·法郎士），美国的《白鲸》（H·梅尔维尔）以及易卜生和萧伯纳的那些戏剧。许多人赞赏托尔斯泰在《战争与和平》中所发的那些宏论，但我常感到倘若他能克制一下，或者另写一部《拿破仑战争论》多好！十八世纪中叶的菲尔丁就比他乖巧些。他也是位满腹议论的作家，在他那部共十八卷的毕生杰作《汤姆·琼斯》中，他把议论全部集中到每一卷的第一章中，不让议论打搅故事的进程，也算是解决这个矛盾的一种途径。

当然，我未收进的东西绝不仅仅是由于文体问题，主要还是今天认识到其中误谬之处更多一些。就是已收入的东西，我也抹掉不少原来发过的议论。袋中无地图，误谬是必然会出现的。写这些东西时，主宰我头脑的还是一个完整的资产阶级共和国。

这里，我要做一件不大时兴的事：向自己的爱人表示一下谢意。不时兴，然而我认为十分应该。因为五十年代后期，中国有这么一批可敬的女性——和男性，当她（他）们的生活伴侣在政治上遇到坎坷时，她（他）们由于对党的政策有比较明确的认识和比较坚定的信念，又能置个人荣辱得失于度外，就并没用离婚来"划清界限"；她（他）们还竭力使受到挫折和打击的人依然看到曙光，并且让无辜的子女在比较稳定的环境中继续成长。文洁若同志就是其中的一位。现在，通过向她鸣谢，我同时也向当时和她处境类似的男女同志致敬。

自然，这个集子之所以能和广大读者见面，完全是党中央坚决而认真地贯彻、执行和落实党的一系列政策的结果。落实政策这一英明措施的意义远远超出个人待遇的恢复，甚至也超出国内的安定团结，这是在世界范围内，为社会主义这金煌煌的四个大字恢复名誉。

辨识真假社会主义不是件容易事。半个世纪前，连希特勒这个歹徒就曾以社会主义者标榜过自己。什么是社会主义，它包含哪些内容，从未钻研过地图的我是没有资格来置喙的。但是作为一个社会主义国家的公民，作为这个星球上的一个人，我确信这个距人类最高理想———共产主义仅差一步的社会主义，不是阴森可怕的，更不是血淋淋的；它同民主自由、同个人幸福并不相互排斥、誓不两立；不应当把普通人所向往的这些东西全部划归资产阶级的专利品。那些把社会主义同窒息和枷锁，甚至原始拜物教之间画等号的人，才是应受到万众唾弃的千古罪人。

今天，我们敬爱的党在领导着大家奔向的社会主义将带来的是解放，是幸福。我衷心拥护这样的党，这样的社会主义，并愿为之工作到最后一息。

一九七九年四月

想象与联想

您有没有过这样一个经验：读到一本杰作，直好像看到一种难以忍受的愉快风光，及至自己提起笔来写同一题材时，便显得淡然无味了。人家的是一帧气魄雄厚的油画，自己的却成了石板上胡涂的白道。

您有没有过这样一个担心：今日已是新闻纸充斥的世界了，忙碌的现代人连新闻纸都无暇仔细看完，文艺是走向新闻化的路了。许多美国作者把大部功夫用在剪报上，文坛上又倡兴了"报告文学"。在未来的世界中，新闻纸会不会代替了文艺的制作？

我还有个隐虑。我有点怕看近年来各国的《摄影年鉴》，那种线条、光暗、章法的选择配置，都说明了现代野心的摄影家在怎样使用一切工具和机智，图谋篡夺绘画的艺术宝座。然而会不会在若干年后，摄影术发达得竟然替代了绘画呢！

由未来经济社会结构的可能变化上说，也许会的；但自艺术创作的心理过程论，这些担心都大可以释怀了。

人类思想史正像两道本质不同但总是平行着的河流：一道是主观的，情感的，综合的，内在的；另一道是客观的，理智的，分析的，外在的。一个凭借神秘的直觉追寻宇宙的统一性，另一个企图由归纳的推理将宇宙解剖了。而且在各时代它们都被唤出新鲜的名字。在哲学史上，这对垒全是唯心与唯物，实验与直觉……在文艺史上又变为古典与浪漫，表现与自然。这畛域，由柏拉图与亚利士多德中间就已彰显了，孔丘与老聃彼此也有类似的分歧。

这两道河并肩地在世纪里流着，它们交替做着主潮。中古的神甫不惜用烙刑来维系"宇宙由一主宰统治"的信仰，罗马法的显著特点便是它的完整性。文艺复兴后，随着产业革命，思想界也转变了方向。那便是唯物主义抬了头，培根的归纳法和孔德的实验主义应运而生。牛顿的力学动律把生命解释成多么死板呵！他告诉我们世界一切位置都是固定了的，每个运动都是被邻物推动的。宇宙是一簇"不可增减的赤裸物体"（Irreducible brute matter）的集合，一切皆如天空星宿那么有齐整的轨道。

第一个忍受不住这机械解释的，是需要自由、爱好创作、生活在幻想中的文艺家。自然，在哲学上反动不是没有的，德国的唯心派，直迄当代倡有机主义的怀特海（Whitehad），都是那主观河流的澎湃，但在文艺界闹得似更热闹。歌德的《浮士德》包蕴许多歌颂宇宙统一性的诗句，加赖尔①（Carlyle）的《裁缝哲学》（*Sortar Resartus*）全书都在阐明宇宙表里合一，现象是内在心灵的代表。这论战闹得最凶的角色是辜律若芝（Coleridge）②和哈特雷（Hartley），他们争辩的焦点是：想象与联想。

承袭着休谟，哈特雷在心理学史上是被称为"生理联想派"的。他认为感觉是因为神经受外界戟刺而起的振动。观念是不需要这振动的，它的产生是由于联想，正像牛顿的力学定律，观念也要受"相似律""接近律"一大套死板规则的束缚。

有着一具艺术家的心灵，又崇拜着神秘唯心主义的辜律若芝，当然忍受不了这机械的解释。在他的 *Literaria Biogrophia*③ 中，他痛斥联想说，力争创作的意志自由的存在。他极严峻地将联想与想象截然分开。他说，受着联想律支配的是"幻想"（Fancy）。（这字在

---

① 现通译卡莱尔。
② 现通译柯勒律治。
③ 《文学传记》。

Dryden 用来可正是想象!) 那是一种被动的、无机体的偶合的观念。它们的集合可以发生量的变化，却没有质的变化。正如庙会中的泥制军人之数目众多传达不了浩浩荡荡的阵势，它们是一块块记忆捏成的固定体，只能选择，却不能融解、调剂、重新创造。

想象却是另外一种神秘的综合的心理作用。辜律若芝将它分为两段，其实是两个阶段。作为初级想象（Prime imagination）的是一种天生的无意识的感官活动，喜欢把散乱事态安排捏合起来。童话便是这神秘力量的产儿。受意志统制，企图产生一种有意识的艺术效果的是高级想象（Secondary imagination）。它融解，渗合，分散，剪裁，以图创造一个新的形态意象。它不仰赖记忆重现，不拘谨事实，时刻想由芜杂的现实中寻出个统一的纯真的理想模型。艺术的产生，其过程必须是这般。

想象在一般人又是怎样一回事呢？

对于一个好遐思幻想的人，我们常用"空中楼阁"来讥讽。这正像英文里那个"西班牙的堡垒"（Castle in Spain）一样代表一种浮在冥想中不切实际的"幻象"（Mental imageo）。哈布思（Hobbes）在他的 *Leviathon*① 中是这样解释想象的。他说：当一物挪移以后，闭上眼我们还能见到它，那便是想象。我们常常看到艺术家总带点心不在焉（Absentminded）的神气。他永不能如一商人政客那样机警。这也许正是因为他心上浮满了幻象。莎翁在《仲夏夜之梦》中不是这样咏过吗：

谁能握了一把火炬，
而蓦想自己是在霜寒的高加索山；
谁能用冥想中的宴席，
填满他空空的肚囊？

_____

① 赫伯斯的《海中巨兽》。

160

他应当有这本事。一个小说家的书桌上必须永远浮动着几个亲切熟知的人物。幻象对于艺术者是必需的，但可还不是想象的全身。

还有许多批评家爽直地认为想象即是独创。连古典主义大师撒木耳·约翰生都认为诗的精华即是"发明，为读者产生一种无从预期的惊喜"。Philostratus 说想象比模仿是更狡猾的匠人，因为它奔向那眼睛看不到的。时常想象是被当作翅膀，领人飞入崭新的境界。一切在艺术上有特殊成就的作者其作品就都是多少与众不同的，若哀思（James Joyce）的小说、奥尼尔（Eugene O´neill）的戏剧，都像一条条勇敢的船，航入无人敢涉足的界带。独创确是想象的符记，但仅仅那个还不够，不然《聊斋》岂不成了一部最伟大的制作！艺术终于无从脱离现实。

近代艺术论家对于想象与联想已不持截然迥异的见解了。当今批评界对辜律若芝研究的权威当推刘易士教授（Prof. Lewise）了。他的 *The Road To Xanado* 真是一部吃力的书。在这部专门研究辜律若芝的书里（第一〇七页），刘易士教授却认为想象与联想是一个东西，其差别只是在感官力的强弱深浅而已。在感官高度的紧张中，想象便能同化，变换，使所创作的浑然合一。《伟大诗歌的意义》的作者阿比寇毕（Prof. Lascelles Abercrombie）也认为幻想（Fancy）与想象的差别，是在程度上而不在意象的质地上。这和信任"第四层视力"的诗人勃莱克（William Black）的说法贴近。勃莱克认为头层视力只够做科学的观察，双层视力差足欣赏物质的或理智的事物，第三层视力可以深入情感的价值了，到第四层方克完成精神的诠释。

其实，正如要尔丁所说，我们有的只是这块人生，每个艺术者都必须是个好厨子，有眼光拣选五花肉，懂得从哪儿下刀，割下来还明白怎样制作成美味。当今许多作者抱怨题材缺乏，说三角给张资平写光了，都市破产为茅盾包了庄，农村正是只人人不松手的鹿。

这抱怨是不合情理的。我们就还没有过一个十全的好厨子！

联想力对于一个作者是必需的，甚而是基本的，因为它是想象的初阶和原料。科学家留心万物间之差别。艺术者得把眼睛置重在宇宙的和谐上，追寻万物间之关系。它必须能自由徘徊于物质的与精神的世界之间，看万物皆赋有主观的人格性，像屈原那么歌咏美人香草，梅特林克对猫的咒诅。最好的象征需要最敏锐辽远的联想力。

初步的联想只能使我们把捉到一个型胎：一个故事有了轮廓，一个人物有了性格。多少作者就止于此了。如果抽象和具体可以当作相对的时，止于此的描写便近于抽象了，因为未经深刻化便是未赋予艺术的生命。雪莱说诗是"揭开了人间含蓄美之帷帐，使一切熟稔的在恍惚之间成为陌生"。这是说，想象是一把火炬，它帮助我们发现潜藏的美，像沈复在《闲情记趣》中所描写的童年生活：

> 夏蚊成雷，私拟作群鹤舞空。心之所向，则二千二百果然鹤也。昂首观之，项为之强。又留蚊于素帐中，徐喷以烟，使其冲烟飞鸣，作青云白鹤观，果如鹤唳云端，怡然称快。于土墙凹凸处，花台小草丛杂处，常蹲其身，使与台齐。定神细视，以丛草为林，以虫蚁为兽，以土砾凸者为丘、凹者为壑，神游其中，怡然自得……

在庸俗中寻求卓越的美，在美的事象上黏附着情感，这需要深湛的想象。

罗斯金（John Ruskin）曾经把想象作用系统地分为三种：一便是联想的，Associative，一种拼凑捏合的能力，借以创造新的形式；二，默想的，Contemplative，以新鲜别致的途径处理单纯的意象；三，深入的，Penetrative，由浮面的"实"而达到永恒的"真"的境界。

162

深刻化了的意象也即是生动化。崇高的艺术所申诉的必不是一个单纯的感觉。绘画虽是属于视觉的艺术品，但一张红润的脸必须红润到使欣赏者感到温暖，画花必须能飘满了花香，画战争就得传达恐怖的感觉。当一篇小说以俭约的文字唤起我们各部感觉时，我们说它是"活"的了，想象力使它那么生气虎虎。

这是一个颇矛盾的情形：想象的使命是借发现万物雷同处的捏合；它又须隔断外界，使一片经验绝缘独立。一切艺术都必须经过这步骤才能成为一个独立的统一的内在经验。拿破仑好像曾解释他每天只睡三小时即够的理由，他自豪地说，他的脑子清楚有如许多抽屉。当他想一件事时，他关上其余的。及至他想睡觉，就关上所有的。一个艺术者对于自己的回忆、感觉、联想，也必须有这种剔选统制的能力。

绘画和摄影根本的差别在一种主观的直觉的选择，或者说是表现。随便摄影进步到怎样程度，它所能表达的总超脱不了空间时间的限制。它只能就面前所有的事象安排章法，配置线条，却不能纠正或综合物象的色调形态。它可以表达自然间一种现象，但那却永不能是它自己情绪的反应。一个画家最野心的企图是借线条色调表现他心灵内在的一切。形式的成分只是符号。

一个诗人必须有一座意象的宝库，他还得善用那宝库。那是说，需要时，一眨眼就络绎出现，形貌清晰，次序井然；不需要时，都潜伏着斯文不动。当他要咏山峰时，曾经见过的泰山的烟霞、庐山的白云、鼓山的日出、峨眉山的奇姿，一一都重现在他眼前了。它们自动地拼合融解，成为作者所要的一座山峰。我常听朋友说，他某篇小说的主人公是某某人，我想这样写下去，传记一定比小说成功。

亚利士多德老早就断定了诗比历史更真实，更富哲理。艺术不脱离现实，然而必须超出局部的现实，纯净化，深刻化，理想化。正如染料必须经过一番化学手续才有光泽，想象也是创作时一个决

163

定艺术价值的过程。小报的章回小说常有极尽写实能事的描写，天祥市场文明戏班的男伶扮起女人来比女人有时还女人气，只是他们缺乏一种把握事物精髓的能力。戏剧是人间离合悲欢的缜密综合，戏剧言语得是由日常用语中提炼出的聪明、俏皮、有力、适恰的话。

唤足想象，需要重新把握原有经验的那种兴趣、冲动和感觉，仅仅"相同性"或"接近性"是不足的。要把都市写得生动，必须在意象中重新呼吸都市的煤烟，缭亮都市的风光，鼓动都市的脉息。用整个的感官反应这经验，用直觉整理，剪裁，形成一个浑然无缝的单元。

想象既包含独创性，孕育想象最有利的条件是一种贪爱自由，身体和心灵上喜好冒险的性格。我羡慕许多不满周岁的外国婴儿，在夏天，就为父母安置到一个有篷的童车里，推到绿草茸茸的院坪露宿。深蓝的天空闪着粒粒星颗，童车里飘浮着超乎一切文字语言的天真遐梦。十岁他就读起《鲁滨孙漂流记》了。在中国，连乞妇的孩子也都得用红红一大捆厚布严严缠裹，连颗眼珠子也不给露在外面。如果是小康人家，孩子七岁就开始规规矩矩做读书人了。月考，季考，把他一点点热情烤干，十多年后，走入这个礼繁心薄的社会，就是个极稳健圆滑的世故人了。

在这样一个寒冷的国里，我们得自己想法温暖着各人的一点想象。

一九三六年

感觉的记录

一　日记和创作

每逢人对我说起"长成"的应该时，我心下总有些不服气。论个子、饭量、待人接物的手段，成人自然是进步多多了，但是谁会理会到另一方面无以弥补的损失呢！

先不提"天真""纯洁"一类抽象的损失，便是在写日记的逐渐疏懒上也就够可叹的了。

写日记是我们短促的学校教育的副产品之一，而且，也可以说是最有益的。它教我们的不是一点局部的知识，而是对人生的认真。一个忙碌的中年人有时竟可以昏乱到感觉不出天阴天晴，记不起前晚的一段谈话。然而一个十五岁的孩子为了一只蝈蝈的死而痛心多日，每晚在日记里留下他伤悼的眼泪却是常有的事。

初时谁没有在日记本里写过"今日又与××吵架，为什么我不能再安静些呢"或"早晨朝会××先生讲'科学救国'，甚受感动，将来我一定习化学，学制造防毒面具"一类谴责或勉励自己的话呢？当时写来虽甚了了，然而后日却可以变成生活上一种潜伏的方向，隐隐地成熟了未来的写型。

所以，当作一种日常生活的反省，日记是一件无可伦比的好事，是对自己的一宗功德。它的继续代表着一个严肃不苟的人生。

165

但有的人对日记却过于奢求了，我便曾经是这样的一个。我曾用"笔记""痕迹""生活鳞爪"一类字眼题过我的日记。在那些题名下，我隐藏了一份野心——我想也许，自然我得好好地记，有一天，我若从事文艺的创作，会求助于我的日记呢，大家嚷着"实生活"，这不曾是假的了。

于是，我兴高采烈地记录下来。

读过《金银岛》作者 R. L. Stevenson 传记的人都知道他生平有一个好习惯，在他衣服两边口袋里，永远各有一本书：一册为阅读，另一册是为了记载他随时随地的见闻观感。在一个不长的时期里，我也曾那么模仿做过——那便是我那本毛边纸的"痕迹"了。（直到如今，它还依然躺在我这书桌的一只抽屉里面，已经是四年前的旧物了！）我还记得在闽江口的鼓山罗汉台上露宿时，我仍揣了它，晚上坐在帐篷里，凭了手电筒的微光，我弯着腰记载帐篷外一泻万顷的温柔月色。当时我还怀了一个傻想头，我愿在暮年，挽着长须，借这些青春痕迹而"还童"起来。

我不能隐瞒疏懒是我失去这习惯的一个因素，而且是最主要的一个。但另一方面，我实在发现我对于日记的期许是太重了。挑明亮些说，除了"修身"或至多是文笔的濡试，由生活经验的积蓄记录上说，日记还不是一个方便的办法。

二　还得设法

然而这是苦恼着每一个从事文艺创作的人的问题：如何把握住刹那间由心灵上流闪而过的意象、感觉或情绪呢？

笼统说来，文艺的创作多半在于适切地"搬用"现实，有如一个石匠之于工料。一句好戏的对话应是"最人间的"，那微妙的甄别反是一种纯炼，恰当的剔选，然而这不是容易事情。即使你是一个有意识的艺术家，也不能在描写一个"奸诈"型的人物时，把这样一个人找来，当面记录下他的言语。纵这般做了，也可以毫无结果的。

照这样看来，一般作者的写作仍是单靠着拈起笔来那一瞬即兴的"追忆"。

你不曾有些这种懊悔的经验吗：你坐在洋车上走过一段风味别致的路——让我们说，卖旧戏舞台道具的市场吧。突然，如一道流星，你有了一个极妙的句子，一个也许比巴尔扎克那些情节还要曲折的故事。你还诚恐忘掉呢，一路默默背诵着。但回家里，母亲把热腾腾的饭端出来了，你一高兴，心就离开这故事，向饭桌凑近了。饭后有朋友来找你玩，到晚上因为太倦，或想不出怎样下笔，终于还是任它飞掉了。

多少这样可珍贵的但是零星的片段都为我们残害或永远遗失了，比起我们那些在"交卷"心情下写出的作品，这些遗失了的一定宝贝多了，因为它们才是纯粹通过感觉、联想或憬悟的机智"表现"，在一篇流行的文章里，这样的"表现"不靠准遇见十行。

日记在这种需要上有双重的缺陷。第一，自然是携带的不便，然而我这样着重的还是事后"搬用"的困难。

很少人在写作上由日记得到适恰的帮助，理极明显。日记是以时间来划分的，但又是分裂的。它将天气、人事、读书感想混在一起，然而今天和前天的事情又没法子在比较下而碰头。日记的形式使我们偏重逐日生活的外在轮廓，属于创作资源的琐碎观察却时常被写者忽略。在"修身"的正大动机下，这忽略是有理由的。然而由文艺创作的需求上，这忽略却使日记对文章的佐助少了，关系淡薄了。

三　归纳的记录

厌倦了"今日天阴"一类刻板的登记，然而又寻不到更好的途

167

径的我，在很长的时期中，游游荡荡竟对生活毫无记录了，直到我遇到一位老师。在她的"西洋小说"班上，她教我们每个学生买一个布匣，匣里装有白的卡片，用几片颜色的卡片隔开。这样，她命我们各人把读过的书分留一个大纲，用牛皮筋套起，第一片上并如图书馆一样写明原书的名字、作者、出版地、页数等，然后，把这些大纲分类地装进譬如"小说史""小说家传记""小说书目""小说读后笔记"等项。

那位老师对这件事极其热心，天天翻查我们的匣子，即使落下了一本书的页数也必要我们找出填上。向来不肯就范的我，对她这种认真感到不少威胁。然而因为是功课，就还得闷了气去摆弄。时常我笑自己快成了一个扑克迷，虽然手在记着，整理着，心下却怀了不少抗议。

半午后，我有的卡片竟已不是那小匣子所能盛下的了。更麻烦的是，我乱读的一些小说家传记已不容再混放在一起了，我开始感到 Irving Washington、Jack London 应和 Meredith、Thackery 诸位分家，自然，Balzac 也不便尽跟 Goethe 纠在一起。于是，像分了房的蜜蜂，我的"传记"卡片分起国界了。我开始感到兴味。

然而我最得利于这个卡片方法的是当我动手作毕业论文的时候，为了想交完卷把它印成书，我很为它卖了些力气。我的志愿是把能找到的关于那个题目的书籍和零星论文统统读遍，整理完竣，再附上自己的意见和结论。自然我没有能"读遍"，但三个多月的工夫几乎每天下午都躲在图书馆的库房里——最闷窒的地方，翻看一堆堆发霉了的书。为了方便，我便把笔记全写在卡片上了，不想两个月后，仅仅关于这题目的卡片便够一大匣了。于是我着手整理。这番分类便极自然地决定了我那本书的各章次序和全书线索。

及至我动手写那论文的时候，我发现了更多的便利。在一个逻辑的分类下，我可以自由运用它们，可以比较不同的，也可以掺合相近的，一切论据随时可以查得出处。我发现卡片异于普通笔记处在于分类和拼合都方便，因而可以自由地搬用。但它的最大好处还在逻辑头脑的训练，随时依了大纲分门别类，归纳地记载，综合地运用。

四 "活日记"的试验

卡片被我发现出这么些便宜，于是，有一个时期我直成了"卡片迷"。我把那只初次用的小布匣改成"杂记盒"，里面的分类也多了起来。在"名著待读"一张颜色卡片后面，是许多不曾读过的书的名字，多半是师友随口介绍或批评家笔下称赞的书，为了忙或者一时寻不到手，将名字暂抄在那里的。当时因为也学着写点小说，就增了一类"待写"，后面自然全是我想写而一时还没写出来的故事。

笔下拙笨的我，那时不知多看点古今好作品，却大念起小说作法一类的书来了。在这里，我应供认那种傻功夫是白费了，它也许可以分析已有的创作，却不能启发未来的，正如文法和语言学永不能制造文字一样。唯一它教我的，而且一点也不正确的传统"法程"，是一篇小说总具有三种因素：人物、背景和故事。直到我念了几本远超出"小说作法"范畴的巨著时，我才省悟我受了多大一个谎骗，然而我开始注意起小说的内容。

在我翻弄着布匣时有一天我忽然问着自己：

"为什么不试试弄一本活日记，记载下逐日的感觉呢？"

于是，根据那些谎骗，掺上我的发现，我弄了一只新的布匣，题作"感觉的记录"。两年来，我不断地加添，不断使用它。我知道它有许许多多限制，到如今，我依然在试验着。

这只正躺在我肘边的蓝布匣是这样分类的：情节、观念、景色、人物、印象、对话、动作等。异于表格，这分类是这样自由的。譬如我新近又增了一类"冒端"，为了我时常把一篇故事写出一个头

169

来，因知识或想象力的不足，便又中辍了。一向这种"头"都被我掷入字纸篓里了，近来忽然觉得可惜起来，于是又把它们当作残缺器具存起。

如果平日衣袋里总有这样一些卡片，看到什么，随时可以速写，"登录"下来。现实里一切诉诸我们理智的观念，或诉诸听觉，甚而味觉的色相，都可随手留些痕迹，回家顺便就可归入它所属的门类。

这东西在某一个时期，集起来会有用处的。

首先，使用这方法的人应注意它的功用的限度，不然，没有再比这种偷懒更中伤我们写作的了。它不能代表记忆，更不能代替描写。而且，更透骨地说，一个写不出文章的手，仍不能丝毫借助它，不然，这样机械地产出的作品将是最劣的。和平日写作一样，我们依然需要想象、记忆、思索、安排，这卡片只能充作这些的一种"提示"，像舞台后面的提词人，作品的精灵依然靠赖作者创作刹那的表现。

然而在极习见的情形下，一点提示有如一把钥匙、一根线头，竟可以把停滞的想象舒展开：一个脸相可以为我们招来一个复杂的大家庭；一点偶感，绵密地纺织起来，也可以贴近人生哲理的故事。这卡片能带给我们思想的线头、感觉的影子。

如果不具备创作上必有的条件，这种卡片是徒然的；对于一个不依赖它的作者，这种记录是一宗大补助。

它拾起了我们偶然间失落的零珍碎宝，在适恰的时际，双手捧给我们。

一九三七年

维·吴尔夫与妇权主义

　　一般人心目中以及将来文学史上的吴尔夫，都是位象牙塔中的贵妇人，望着波浪，望着无垠的田野，冥想着辽远或悠古的事物。然而吴尔夫也自有她的烦恼、她的愤慨。她恨男人的专制，她怨女人所遭的歧视与压迫。她生的那年（一八八二），男人仍有权在家中囚禁妻子，妇女纵使自己挣了钱，也还得交给丈夫管。至于选举及做官，更轮不到女性。在我们仅知道的吴尔夫一生的几件事迹中，妇权运动占很重要的地位。一九一三年，她曾与丈夫伦纳德去北英参观工业城纽卡斯尔，并参加过当地的妇女合作大会。她有几部作品是专为推动妇权运动而写的。——或者说得更恰当些，是为宣泄她的女怨而写的。短篇中，有一篇《社交界》，收录在她的《礼拜一礼拜二》（一九二一）里，用杂乱无章的荒唐情节，借三个女孩子替吴尔夫夫人把天下文武男人痛痛快快嘲骂了一阵。在她死后出版的三部短篇集里，都不见这篇东西。一九三八年她出了一本简直是吵嘴骂街的书，叫《三个吉尼》。说是有三个团体向她募捐：一个是反战的，一个是一家女子学院，一个是女子职业介绍所。这里，她把战争的责任整个放在男人身上，因为男人好打猎，因为男人不让女人办外交。要弭战，先得办女子教育。她抱怨说，英国历史悠久的大学，多是以前贵族出钱办的。随着是责备男女公务员薪水的不平等。她最愤慨的，还是当时与希特勒唱和的"女人回到厨房去"的怪论。编吴尔夫夫人著作目录时，这本书通常根本不编进去。从文体上说，它也确实不像是吴尔夫的。

在她专为妇权写的书中，比较值得一看的，还是《自己的房间》（一九二九）。

这是她对剑桥一个女子学院做的一系列演讲。听众既是爱好文艺的女大学生，她的主题便是：想写作，先得争取经济独立。"有一间自己的房子，把自己锁在里面，房门上了锁，然后解放你的心灵。"演讲开始是用最馋人的笔，描绘男子大学的辉煌舒适，以与寒碜的女子学院来对照。她旁征博引，证明女子始终是父亲与丈夫的笼中鸟，多少才女悒郁而死，多少肥胖的男子坐在沙发上咆哮着侮辱女性。这书顶可贵的其实是后一半：指点女作家应走的方向。作为普遍女作家的路子，那当然显得偏狭。她劝听众要躲开自然主义，重感觉而轻场面；她要求建立新价值，新价值是短而精致，尽量躲开散文，向诗的境界发展；要跳出，要多使用暗示，而且，不要说教。这些劝告，无形中印证了吴尔夫自己的艺术理想，而且是从她自己的性格、情趣和限度出发的。

由她未完成的遗作《幕间》（一九四一），我们可以断言她到死也并未放弃她的妇权主义。在那部遗作里，才女莎贝拉怕丈夫怕得要死。明明她写的是诗，却得偷偷摸摸装订成账簿。在《奥兰多》（一九二八）那部怪诞的传奇里，她留下了许多妇权主义的痕迹。奥兰多在小说的上部是个伟男子，在下部便成了妙龄女子了。回到伦敦，法院便为了产权纠纷对她下传票，因为：（一）她死了，所以无权持有财产；（二）她是女人，其地位与死人相同。最巧妙的还是她的《到灯塔去》（一九二七）。在这部小说中，她含蓄地勾画出瑞穆恩先生的自私以及瑞太太的贤淑可怜。她死后，瑞先生又去追求女画家黎黎了。黎黎托着画板咒诅着男人："他取而不予，他太太被逼得只予不取。予，予，予，她终于死了，留下这一片。"她简直和瑞太太生气了。画笔在手指间微颤着，她望着那篱笆、那台阶、那墙，什么什么都是她亲手做的，然而她死了。在她的作品里，女性的怨

172

艾不难找到。然而除了那个短篇及两本妇权论文外，她从不再专用妇权做她的主题。这是值得研究的。无疑地，那三篇都是她最失败的作品，不值一看，也一点不像她写的。她是最严峻的自我批评者。她发觉那种文字有人写得好，写得有力，却不适于她的教养和素质。试验了几次，她终于抑制了自己的愤慨；在不妨碍艺术完整性的原则下，改用具象，含蓄地渗入她作品里。这点自知之明，是她成败的一个大关键。否则二十年代英国妇权运动促进会也许添了一批宣传小册子，然而英国文学史上则将永远失掉了一支充满了奇迹的笔。

前人的作品如果是后者的借鉴，吴尔夫这点自知之明是得自夏洛特·勃朗特。妇权运动者的吴尔夫先曾大大赞扬了《简·爱》中的一段："当斐尔克恩太太做果冻时，简·爱便爬到屋顶去膝望四远的山野。她巴望一种力量使她超越她的窄圈子，使她能接触那忙碌世界：城镇，那闻而未见的充满了生命的世界……女人感觉一如男人，需要使用她们的能力，一个努力发展的场所，然而她们竟被捆绑、窒息起来。"对于这百年前的宣传家，作为文艺批评者的吴尔夫说："夏洛特·勃朗特的天才也许比简·奥斯丁还高，然而反复诵读上面那段，总觉得与全书格格不入。有了那义愤，她无法把作品写得完整无疵了。她的书一定是残缺畸形的。当她应该心平气和地来写时，她却在雷霆中。当她应该写人物时，她却写了自己。"（《自己的房间》）因为有这份自知之明，所以吴尔夫在行动上尽管积极推动妇运，在作品中却极力躲开这难写好的题目。然而吴尔夫毕竟有她的热忱，妇女的怨艾在她的作品中还是经常能听到。

吴尔夫的人物大半都是通身长满了触觉，只感觉不行动的，在她的处女作《航程》（一九一五）里，却出现了一个性格鸷野、通身丈夫气的意弗琳。她恨女子没有作为："我加入了一个会，每礼拜六一聚，所以叫拜六会。我们谈的是艺术，然而我讨厌艺术了。艺术有什么用？我们四周都是赤裸裸的现实，所以我告诉她们艺术谈够了，可以谈谈人生吧！像拐卖妇女、女子参政、社会保险。我们决定做些什么，再组织起来，如果我们要消灭娼妓，我们相信比警察有把握——六个月可以清除。"所谓把握，原来是苦口劝导。然而她至少写出一个不甘躲在深闺里的女人。可注意的是，她并非该书的主角。主角是坐在甲板上望了海天冥想生死离合的蕾殊。她第二个长篇《夜与昼》（一九一九）写的是两对男女的恋爱故事，但因为其中一个是妇权工作者——玛丽·德施，所以妇权几乎成为第二主题。正因为恋爱与妇权运动是经纬般交织着，结果妇权却有些沦为恋爱的替代，也即是情感的尾闾。在这两本书里，吴尔夫的妇权运动内容实在仅限于妇女参政。在《航程》里，几个做议员、律师的男子在甲板上谈天，由海而谈到厨娘，终于戴露威先生当着太太的面申斥起女子参政这无谓的要求了，并且说："我希望在我入墓以前，英国女子不至于拿到投票权。"另一次，饱经世故的戴先生又说："女人没有政治的本能。你们有许多美德，我第一个承认，但我生平没遇见一个懂得政治的女人。不怕你们恼，以后我也不会逢到一个的。"玛丽·德施每早十点到晚六点都在为了妇权奔走，她（或者也即是当时的吴尔夫）对于男人独占政治总是无限羡慕。"我奇怪为什么男人一坐下来就谈政治。我想我们一旦得到选举权，也必那样吧！"凯瑟琳则羡慕男人有职业。"在人前你可以说我干的是什么，有了职业才能表现出自我来。"（《夜与昼》）吴尔夫很能描画那自私、倨傲、性灵泯尽的男子，如戴露威，如瑞穆思。但偶尔也有男子为之抱不平时，如《航程》里的休卫特，他奇怪女人为什么把男人看作神仙，男人对女人的魔力直如骑士之于驹马。他想来想去，还是归罪于家庭传统。她们从小听到的就是："女孩子们去喂兔子吧，因为哥哥要独自在书房里用功。"蕾殊便承认自己喂了二十四年兔子。休卫特叹说，即使妇女解放了，"你们也得需要六代才能把你们的脸皮弄厚到可以上法院，上公事房"。当休卫特问蕾殊选举权有什么好处时，她只躲闪说："我吗？没有。我弹我的琴。"正如在《夜与昼》里，当希尔太太问凯瑟琳怎么不加入妇女参政会时，她只用匙子在茶杯里沉默地搅着。玛丽·德施是仅有的一个妇权工作者，但她失恋后，只不信地说："再没有比工作可靠的了。假若没有办公室的工作，我今日该沦到怎样田地啊！工作救了我！"

在《三个吉尼》里，吴尔夫痛击了轻视女性论者。在她其余的作品里，也可以找到不少旁敲侧击的例子。英国又确实没脱掉重男轻女的封建传统。十六世纪，尼克·格林说女人演戏有如狗学跳舞。二百年后约翰逊博士说女子上台传教，蠢如狗用后脚舞蹈。跳得自然不好，能跳已是出人意料之外了。当代又有人套这句子证明女人不能谱乐。以一部英国史为经的《奥兰多》里，充满了这样的令吴尔夫击桌的谬论。十八世纪散文家艾迪生在《旁观者》报上写道："我认为女人是美丽，浪漫，可以用羽毛、珍珠、钻石、金饰、绸缎装潢起来的动物。"以《训子书简》出名的切斯特菲尔德伯爵写道："女人不过是形状较大的孺子……一个有头脑的男子只能把她们等闲视之。玩耍，娱悦，捧她们。"约翰逊博士又说："女人对女人是没有什么刺激力的。因此，当她们自己在一起时，便没什么可谈的了，只互相搔搔痒而已。"吴尔夫以报复情绪把男子狠狠讽刺了一下。当奥兰多在十八世纪突然变成了女人后，有一天她误把一个靠枕当成了诗人蒲柏的前额，因而赞扬道："他的眉宇有多么高贵！里边装了怎样多的才思、机智、聪明和真理——为了那些，人们是甘用生命来换的。啊，你的智慧是仅有的永恒之光！"转过来，吴尔夫指了当时的名妓妮尔说："她比盖世文豪更高明，因为她没有蒲柏的尖酸、艾迪生的倨傲和切斯特菲尔德伯爵的诡秘。"

如所有的女权主义者一样，她认为装饰与贞操是妇女变成男人玩偶的内外两个主因。她说衣着使男人有野心，使女人谨慎。"男人随手可以摸剑，女人可得随时当心缎衫从肩头溜下来。"（《奥兰多》）待变为女体的奥兰多买了一套丽装以后，才恍然悟出做女人的特权及惩罚来。"她"记起当初做男子的时候如何坚持女人得驯良、贞洁、芬香，衣着鲜艳夺目。如今，做了女人的奥兰多自己来

175

偿付上半辈子的孽债了。根据做女人的短暂经验，她反省着："女人并不是生就的驯良、贞洁、芬香，衣着鲜艳夺目。那些美德使她们享受了人间的福气，然而那些美德却是硬训练出来的。说梳头吧，每天早晨就去了一小时；照照镜子，又是一小时。系腰裙，洗漱扑粉，由绸而花边，由花边而凸花，一年到头又得守着贞操！"（《奥兰多》）吴尔夫认为贞操是串锁链。当过三十年大使的奥兰多，怀里拥抱过一位皇后，个把爵位较次的贵夫人，而一当了女人，就得把全部心神贯注在贞操上面了。在《自己的房间》里，她慨叹说："从古至今，贞操在一个女人生命中带有宗教的重要性。它周身长满了神经与本能。斩断它需要特殊的魄力。"然而在吴尔夫的作品里，可找不到一个有这样魄力的女性。

在所有吴尔夫的妇权观念中，顶不动感情而又是顶切实的，还是经济独立。《自己的房间》其实指的就是那个，所以在书中她不断地提"每年有一百镑进项，门可以上锁"。（在《奥兰多》里，她承认贫穷与愚昧是女人的衣装。）她引用已故剑桥英文教授奎拉古芝的话，证明二百年来英国作家大半都是富家出身。甚而说，如果诗人布朗宁不曾生在世家，他根本写不出《扫罗》。结论是英国穷家子弟得到写作所需要的自由境地的机会，相当于雅典一个奴隶被解放。同样，吴尔夫认为莎士比亚时代的女人不会有莎翁的天才，正如今日的劳工阶级不会产生莎翁一样。她揣想莎士比亚有个叫朱蒂茨的妹妹，在家里，她得做饭扫地，不能和哥哥一道学拉丁文、逻辑，也即是不能一样进步。终于老莎士比亚逼她嫁人，她不肯，逃跑了。逃到戏院里想演戏，老板不收，结果和男伶姘上了，生了孩子。社会唾弃她，她自杀。（《自己的房间》）对了，生孩子也是女人之一大障碍。在《奥兰多》里，她讽刺说："一般女人的生涯不过是接连生孩子。她十九岁出阁，到三十便已生了十五个或十八个孩子，因为当中有好几对双胞胎。于是，大英帝国出现了。"

吴尔夫心目中的妇女经济独立还有些混沌处，因为英国人的

"独立"时常是指按年有一笔不劳而获的遗产收入。有遗产与否时常是作为区别绅士与白丁的标准。在所有英国小说里，人物的"年入若干"都占有显著地位，特别是简·奥斯丁和吴尔夫的小说里，自食其力的女子也不大见。在《航行》里，安布鲁斯太太曾在其家书里提过女子教育问题，然而那可不是为了解决生计。她写道："我一向和女人们不大合得来，也不大往来，可是我得收回许多责备她们的话。如果她们受到同样教育，我不相信她们怎么可能不如男子。"她对教育的指摘何在呢？"目前的方式简直令人恶心！二十四岁的女孩子竟还不知道男子对女人有欲望，竟还不知道孩子是怎样生的！她别方面的天真也是一样彻底。我觉得这样的愚民政策不但蠢，简直是造孽！"

吴尔夫自己呢？她有不劳而获的"独立"，而没有累人的孩子。她在伦敦布卢姆斯伯里方场有高雅的住宅，在近南岸的丘阜疏林地带又有宽大的乡居。她还有一个了解她、服侍她、崇拜她的丈夫。所以她的怨艾并非出于自身的遭际。也正因为那不是出于自身的遭际，她的愤慨、她的要求，由曼彻斯特的纺织女、利物浦的浣衣女或南威尔士煤矿上的女工看来，却显得隔膜，甚至陌生了。

一九四八年九月二日，上海

《莎士比亚戏剧故事集》前言

一

把深奥的古典文学作品加以通俗化，让本来没有可能接近原著的广大群众得以分享人类艺术宝库中的珍品，打破古典文学为少数人所垄断的局面，并在继承文学遗产方面，为孩子们做一些启蒙性的工作，这是多么重要而有意义的事啊！确实也有些人写过这类通俗读物，然而能做到通俗而不庸俗，并且经得住时间考验的，却如凤毛麟角。究其原因，这里显然存在着这样一个矛盾，即能的不一定肯，肯的又不一定能。换句话说，对古典文学造诣高深、文笔好的作家未必这样"甘为孺子牛"，步下"大雅之堂"来从事这种普及工作，而热心人又往往不能胜任。此外，向儿童普及，学识及文笔之外，还须关心孩子们的成长。这就无怪乎一八〇七年杰出的英国散文家查尔斯·兰姆（一七七五至一八三四）和他的姐姐玛丽·兰姆（一七六四至一八四七）所合写的这部书在英国文学史上占有一个独特的位置了。

流传下来的莎士比亚诗剧共三十七个，即喜剧十四个、悲剧十二个、历史剧十一个。他们姐弟从中选了二十个最为人们所熟知的，把它们改写成叙事体的散文。其中，六个悲剧（即《李尔王》《麦克白》《雅典的泰门》《罗密欧与朱丽叶》《哈姆莱特》和《奥瑟罗》）是由查尔斯·兰姆执笔的，其余十四篇是玛丽·兰姆改写的。一八〇六年，也就是他们动手写此书那年的六月二日，玛丽在给撒拉·斯托达尔特的信中描绘了姐弟二人写此书的情景："我们俩就像《仲夏夜之梦》里的赫米娅和海丽娜那样伙用一张桌子（可是并没坐在同一个垫子上），我闻着鼻烟，他呻吟着，说实在写不出来。他总是这么说着，直到写成了又觉得还算过得去。"

这两位改编者从一开始就为自己树立了一个颇高的目标：要尽量把原作语言的精华，糅合到故事中去。同时，为了保持风格的统一，防止把莎剧庸俗化，他们在全书中尽可能使用十六七世纪的语言。

兰姆姐弟这部作品的成功，首先在于他们对莎剧都有深湛的研究，两人写得一手好散文，并且具有孩子的眼睛和孩子的心。他们二人对莎士比亚时代的语言和文字都很熟悉。查尔斯写过《莎士比亚时代的英国剧作家的作品范式》（一八〇八）、《论莎士比亚的悲剧》（一八一一）等论文。同时，儿童文学在他们的全部著作中占有相当位置。他们合著过《儿童诗歌集》（一八〇五），玛丽写过《列斯特夫人的学校》（一八〇八），查尔斯写过《红星王和红星后》（一八〇五）。此外，查尔斯还曾把希腊史诗《奥德赛》也改编成故事。自然，他的主要作品仍然是《以利亚随笔》（一八二三），那是英国文学史上浪漫主义最初的范例之一，是用讽刺和感伤的笔调揭露资产阶级社会的矛盾的。

查尔斯·兰姆出身寒苦。他的父亲约翰·兰姆给伦敦的一个律师当仆役。查尔斯由于口吃，没读过大学，在东印度公司当了三十三年的小职员。玛丽还靠揽些针线活计贴补家用。不幸的是她曾神经失常，亲手杀了自己的生母。查尔斯本人也曾一度进过疯人院。

在改编时，他们以莎剧中所包含的品质教育为经——自然是按照当时英国的标准——以原作那晶莹如珠玉的诗句为纬。他们紧紧抓住这两个关键。在处理每个诗剧的时候，他们总先突出主要人物

179

和他们之间的矛盾，略掉次要的人物和情节，文字简练，有条不紊。在《威尼斯商人》中，作者开门见山地把安东尼奥和夏洛克之间的矛盾冲突摆了出来。《哈姆莱特》不是像原剧那样先由次要人物出场来烘托，而是马上把悲剧的核心展示出来。在《奥瑟罗》中，作者抓紧了悲剧的每一环节，把一个错综复杂的心理过程刻画得简洁有力，层次分明。

由于作者善于整理、选择、剪裁、概括，每个故事的轮廓都是清楚、鲜明的。他们虽然很注意简练，然而为了帮助小读者对剧情理解得透彻些，在《哈姆莱特》中却不惜使用一些篇幅去说明王子为什么不马上替他父亲报仇。全书虽然严格尊重原作，为了适应读者的生活经验，在《泰尔亲王配力克里斯》中，却把玛丽娜被卖作妓女那段，隐约地用"被卖作奴隶"一笔带过。这些都说明他们时刻记住这部作品是为谁而写的，懂得照顾年轻读者所具备的条件和特殊的需要。

二

威廉·莎士比亚（一五六四至一六一六）是欧洲文艺复兴时期英国的一位伟大的剧作家和卓越的人文主义的代表。恩格斯曾指出，文艺复兴是"人类前所未有的最伟大的进步的革命"。莎士比亚生活在中世纪的封建制度正在土崩瓦解，新兴的资产阶级开始上升的大转变时代。一方面中世纪以神为中心的愚昧的世界观正在消灭，另一方面资产阶级的以个人主义为中心的世界观正在深入人心，人文主义在社会文化思潮中日益占统治地位。人文主义反对封建的社会关系及伦理观念，诸如包办婚姻及禁欲主义，主张建立资产阶级的社会关系及伦理概念，诸如恋爱自由和世俗的幸福。它提倡人道以反对神道，提倡人权以反对绝对君权，提倡个性解放以反对宗教桎梏。从莎剧中我们可以看到这位伟大的作家在四百多年前所反映的由封建主义向资本主义过渡的英国生活。他大胆地批判了封建制度的黑暗与残酷，强烈地表达了新兴资产阶级的愿望。在欧洲文化史上，他是起过很大进步作用的一位巨人。

在莎士比亚故居里，至今还陈列着一些这位作家的遗物，然而关于他的生平，我们知道得却很少，只晓得他出生于英国中西部沃里克郡艾冯河畔的斯特雷福。他父亲是个商人。他没受过高深的教育，在文法学校里念了几年拉丁文、希腊文和一些中世纪烦琐哲学后，十五岁上他父亲就破产了。家道中落后，据说他当过肉店学徒，教过书，还传说他因潜入大地主庄园去猎鹿，受到追缉，因而被迫逃往伦敦。

一五八五年到伦敦后，他最初给赴剧院看戏的绅士们照看马匹。后来他当上了演员——演一些配角，一五九〇年左右才开始写作。当时的文坛是由一小撮贵胄学者所垄断。一个成名的剧作家曾以轻蔑的语气嘲笑他那样一个"粗俗的平民"居然也敢同"高尚的天才"来比高低。一五九九年，他参加了伦敦著名的寰球剧院，还常做巡回演出。一六一二年回到故乡隐居，一六一六年就溘然与世长辞了。

莎士比亚生前并没看到自己的作品出版。他的第一个剧本集是在他死后七年才问世的。目前流传下来的这三十七个诗剧、一百五十四首十四行诗和两首长诗仅仅是他的全部作品的一部分，其余的都已散佚了。在中世纪口头文学的影响下，他广泛地采用了动人的传奇故事，通过几百个有血有肉的人物形象，把他对现实生活的观察体会，生动而深刻地表现出来。在《哈姆莱特》一剧中，作者通过王子对伶人甲的一段谈话，道出他的现实主义的创作方法："太平淡了也不对，你应该接受你自己的常识的指导，把动作和语言互相配合起来。特别要注意这一点：你不能越过常道，因为任何过分的表现都是和演剧的原意相反的。自有戏剧以来，它的目的始终是反映自然，显示善恶的本来面目，给它的时代看一看它自己演变发展的模型。"

三

　　兰姆姐弟这里改写的二十个故事，都属于悲剧和喜剧两种。自到本世纪初叶，才有一位英国作家奎勒·库奇（一八六三至一九四四）把历史剧也选编成故事集。从莎士比亚的创作过程来看，他早期写的多是喜剧——当时他对生活满怀信心，作品充满浪漫气息。英国刚击败入侵英吉利海峡的西班牙"无敌舰队"，举国欢腾。年轻的莎士比亚受这种乐观情绪感染，对现实赞美多于嘲讽，对人生肯定多于批判。他的悲剧写于晚期，这是由于他对现实生活有了进一步的认识，政局的动荡不安，社会的矛盾重重，封建势力的余威，金钱在人与人之间所起的破坏作用等等，都使他头脑更加清醒，对生活的认识更加深刻。根据他的观察和剖析，在剧本中对现实进行了更多、更尖锐的批判。所以一般说来，他的悲剧写得更为深刻。

　　本书这二十个故事，大部分都涉及男女间的恋爱这个主题。这是因为在欧洲反封建的斗争中，婚姻自由的斗争是表现得较为集中，也是较为尖锐的一面。同时我们还能通过这些爱情故事，看到莎士比亚所揭露的当时政治、社会生活的丑恶面。例如《罗密欧与朱丽叶》这出戏描写的就是一对青年男女为了爱情的理想而对阻碍他们结合的封建制度所进行的坚决斗争。在这个悲剧中，莎士比亚有力地控诉了封建社会对爱情自由的扼杀，谴责了家族间世世代代所结下的无原则的宿仇，批判了中世纪僧侣统治下的禁欲主义，同时也歌颂了青年一代真挚热烈、坚贞不屈的感情。《辛白林》揭露了无赖流氓阿埃基摩对于一个美满婚姻的破坏。《冬天的故事》对国王里昂提斯的昏聩多疑、专横跋扈做了批判。在《一报还一报》中，我们看到了社会的混乱、道德的沦丧。"犯罪的人飞黄腾达，正直的人负冤含屈；十恶不赦的也许逍遥法外，一时失足的反而铁案难逃。"莎士比亚在此作中无情地揭露了当时法律的虚伪性。

《威尼斯商人》所反映的图景就更为广阔，它所揭示的矛盾也更为重大尖锐了。这个故事中的正面人物安东尼奥是代表新兴资产阶级势力的商人，反面人物夏洛克一方面是个残酷凶恶的高利贷者，另一方面又是个在民族问题上受歧视的犹太人。他们之间展开的是一场严酷的斗争。它反映了专制王权统治下的资产阶级和新贵族之间的联盟。安东尼奥代表的是促使资本主义发展的进步力量。剧本批判了光剥削不生产的封建生产方式的旧式高利贷者——铁石心肠的吸血鬼夏洛克。马克思和列宁在他们的著作中都曾多次运用《威尼斯商人》中的人物和事件来揭露资产阶级玩弄法律条文来对工人进行剥削。在这个戏中，莎士比亚接触到一个极为重大的课题：金钱。

在莎士比亚的戏剧中，我们时常可以读到他对金钱的谴责。在《辛白林》中，他说："让一切金钱化为尘土吧！只有崇拜污秽邪神的人才会把它看重。"罗密欧去买毒药的时候，对那个卖药的人说："这是你的钱，这才是害人灵魂更坏的毒药。在这个万恶的世界上，它比你那禁售的毒药更会杀人。"泰门在倾家荡产、尝到人世炎凉之后，对金钱发出了咒诅："这东西，只那么一点点儿，就可以使黑的变成白的，丑的变成美的，错的变成对的，卑贱变成尊贵，老人变成少年，懦夫变成勇士。"这个戏从金钱关系直接批判到社会罪恶，是莎士比亚对资产阶级社会的有力控诉。马克思认为《雅典的泰门》"绝妙地描绘了货币的本质"。

这些故事的背景大部分不在英国。这里有丹麦国王、希腊贵族、摩尔将军或意大利绅士。其实，作品里所反映的都是莎士比亚同时代的政治社会生活的现实。这是因为伊丽莎白王朝的官府对思想控制得非常严厉，镇压手段也极残酷，轻则割掉舌头，重则处以绞刑。像《哈姆莱特》这个戏，就是借丹麦的历史题材来反映当时英国宫廷的荒淫无耻和为了争夺王位而展开的一场尖锐残酷的斗争，同时也反映了当时新旧交替的社会的矛盾。《一报还一报》是十六七世纪初叶英国社会生活的缩影。在《麦克白》中，作者赤裸裸地揭露出一个暴君的疯狂和凶残。《李尔王》反映的是宫廷生活中错综复杂的家庭关系，揭露了王室成员的贪婪和自私。国王李尔在暴风雨中才想到了民间疾苦。环绕着《奥瑟罗》这个描写黑皮肤的摩尔人由于莫须有的怀疑而杀害了心爱的妻子的悲剧，莎士比亚提出了关于民族的重大问题。故事一开始，作者就以赞美的心情叙述了白种人苔丝狄蒙娜如何战胜了元老院的反对，同勇敢而品质高贵的摩尔人奥瑟罗结了婚，并且甘愿放弃舒适的闺房生活，陪他一道出征塞浦路斯。这个勇敢的女子既冲破了种族的界限，又砸碎了封建婚姻的枷锁，是一位双重叛逆的女性。从毒辣阴险的伊阿古的行径中我们得出什么结论呢？尽管黑脸将军由于轻信谗言而受骗上当，杀妻之后又自戕，他是光明磊落的；而白种人伊阿古，则比毒蛇更为阴森毒辣。

四

莎士比亚是在英国产业革命开始之前一百六十年左右从事创作的，他比马克思早出生两个半世纪，他的世界观是超不出资产阶级个人主义的范畴的。这就是说，他同情人民，怜悯人民，但并不认识人民群众的智慧和力量。他的生活理想是个性解放、自由、平等、博爱等等，但是资产阶级自由即使在初期形式下，本质上也是消极的——只是为了摧毁封建主义的枷锁，摆脱神权的控制；他所要求的只是资产阶级的自由，而资产阶级的自由就意味着对无产阶级的奴役——买卖和雇佣的自由。他看到了他所生活的社会的丑恶，然而他并不想去推翻它。《威尼斯商人》中的女"律师"鲍细娅在公堂上一再宣称"威尼斯法庭执法无私"，把威尼斯的法律说成是"绝对公道"。她所强调的是地地道道的资产阶级法治精神。她还宣扬了所谓基督教的宽恕之道。她并没有，也不可能从根本上否定那时的商业准则和法治思想。

尤其在莎士比亚的早期作品中，在描绘现实生活时是充满了浪漫主义气息的。在《皆大欢喜》中，亚登森林俨然成了个世外桃源。在故事煞尾处，那个篡位的公爵原想到亚登森林去杀害他的哥哥，可是"天意安排"，碰上一个修道士。经修道士那么一劝，公爵就放下屠刀，立地成佛，表示要把公国还给他哥哥。这里反映出作者对现实的逃避。

莎士比亚在戏剧中创造了一些大胆反抗的女性，但是《终成眷属》中的海丽娜虽然为了爱情而奋斗，对封建等级制度进行了斗争，她的形象却是软弱的，缺乏女性尊严的。甚至苔丝狄蒙娜在丈夫的淫威下，也表示了屈从。奥瑟罗据以杀害妻子的荣誉感，完全是封建制度下夫权思想的残余，因而他才在怀疑妻子不贞时，认为理所当然地有权处死她。

哈姆莱特王子在独白中，对当时社会上的不合理现象表示了深切的抗议和谴责。他认为丹麦和全世界都是一座监狱，他想改造现实，"重整乾坤"；然而到头来他只能提出问题，却找不到解答，因为这位王子以及创造他的剧作者莎士比亚看不到群众的力量，也反对革命暴力斗争，他只能幻想在一位"开明君主"的统治下，自上而下地改革。

有些故事中还出现一些精灵或鬼魂。十六七世纪的英国距离中世纪还不远，科学还未昌盛到使剧作家及读者能够全部摆脱这类超现实的东西。另一方面，莎士比亚这样安排也有意识地在行使诗人的"特权"，是从艺术效果出发的。例如他在《哈姆莱特》中就用鬼来渲染悲剧的阴森气氛；在《仲夏夜之梦》中，又用仙王仙后来把读者引入一个芬香灿烂的童话世界中去。

五

　　这部故事集是一八○九年一月以两卷本的形式出版的，副标题是"专为年轻人而作"，出版人是当时进步的宪章派作家威廉·高德汶。出书后，不但受到孩子们的欢迎，大人们也竞相购阅，所以第一版很快就销售一空。一个半世纪以来，许多名画家如威廉·哈卫（一八三一年）、约翰·吉尔勃特（一八六六年）、阿瑟·拉康姆（一八九九年）和希兹·罗宾逊（一九○二年）都曾为此书画过插图。这个故事集曾译成几十种文字。一百六十多年来，多少卓越的莎士比亚学者、著名的莎剧演员，以及千千万万喜爱莎剧的读者，最早都是通过这部启蒙性的著作而入门的。它确实是莎剧这座宝山与广大读者之间的一座宝贵的桥梁。

一九七八年二月

《好兵帅克》前言

　　一个极端残暴、腐败透顶的帝国（奥匈帝国）为了在欧洲争夺霸权，就凭借武力奴役另一个弱小但是倔强的民族（捷克人民），并驱使其成员参加一场由于分赃不均而引起的大屠杀（第一次世界大战）；而以帅克这个无与伦比的人物为代表的捷克民族，由于处在劣势，表面上唯唯诺诺，屈从效忠，甚至口呼"万岁"，内心却充满了鄙夷和憎恨，从而采取种种使反动统治者哭笑不得的方式进行顽强的抵抗。通过主人公帅克这个普通士兵在第一次世界大战期间从应征入伍到开拔前线的经历，作者以笑骂的笔锋对这个色厉内荏的帝国内部的强横暴虐、昏聩无能加以无情的暴露与控诉——这就是《好兵帅克》这部杰出的讽刺小说的基本内容。《绞刑架下的报告》的作者、捷克的民族英雄、卓越的反法西斯战士伏契克曾经对帅克这个人物所产生的影响做出这样高度的评价，说他"仿佛是一条虫子，在蛀蚀（奥匈帝国）那个反动制度时是很起劲的，尽管并不是始终都很自觉的；在摧毁这座压迫与暴政的大厦上，他是起了作用的"。

　　在某种意义上，《好兵帅克》也可以说是一部历史小说，因为它从内部描写了欧洲近代史上一个最古老的王朝——奥匈帝国崩溃的过程。作品几乎是严格按照第一次世界大战编年顺序写的，从第二卷（帅克入伍后由布拉格开拔前方）起，战局、事件、路线，都与当年的奥匈军队作战史基本吻合，甚至帅克所在的联队番号以及作

187

品中有些人物（如卢卡施、万尼克、杜布等）也不是虚构的。然而此书的价值并不在于它如何忠于史实，而在于作者哈谢克以卓绝的漫画式手法，准确、深刻地剖析了奥匈帝国的政府、军队、法院、警察机关以至医院、教会的反动而又虚弱的本质。通过手里拿着"叛国者"帽子到处寻找拘捕对象的特务布里契奈德，以及那草菅人命的军医，我们可以看到奥匈帝国是怎样一座黑暗、残暴的监狱。为了揭露所谓"神职人员"这种寄生虫，作者在卡兹和拉辛两个神甫的形象上着了浓重的笔墨。这个帝国的一切残酷、肮脏、荒谬与丑恶，都没能逃脱哈谢克那支锋利、辛辣的笔，他无情地揭露了这个庞大帝国所加于捷克民族——尤其是整个工人阶级的不义行为。更为重要的是，作品塑造出帅克这个充满了人民的思想感情、十分平凡而又极富于机智的形象。

当然，这部小说暴露得最彻底、抨击得最有力的还是奥匈帝国所炫耀的军队。反动统治者为了驱使人民替他们那腐朽政权去当炮灰，不得不制造一些虚伪的"军人荣誉感"，鼓吹"忠君爱国"的黩武思想，用宗教麻醉、政治欺骗以及特务和集中营等强制手段，硬把包括老弱病残在内的人们推上火线。作者形象地描写了那个军队里主奴式的官兵关系和掠夺者与被掠夺者之间的军民关系，揭示出临阵拼凑起来的"友"军之间互相倾轧，以至职业军官对后备军官和自愿军官的轻蔑。这样的军队既谈不上效率、纪律，更没有"士气"可言。军官们以彼此贻误对方的公事来报私仇；士兵比赛着怠工；列车开走了，军官还躲在车站后面同妓女讲着价钱。这样的军队对"自己人"是那样残酷，对待俘虏和敌方老百姓更不如禽兽。《好兵帅克》这部小说的力量就在于：它以生动有力、令人笑破肚皮的情节，富于说服力地告诉我们，一个不义的军队，无论它在数量上如何庞大，到头来只能失败，灭亡。

半个世纪以来，这部出色的讽刺小说一直在世界各地广泛流传，至今已译成近三十种文字，对本世纪欧洲人民反抗霸权主义、争取民族独立运动始终起着鼓舞作用。远在一九二一年，捷克共产党员作家伊凡·奥布拉赫特就称誉它为"捷克有史以来的杰作之一"。有些评论家曾把哈谢克同塞万提斯以及拉伯雷相提并论。法国作家布洛克在一九三二年曾写道："我把《帅克》放在当代最伟大的作家的前列。它可以同最伟大的古典作品媲美。如果捷克只产生哈谢克这么一位作家，它对人类就已经做了不朽的贡献了。"

　　雅罗斯拉夫·哈谢克（一八八三至一九二三）出生于布拉格。他的父亲是一所私立德国中学的数学教员，薪俸微薄，家境贫寒。哈谢克十三岁丧父后，就去一家药铺当学徒。一八九七年，当哈谢克还是个十四岁的少年时，他就参加了反对异族统治者的活动，经常扯掉他们贴的戒严布告，撕破奥匈帝国的国徽，砸碎反动政府机关的窗玻璃，并曾因参加反德游行而被警察以"军事裁判法"名义逮捕，投入牢狱。哈谢克十六岁时进了一所中等商业学校。级任老师是历史小说家阿洛依斯·伊拉谢克，他在班上时常讲述捷克民族英雄的逸事，对哈谢克的启发极大。

　　商业学校毕业后，哈谢克没有进银行去当职员，却选择了写作的道路。读书期间，他就经常为《人民报》写稿，一九〇七年当上了《公社》的主编。他经常到内地对矿工及纺织工人演讲，不断受到奥匈帝国特务的监视，曾因反抗警察坐过一个月的牢。一九〇八年他两次为警察局传讯，一次是由于他试图扯下挂在温塞斯拉斯广场上的奥匈帝国国旗，另一次控告他的罪名是"扰乱治安"。一九一〇年他主编《动物世界》，次年，由于他编造了一些虚构的动物形象，被出版商弗克斯解雇了。一九〇三年他一度参加过无政府主义组织，一九〇七年就断然同他们决裂了。

　　哈谢克是一位辛勤的作家。一九〇〇至一九〇八年间，他写过一百八十五篇讽刺小品。一九〇九年开始写短篇小说，最初登在约寒夫·拉达（一八八七至一九五七，即为本书作插图的那位画家）

189

所主编的《漫画报》上。他生平爱好徒步旅行，并喜欢深入布拉格下层社会。他在十五年的文学生涯中，写了不下一千篇短篇小说，对自己所观察到的社会上种种丑恶现象，进行了无情的鞭答。《好兵帅克》最初也是以一组短篇小说的形式问世的。此外，他写的剧本也曾上演过。

正像他所创造的帅克这个人物一样，哈谢克本人在现实生活中也干过不少令奥匈帝国当局瞋目切齿的事。一九一一年，当奥匈帝国大搞议会选举时，哈谢克组织了一个所谓"在合法范围内主张温和及和平的政党"，并在一家下等酒馆里发表"竞选"演说，对奥匈帝国的政治社会制度进行了猛烈抨击。事后他告诉人说，这是为了替那家酒馆招徕主顾。另一回发生在第一次世界大战初期。他住进布拉格一家旅馆，在旅客登记簿"国籍"栏填上与奥匈帝国相敌对的"俄罗斯"，又在"来此何事"栏填上"窥探奥地利参谋部的活动"。于是，蠢猪般的警察局立即派人把该旅馆密密匝匝地包围起来，以为这下可抓到了一名重要间谍。及至真相大白后，警察严厉责问他为什么在战争期间开这种玩笑，哈谢克带着一副真诚神情回答说，他对奥地利警察的效率不大放心，是想考验一下他们警惕性如何。警方哭笑不得，罚他坐了五天牢。

一九一五年，即第一次世界大战爆发后的第二年，哈谢克应征入伍，参加第九十一步兵团，也就是帅克所属的那个部队。起初他们驻扎在捷斯凯-布迪尤维斯。当年九月，俄军突破防线，切断了哈谢克所属部队同奥匈帝国主力军之间的联系。哈谢克终于被俄军俘虏。被俘后，哈谢克先在基辅，后来又转移到乌拉尔山南端的托兹克伊。在俘虏营里，他也没有间断文学活动。他当上了在基辅出版的一家捷克文杂志《捷克斯洛伐克》的记者，并继续从事《好兵帅克》的写作。一九一七年，这家杂志社出版了《好兵帅克》的单行本。他还模仿英国作家狄更斯的《匹克威克外传》写了《匹克威克俱乐部》，内容也都是对奥匈帝国统治者昏庸腐败的讽刺。

当时俄军在俘虏中间组织了一支捷克兵团与奥匈帝国作战，由于哈谢克一时认识不清，他就报名参加了。但是后来当这个兵团变质为俄国反革命白卫军的盟友，即臭名昭著的捷克斯洛伐克师团，并开往马拉河去反对布尔什维克时，哈谢克逃走了。他躲在萨马拉县沃尔霍河流域的摩尔维诺。一九一八年，哈谢克在基辅毅然参加了红军，一个月后，成为布尔什维克党员。那个反动师团宣布他为"卖国贼"，并下令通缉。据说有一次他赴萨马拉为红军办事时，曾为该师团所俘。但他又成功地逃掉了。他积极参加宣传工作，动员在俄国的捷克士兵支援十月革命。他曾在辛比斯克参加著名的红军第五军，并成为军队和党的干部，后任布古尔玛市的部队副司令员。一九一九年他被委任为乌发市外国共产党员委员会的书记，同年任红箭印刷厂的党委书记。一九二〇年任红军第五军政治部国际组组长。哈谢克在伊尔库兹克时，担任过德文杂志《狂飙》、匈文杂志《进攻》和布里亚特蒙古文杂志《曙光》的领导工作。哈谢克在一封信中曾谈到他在伊尔库兹克时结识一位参加十月革命的中国将军。哈谢克跟那位将军学习中文，同时教他捷克文。他十分遗憾地写道，在八万六千个中国方块字中间，他只认得八十个。据说当时红军革命军事委员会还曾请哈谢克主编一种中文刊物。

　　一九二〇年，捷克社会民主党派了个访苏代表团，他们请哈谢克回国去协助建党工作。他立即同意了。同年十二月，他回到布拉格，并为社会民主党左翼的机关报《红色权力报》写文章。当时捷克是个新建立的共和国，由资产阶级当权。因为哈谢克参加过布尔什维克党，反动分子诬蔑他是"奸细"。

　　他继续不屈不挠地从事《好兵帅克》的写作。由于找不到出版者，一九二一年在朋友们的资助下，自费把第一卷刊印成书，并且同友人上街去叫卖，结果大为成功。他本计划共写成四卷。开始写第四卷时，他得了疟疾。在病榻上，他用口述的方式继续创作。一九二三年，刚写完第三章，他就因心脏麻痹和肺炎溘然与世长辞，时年还不满四十。对捷克、对欧洲、对人类进步的文学事业，他的夭折都是莫大的损失！后来他的朋友卡尔·万尼克把全书续完，但因文笔有显著差别，近年来的版本多删去不用了。

捷克著名画家约塞夫·拉达为《好兵帅克》所画的插图是与原书齐名的不朽之作。事实上，哈谢克生前并没看到这些跟他的作品如此相得益彰的插图。他仅仅在一九二一年请拉达为此书画过一幅封面。一九二四年，也即是哈谢克逝世的次年，拉达才应《捷克日报》"星期日"特辑的编者之约，为《好兵帅克》作了五百零四幅插图，在该刊上连载，每幅插图下面并由画家从原著中选摘一段作为说明。据统计，拉达先后曾为哈谢克的全部作品画过一千三百三十九幅速写，其中仅《好兵帅克》他就画了九百零九幅，每幅都是这么遒劲有力，轮廓分明，疏疏几笔，就能攫住书中人物——尤其是主人公帅克——的灵魂，在书籍插图史上，别树一格。

拉达出生于一个穷鞋匠的家庭，自幼就喜欢绘画。他早期受捷克现实主义画家密克拉士·阿列士（一八五二至一九一三）的影响颇深。十四岁在一家装订作坊当学徒，因而接触到许多附有插图的名著。从那时起，他就开始利用工余作画。一九〇四年五月，出版社第一次印行了他的四幅画。

拉达还喜欢研究民间装束，搜集童谣。他的绘画的独创性是同捷克丰富的民族传统紧密结合的。他的线条朴素自然，色彩鲜明活泼，笔下充满着民间生活的诗意。

拉达最初为好几部童话作过插图，又编绘《我的字母》《愉快的生物学》等启蒙性读物。一九二五年到一九三五年间，他主编过儿童刊物《小花儿》、漫画杂志《动物世界》，为《红色权力报》作过画，并替另一讽刺作家哈沃里契克·勃鲁斯基的作品画过插图。但是拉达主要是以为《好兵帅克》所作的这批插图而闻名的。

像帅克那样一个普通的人，一向就是拉达画作中的主要题材。

他从来不画没有人物的风景，在他的画面上活跃着的总是手工业工人、泥水匠、农民、磨坊工人、看林人、老太婆或小孩。他对哈谢克这部作品有深刻的体会，在插图风格上与原作达到高度的和谐，这是因为他们二人从一九〇七年就结下深挚的友谊，这种友谊是建立在他们共同对人民炽烈的热爱和对反动统治者深切的痛恨上。在哈谢克创作这部小说的年月里，他们一直密切交往，一度还一道生活过。对哈谢克作品中所表达的思想感情，拉达了解得最为透彻。一九四七年，捷克政府曾颁给他以"人民艺术家"的光荣称号。

一九七八年三月

193

我与书评

现在人们给我的头衔是作家及记者。三十年代还在燕京大学读书时，我这个两栖动物的身份就注定了。那时我名义上是新闻学系的学生，可是新闻学课程——特别如广告学，我不感兴趣，就旷了课，去旁听英文系的。

我老早就喜好文学批评。一九三一年在辅仁大学西语系时，曾被推选参加五大学英语比赛。我选的题目是《文学批评的重要性》。可惜那天的评判员不是律师就是网球名将，我得了第五名。

在燕京，临到新闻学系毕业那年，要写论文。写什么题目呢？我就选了个介乎新闻与文学之间的题目：《书评研究》。我认为应当提倡书评，因为它是推广和提高文化的必要手段。

当时我是靠卖稿来交学费并维持生活的。以前，每月都写上篇把小说，《大公报·文艺》编者沈从文先生就保证我起码每月二十元的收入。动手写论文后，没时间写小说了，我就从论文中选一些片段（如《平衡的心》）先在报上发表。这样也可以听到先辈作家（如朱光潜先生）的意见。

写毕业论文时，我参阅了几百篇中外书评，包括吕嘉慈（I. A. Richards）的《实用批评》。论文中"认识：四种意义"那一节，即出自吕嘉慈《意义之意义》一书（有李安宅译本）。论文写完之后，一份交到学校，另一份就由郑振铎先生转给商务印书馆，并于同年（一九三五年十一月）出版。《篱下集》是次年问世的。

所以《书评研究》才真正是我的第一本书。我在北新书局当学徒时，每月工资仅四元，却从《书评研究》一次就拿到二百元。当时对我来说，这个数目真是大得惊人。

大学一毕业我就去天津接手《大公报》副刊了。一上来我就着眼于建立一支书评队伍，在杨刚、宗珏、常风、李影心等位支持下，书评栏经常化了，并引起读书界的关注。从一开始，我就定了几项原则以保证书评的独立性。我不接受出版社的赠书，自己跑到四马路把书买回来，分寄给评者。

为了提倡书评，除了在致读者函中时常谈到书评外，还接连出过几期书评特辑，邀请作家、读者、出版家及图书馆员来笔谈他们对书评的看法和要求。半个世纪后，重读当年作家论书评的特辑中有些论点，还是很有意思的。

叶圣陶说："书评是写给作者看的，假如没有摸着作者心情活动的路径，任你说得天花乱坠，与作者的书毫不相干。……我喜欢听体贴的疏解。假定我有些微的好处，你给我疏解为什么会有这些好处，我就可以在这方面更加努力。假定我有许多的缺失，你给我疏解为什么会有这许多缺失，我就可以在种种方面再来修炼。"这是把书评家当作郎中了。

巴金在文中提到一位书评家，他的"唯一法宝就是艺术。但艺术这东西无论如何是离不了人生的。而且艺术的标准就并非固定的，唯一的。读者能否了解欣赏一个作品，也不能以作品的艺术价值高低而定。生活环境教养甚至可以决定一个人的意识形态，更何况艺术的观点"。另一位书评家说："只因为自己的生活经验太少，就随意抹杀这抹杀那的，对于这样的人，我只有苦笑。"

朱光潜说："书评家的职务是很卑恭的。他好比游览名胜风景的向导，引游人注意到一些有趣的林园泉石寨堡。"但他认为"书评却不如旅行向导可以成为一种职业，书评所需要的公平、自由、新鲜、超脱诸美德都是与职业不相容的"。

沈从文认为："如果一个书评家，对于近二十年来中国新文学的发展成长有一贯的认识，对于一个作品的价值和内容得失能欣赏且能说明，执笔时不敷衍，不苟且，这样子写成的书评，至少对于读者是有意义的。"

李健吾说："假如有一天我是一个批评家，我会告诉自己：第一，我要学着读书；第二，我要学着领受；第三，我要学着自由。"他还认为："唯其人人具有批评的官能，犹如每一个年轻人都有一阵子写诗的热狂，批评之所以成为批评也就越发艰难，而批评家的使命也就越发重大，而其成就也就越发可贵。"

施蛰存说："一切的文艺作品都是诉之于一般读者的，批评家也包括在内。并不是先诉之于批评家，而后由批评家之手转呈于一般读者。因为如此，所以批评家应当以一个读者的立场去批评一本书，不应当超越了读者的立场，而以一个特殊人格去批评一本书。"

特辑每期都是整版，讨论十分热烈。记得"八一三"那天还出了一辑，那正是为"文艺"唱的挽歌。接着，报纸由十六版缩为四版，"文艺"奉命寿终正寝。

一九三八年《大公报·文艺》在香港复刊后，书评依然是刊物内容的一个重点。一九三九年九月我在赴英之前向读者告别时，提到了书评这一栏的困难："书评最大的障碍是人事关系。一个同时想兼登创作与批评的刊物，无异是作茧自缚。批评了一位脾气坏的作家，在稿源上即多了一重封锁。"

除了书评，《大公报·文艺》还举行过几次就某一作品（如下之琳的《鱼目集》）的集体讨论，然后请作者笔谈一下创作体会。这样做，无非是为了增加读者对作品的理解。另外，批评家讲完，理应准许作者出来答辩一下。

一九八七年，一家出版社要重印《书评研究》，并要我写篇序。我在题为《未完成的梦》的序中发表感慨道："我老早就懂得了在中国想干点什么、说点什么都得先问问国情。国情是无形的，因为它既没有明文规定，甚至也找不到哪一位来坦率指出。它只能心领而不可言传。只有在碰了硬钉子之后，你才会恍然大悟，原来这使不得！可那多半悔之晚矣。

"旨在为读者当读书咨询者的书评之所以树立不起来，就因为中国写书的人大都只允许褒，容不得你贬，即使贬得有道理。一本书出来，如果谁也不吭一声，写书的人倒并不在乎。说点子好话，自然就不胜感激。倘若你历数一本书的七成好，同时指出它的三分差，麻烦就来了。正面申辩，甚至抗议，本无不可。然而不，他会在另外场合挑眼找碴儿，为几个字竟然能结下多年深仇，在你料不到的时候，大做起文章。"

我好像也在诅咒"丑陋的中国人"。然而欧阳子在《王谢堂前的燕子》中批评了白先勇的《台北人》，而他们友好如常，说明仍然有宽宏大量的作家。书评的昌盛，需要艺术上的民主空气。

一九八八年六月二十日

《围城》的启示

　　文学据说是语言的艺术，然而搞文学的人，不一定都肯在语言上下功夫。我曾经用锣声比过语言。可以用它来通知开饭开会，或集合出发，那样，只要敲得响亮就成。然而作为交响乐中的打击乐器来使用时，则忽而是闷哑的轰鸣，有如远处的雷声；忽而轻碎凄厉，烘托如麻的心境；忽而又淋漓激越得穿云裂石，把听众引向高潮。

　　《围城》中的语言带刺儿，带味儿，带翅膀，带拐弯，还时而意在不言中。这么敲锣的，如今是太少了。有的不会这么敲，有的不屑于这么敲，有的不敢这么敲。我听到这种语言，就好像吃过多年军用干粮之后，忽然吃到炸臭豆腐或者喝到豆汁。维生素配得也许并不科学齐全，可是对胃口。而文学是不可倒胃口的。

　　"她（鲍小姐）不是变心，因为她没有心。"话说得那么锋利，尖刻，多欠忠厚！妙就妙在一语道破。《围城》里，特别是方鸿渐和赵辛楣这两个玩世不恭的家伙，一开口就阴阳怪气，皮笑肉不笑。对于李梅亭，他们从不去正面申斥。读这种俏皮的调侃，可比声讨更过瘾。

　　这就使我想到《围城》的另一个魅力所在：在大道理与小道理之间，它主要写的是小道理。例如在孤岛上从事报馆工作的方鸿渐，虽然由于民族立场，辞职不干了，倘若作者要树立主人公的高大形象，这可是个大好机会。其实，这大道理不去说也自明。小说并没在那大道理上去做文章，转而写起由于方鸿渐的失业而引起的与妻子以及丈人家的矛盾风波。小说写得真实也正在于此。生活中，小道理是占主位的，因为它是切肤的。大道理是普遍性的，因而容易写得八股。而小道理才更贴近生活，从而也更真实。

《围城》把时代背景交代得很清楚：船上—上海租界—江南小城—香港以及内地。描绘法租界洋巡捕的一副蛮横嘴脸，却又套出一份洋交情。看到这里，不禁令人想到：法国一个乡下人，一旦到了殖民地，居然就会那么威风！

作者在大道理上，用笔十分吝啬，没去渲染。民族主义不必像招呼吃饭的锣那样敲得当当响，带上一笔足矣。

我们需要挂在十字路口的大型正面的宣传画，正如我们集合时需要打锣。然而作为深入读者心灵的艺术，功夫正是应下在小道理上。

小道理就得"搞小动作"。轮船上管房舱的阿刘用鲍小姐的发钗来回敲竹杠，既反映了世态，也揭出方鸿渐与她的一段暧昧关系。这比西方影视中的床头戏要高明多了！而且，船抵上海外滩，这位一路风流的鲍小姐与未婚夫李大夫在码头上那番热烈拥抱，讽刺得多辛辣，而又多真实！着墨不多而同样深刻的是那个廉价出售假文凭的爱尔兰人。至于三闾大学那个"是非窝"，难道它就已随着解放而消失了吗？

赴三闾大学的途中以及抵达校园后那一连串精彩的场面，把知识分子在特定境遇中的精神面貌刻画得入木三分，堪称一部二十世纪的《儒林外史》。我一边看《围城》，一边回忆起五十年代至七十年代在农场和干校度过的那段日子中的人和事。我对李梅亭式的人物特别熟稔。他有时失势，有时得势。然而可以肯定，像他那样的人是永远不会绝迹的。

一九九一年

感觉的纪录

——读保罗·安格尔的《一个美国幸运儿的童年》

　　这位洋姑爷安格尔对中国文艺界并不陌生。一九七九年以来，他同中国妻子聂华苓共同主持的"衣阿华国际写作计划"曾逐年邀请中国作家赴美国中西部那座为玉米地包围起来的城市，与海峡彼岸的同行及来自世界各个角落的作家们聚首，共同探讨文艺创作上的问题。那是我们自我封锁了三十年后第一次迈出国门，我至今仍记起那种奇异的新鲜感。除了参加第一次的盛会之外，一九八三年我还应邀去衣阿华大学讲过一次学，所以颇有机会同安格尔畅谈过几次。我们之间有不少共同点。除了早年家庭都贫苦，靠干各种零活挣钱念书之外，又都曾获得过英国奖学金，去了英国贵族学堂。他去的是牛津，我去了剑桥。但我不曾像他那样被选为划船队的队员。

　　我读过两部他的诗集。这是我第一次读他的散文作品，写他艰苦奋斗的童年。他小时沿街卖过小报，在杂货店里当过伙计，更多的时候是当马童。他爹既养马，又驯马，还当马夫。书里提到他住进英国牛津贵族大学宿舍的第一天，仆役为他擦鞋，竟发现鞋底上还沾着马粪渣子。从他的自传中，可以窥见美国中西部小城一个德国移民的创业史，一个贫苦出身、自学成才的诗人的经历。

　　全书共十五章，我认为最精彩的是第七章。这一章专谈他童年的感觉，而且分为嗅、触、听、视、味等五觉。我读过不少作家的

200

童年回忆录，但安格尔这种写法，的确别开生面，而且感染力十分强烈。可惜很大一部分都同马有关联，而我对此道则一窍不通。

这里，我想概述一下"回忆录"这一章的内容。我的用意无非是让这篇书评的读者略微品尝一下这本书的内容，说不定还会促使有心人士把全书译出来，以飨读者。

一、嗅觉：好多都同吃食有关系。安格尔有个邻居，是捷克移民。他们每年都用山核桃木来熏火腿。每次一熏，就香遍整个一条街。有时还特意把熏肉的炉门敞开，让孩子们尽情地去闻。然后，一条条熏肉和腊肠就吊在天花板上了。那味道给那一带的男女老少都带来喜悦。

安格尔还喜欢秋天沿街烧枯树叶的气味。

一入十月，家家就该做泡菜。从厨房里溢出的满是那股酸溜溜的气味。他妈妈总是先在白菜里加上香料，然后用微火煮上一会儿，再把坛子封严。

一到星期天，安格尔的妈妈就该浆洗衣服了，晾干之后再熨平。穿着那新浆洗的衣服去教堂，一路身上那气味真好闻。

有一天，全家正吃饭的时候，忽然听到地窖子里一声爆炸。先以为是钢琴倒了，下去一看，原来是泡菜把坛盖顶开了。

他妈妈有几件贵重首饰，还有一件绣花的胸衣，只有去参加婚礼大典时才穿上，平时总用花瓣熏着。每逢她一抖开，真是香味扑鼻。

傍晚，保罗的一个任务是擦灯罩子。刚点上灯时，煤油气味也煞是好闻。

保罗还有一项家务：经常换插在花瓶里的花。尤其春天的花，他总把鼻孔凑上去深深地闻上一通。

由于他对马有深厚感情，所以驾车的时候，走在轮前的马有时排泄，他也感到欢喜。

当然，更令保罗神往的是滴着晚露的苜蓿。

201

他沿街卖报时，还喜欢闻路人吸的雪茄烟味。他总是一面深深吸着，一面从那气味中感到"男性成人"的气派。

二、触觉：他爱抚摸驭马的皮鞭，并用缰绳和鞭梢同马对话。跟着大人去马市时，他也学会了从马的牙齿来判断它的年龄，还会欣赏马腿和竖起的耳朵。

中西部的衣阿华州盛产玉米。他喜欢闻烧玉米棒子的气味。冬天他一家人常坐雪橇外出，橇上铺一张水牛皮，毛粗得很，坐在上面身上会发痒。

他还喜欢摸马的臀部，"柔滑得像妇人的皮肤"。可是马鬃和马尾则坚硬如铁。

其实，那时，美国小城市不大见钢铁器具，什么都是木制的，"觉得像是刚从树上锯下来的"。人同木头打交道仿佛比同钢铁打交道要亲切多了。他还砍下过一根树枝，放上一只鸟，挂在他卧室的墙上。"每当外面是零下二十度时，我摸摸小鸟的肚皮，滚热的，就感到盛夏般的温暖。可惜现在我的手已失去了抚摸时那种奇异的感觉了。"

三、听觉：童年他最喜欢的莫如雪橇或马身上的铃声，真令人神往，还有马蹄踩着雪地的声响。圣诞节时来客人，他们不叩门，总把铃铛摇响。

夏天，他们家门前常过运冰车，老远就听到铜铃声。这时，孩子们就都奔上前来，从冰车上弄点碎块，搓在手心里或含在舌间，然后举着树杈去玩马球了。

他那镇上常过汽动火车，一路听到哨子声。车停后，还拉细长的鼻音。等人和货都上齐之后，车头又缓慢起动了，逐渐加速，能听到铁轨上列车滑行的声音。

他屋后常过一个收废品的，赶着一辆破车，一路喊着"收破烂儿啊"。从口音判断，是个波兰籍犹太人，"但那声音代表着成百万的欧洲移民。他留着胡须，眼珠亮得就像破烂堆里的两颗明珠"。他那匹马的脖颈上还挂着个铃铛。

离他家不远还有个救火队。那里，墙上挂着个大铜铃铛。每遇火警，铃铛就响起来，整条街都听得见。接着就开出装有更响的铃铛的救火车。待车开出好远，它的铃铛还余音缭绕。

经常从他家门前过的一个老盲人，他弯着腰，沿街为人磨刀剪。盲人用他那断指一边磨一边摸，还不停地试试刀刃够不够快。

清早，他父亲先起来清理炉灶。他听到父亲在抖灰，然后清除玉米棒子烧成的灰烬，听到他盖炉盖和炉具相碰的声响。随后他父亲又该在后院磨起刀斧了。

四、视觉：夏日，他喜看马饮水。每吞下一口，肚皮就鼓得满满的，还听到里面咕咕响着。

他常站在门口看牛群经过。他妈妈总要他站在高台上，免得给踢着。他常摆弄他父亲所抽的那种廉价的雪茄的盒子，盖上印着古希腊罗马的故事。他父亲告诉他，在法国，雪茄是供贵族女人吸的，所以盒上有罗马女王的玉照。从她那笑着的脸上似乎就能嗅到雪茄的芳香。有时，画上的女人身上几乎一丝不挂，他妈妈就说她们代表邪恶。

一到冬天，妈妈就用旧军衣为马缝起护身了。布的质地很硬，可他妈妈有一双粗壮的手。

他家附近既有吉普赛人，又有印第安人。吉普赛人在树干下搭帐篷，总喜欢吵吵嚷嚷。他们喜穿色彩鲜艳的服装，睡在牛车上，夜晚常唱一种忽而活跃欢快忽而又忧郁凄凉的歌。他听不懂。印第安人肤色比吉普赛人要黑些，他们轻易不出声音。

他爸爸有一只非常喜欢马的猫，马也喜欢它。他那专门饲养赛马的舅舅还在马圈里养一只小山羊。有时羊溜出圈外，那马就乱跺蹄子，摇着头，大声嘶鸣。

五、味觉：他家吃的猪肉总是自己熏，味道格外香。猪也是自家喂大。每当他搔动猪的耳朵时，就听到它喉间的咕哝声。"我先喂过它，然后又吃掉它，这很公平。只是对猪来说，它就一去不复返了。"

这就是安格尔的幽默。

他家熏猪肉总用云母片盖着炉火。另外，还有自家制的果酱和黄油。鸡蛋当然只吃当天下的，捡时还热腾腾的，味道鲜美极了。

夏天，还有自家制的冰激凌。

什么吃食，一到安格尔笔下，就都成了无比的美味。因为他笔下总是满怀着诗情，伸出回忆的手，去品尝，甚至抚摸。

在这一章的末尾，他下结论说，他自己曾生活在一个实实在在的世界里。"我们眼看着牲口养崽，我们抚摸柔软的马鼻。看到爸爸扛回马的披肩，然后妈妈亲自刷洗。她总是先浇上滚开的水，然后再把它泡上几个钟头。"

"可如今，那个磨剪刀的老盲人已经动弹不了啦。街上汽车不断，再也听不到马群牛群和牲口的嘶鸣了。"

可惜一九九一年这位充满活力、对中国无限友好的诗人在旅途中，因心脏病猝发而溘然长逝。他这部五光十色的童年回忆录，是他为那一去不复返的美国中西部农业社会所唱的一首挽歌——和赞歌。

一九九六年六月二十六日于玉渊潭

好勤奋的新凤霞

——评剧皇后的六本新作读后

病中我很少看报，今天才欣闻纽约美华艺术协会林肯艺术中心和纽约市文化局授予吴祖光和新凤霞亚洲最杰出艺术家终身成就金质大奖。倘若要我投票推选开国以来翻身后最有成就的艺术家，我也会毫不犹豫地投凤霞一票。

关于夫妻相配问题，说法不一。旧时讲究门当户对，近时又要文化上旗鼓相当。祖光和凤霞这一对历经风霜而恩爱如初的伉俪推翻了那些世故的尺度。他们那传奇性的姻缘，证明男女的结合关键首先还在于相互间的爱慕——其中，也不排除心心相印。

建国以来，文艺界奇迹迭出，其中，从文盲到大挥生花之笔的新凤霞可以说是显著的事例之一。这是我最近读了她的六大卷回忆录《评剧皇后与作家丈夫》（北岳文艺出版社出版）及《童年纪事》《梨园旧影》《艺海博览》《人世琐忆》（河北人民出版社出版）等近三百万字以后的感触。由于有人怀疑祖光有为她捉刀之嫌，所以他在《序》中特别申明"她的风格我代替不了"。作为读者，我认为确实是这样。祖光还特别感谢了资深老编辑常君实。"编她的书十分吃力，起码要改多少错别字啊！"这情况我也从君实同志处得到了证实。

关键当然还是这位先是评剧皇后再成为作家的凤霞那艺术天分和辛勤的努力。

凤霞并不是第一次写自传，她那传奇般的事迹早在五十年代就广为人知了。然而不同于以前她的自传体文章，这六卷除了从她的童年写到晚年，还在《艺海博览》中，毫无保留地把自己的艺术经验传授给后进，甚至用简谱记录下她的由《祥林嫂》到《凤求凰》等二十几出评剧的唱腔。更可贵的是由于她人缘一向好，在文艺界从老到少交游甚广，所以她除了畅谈自己的艺术体会之外，还在书中为五十年代以来文艺界不少人士留下了身影。她写了秦怡和白杨，写了梅兰芳、程砚秋和尚小云，还写了齐白石、老舍、洪深、夏衍和赵树理。她总是以生徒晚辈的身份，通过女性细腻的观察和仰慕，描绘他们的举止言行。还有两篇是专写相声大师马三立的。尤其值得一读的是她那近六十篇写溥仪的文章。"文革"期间，有一阵子他和凤霞一道在劳动改造，所以她观察到的大都是这位"天子"不经见的身影，如"皇帝团煤球""皇帝安炉子"以至"皇帝闹肚子""皇帝扒卡车"，以及搬砖、挤车、闯女厕所、唱"鬼嚎歌"和蹬平板三轮。写得既有风趣，字里行间又充满着同情。这些，在溥仪的自述中是见不到的。读来不但佩服凤霞观察细腻，记性好，笔头勤，更感到她对不幸者的深情厚谊。

祖光交际广，可以想象凤霞必然是位忙得不可开交的主妇。然而在十几年内，她竟然在理家之余，写出这六大卷，既可惊，又令人佩服。她写了自己，写了他们这对患难夫妻，也写了同时代的众多人物。她对写作的热情执着，绝不逊于任何一位专业作家。她的成就说明祸福并不是一锤定案的，关键还在个人的努力。祖光和凤霞这辈子所经受的打击不能说轻。一九五七年我也还没发配到北大荒。然而他们二位还是凭才气、辛勤和毅力，做出不容漠视的成就。

一九九七年

人缘与书缘

　　一九九七年九月可说是姜德明同志的丰收月，在这个月里，他一口气出了两本新作：山东画报社为他印了《文林枝叶》，上海远东又出了他的《流水集》。前一种印得尤其精致：蓝布面，浅米色纸的正文，并附了多幅精美插图。

　　当然，更精彩的是两书的内容。多年来从事文学编辑工作的德明，为人亲切热情，交游广，人缘好，对老一代作家学者一向敬重。这两本书主要写的是作者同已故及仍在世的文人作家之间的交往，谈到许多鲜为人知的逸事佳话，而且大多出自第一手。一九三二年在青岛，当时并不富裕的沈从文，为了帮卞之琳印诗集《二秋草》，进过当铺，筹措到三十元。书还是用吸墨水纸印的。丁玲亲口告诉他，当年她是怎样从黑龙江被押解到秦城监狱的——还戴了手铐。梁宗岱的家在"文革"中被抄过七次。关于周扬、巴金、夏衍及廖沫沙等在"文革"中的遭际，都有描述。除了本人谈起，还有引自书信的。其中不乏史料价值。

　　作者是国内有数的藏书家之一。书中谈到不少鲜为人知或被遗忘了的孤本，如许幸之的《归来》及禁书《闲话扬州》，也写到旧时刊物如《人间世》。

　　贯穿两书的是书情和友情。书中写到曹靖华和李一氓，也写了有史料癖的王冶秋，老人陆晶清谈老老人石评梅。作者同李健吾颇有交往。书中提到抗战期间，周作人在北平曾试图拉健吾下水，被深明民族大义的李健吾断然严词拒绝。

由于不是郑重其事的访问记，而是朋友间的闲聊，所以自然而且真切。夏衍一边刮着胡须一边告诉作者，他曾用"王一诚"写过多少篇球赛述评。

当代人回忆起往事，总忘不了"文革"那场灾难。作者没提自己的遭际，却回忆起当时批判的荒谬。在为《人民日报》驻英记者办的"罪证展览会"中连长筒女丝袜也算是"罪证"！

书写得轻快活泼，有时还很俏皮。方成自报：

"坐的红旗，不过少了两个轮子。问他家号码，他回答：'好记，我有三个儿子，一个老婆——二二二七。'"（《流水集·捏不像的方成》）

两本书可以说都是以书为经，以人为纬。《文林枝叶》中提到不少被人们遗忘了的名字，如叶紫和曾岛，也写到民国初年的赛金花和小凤仙。

《文林枝叶》为《杂家杂忆丛书》中之一种。杂家虽非专家，但见识得广，品位得高。这两本书写得高雅而富于风趣。

一九九八年

208

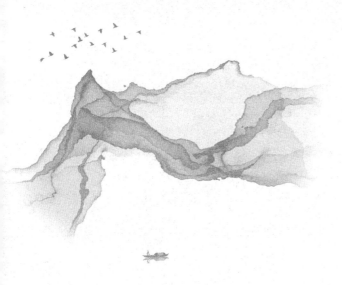

第四辑 闲 情

茶在英国

北方人常说，好吃不如饺子，舒服不如倒着。英国人在生活上最大的享受，莫如在起床前倚枕喝上一杯热茶。四十年代在英国去朋友家度周末，入寝前，主人有时会问一声：早晨要不要给你送杯茶去？

那时，我有位澳大利亚朋友——著名男高音纳尔逊·伊灵沃茨。退休后，他在斯坦因斯镇买了一幢临泰晤士河的别墅。他平生有两大嗜好，一是游泳，二是饮茶。游泳，河就在他窗下。为了清早一睁眼就喝上热茶，他在床头设有一套茶具，墙上安装了插座。每晚睡前他总在小茶壶里放好适量的茶叶，小电锅里放上水。一睁眼，只消插上电，顷刻间就沏上茶了。他非常得意这套设备。他总一边啜着，一边哼起什么咏叹调。

从二次大战的配给，最能看出茶在英国人生活中的重要性。英国一向倚仗是庞大帝国，生活物资大都靠船队运进。一九三九年九月宣战后，纳粹潜艇猖獗，英国商船要在海上冒很大风险，时常被鱼雷击沉。因此，只有绝对必需品才准运输（头六年，我就没有见过一只香蕉）。然而在如此艰难的情况下，居民每月的配给还包括茶叶一包。在法国，咖啡的位置相当于英国的茶，那里的战时配给品中，短不了咖啡。一九四四年巴黎解放后，我在钱能欣兄家中喝过那种"战时咖啡"，实在难以下咽，据说是用炒橡皮树籽磨成的！

211

然而那时英国政府发给市民的并不是榆树叶，而是真正在锡兰（今斯里兰卡）生产的红茶，只是数量少得可怜，每个月每人只有二两。

我虽是蒙古族人，一辈子过的却是汉人生活。初抵英伦，我对于茶里放牛奶和糖，很不习惯。茶会上，女主人倒茶时，总要问一声："几块方塘？"开头，我总说："不要，谢谢。"但是很快我就发现，喝锡兰红茶，非加点糖奶不可。不然的话，端起来，那茶是绛紫色的，仿佛是鸡血。喝到嘴里则苦涩得像是吃未熟的柿子。所以锡兰茶亦有"黑茶"之称。

那些年想喝杯地道的红茶（大多是"大红袍"）就只有去广东人开的中国餐馆。至于龙井、香片，那就仅仅在梦境中或到哪位汉学家府上去串门，偶尔可以品尝到。那绿茶平时他们舍不得喝，待来了东方客人，才从橱柜的什么角落里掏出。边呷着茶边谈论李白和白居易，刹那间，那清香的茶水不知不觉把人带回到唐代的中国。

作为一种社交方式，我觉得茶会不但比宴会节约，也实惠并且文雅多了。首先是那气氛。友朋相聚，主要还是为叙叙旧，谈谈心，交换一下意见。宴会坐下来，满满一桌子名酒佳馔往往压倒一切。尤其吃鱼：为了怕小刺扎入喉间，只能埋头细嚼慢咽。这时，如果太讲礼节，只顾了同主人应对，一不当心，后果真非同小可！我曾多次在宴会上遇到很想与之深谈的人，而且彼此也大有可聊的。怎奈桌上杯盘交错，热气腾腾，即便是邻座，也不大谈得起来。倘若中间再隔了数人，就除了频频相互举杯，遥遥表示友好之情外，实在谈不上几句话。我尤其怕赴闹酒的宴会：出来一位打通关的勇将，摆起擂台，那就把宴请变成了灌醉。

茶会则不然，赴茶会的没有埋头大吃点心或捧杯牛饮的。谈话成为活动的中心。主持茶会真可说是一种灵巧的艺术，要既能引出大家共同关心的题目，又不让桌面胶着在一个话题上。待一个问题谈得差不多时，主人会很巧妙地转换到另一个似是相关而又别一天地的话料儿上，自始至终能让场上保持着热烈融洽的气氛。茶会结束后，人人仿佛都更聪明了些，相互间似乎也变得更为透明。

在茶会上，既要能表现机智风趣，又忌讳说教卖弄。茶会最能使人学得风流倜傥，也是训练外交官的极好场地。

英国人请人赴茶会时发的帖子最为别致含蓄。通常只写：

> 某某先生暨夫人
> 将于某年某月某日下午某时
> 在家

既不注明"恭候"，更不提茶会。萧伯纳曾开过这类玩笑，当他收到这样一张请帖时，他回了个明信片，上书：

> 萧伯纳暨夫人
> 将于某年某月某日下午某时
> 也在家

英国茶会上有个规定：面包点心可以自取，但茶壶却始终由女主人掌握（正如男主人对壁炉的火具有专用权）。讲究的，除了茶壶之外，还备有一罐开水。女主人给每位客人倒茶时，都先问一下"浓还是淡"。如答以后者，她就在倒茶时，兑上点开水。放糖之前，也先问一声："您要几块？"初时，我感到太啰唆，殊不知这里包含着对客人的尊重之意。

我在英国还常赴一种很实惠的茶会，叫作"高茶"，实际上是把茶会同晚餐连在一起。茶会一般在四点至四点半之间开始，高茶则多在五点开始。最初，桌上摆的和茶会一样，到六点以后，就陆续

213

端上一些冷肉或炸食。客人原座不动，谈话也不间断。我说高茶"很实惠"，不但指吃的样多量大，更是指这样连续四五个小时的相聚，大可以海阔天空地足聊一通。

茶会也是剑桥大学师生及同学之间交往的主要场合，甚至还可以说它是一种教学方式。每个学生都各有自己的导师。当年我那位导师是戴迪·瑞兰兹。他就经常约我去他寓所用茶。我们一边饮茶，一边就讨论起维吉尼亚·吴尔夫或戴维·赫·劳伦斯了。那些年，除了同学互请茶会外，我还不时地赴一些教授的茶会。其中有经济学大师凯恩斯的高足罗宾逊夫人和当时正在研究中国科学史的李约瑟，以及二十年代到中国讲过学的罗素。在这样的茶会，还常常遇到其他教授。他们记下我所在的学院后，也会来约请。人际关系就这么打开了。

然而当时糖和茶的配给，每人每月就那么一丁点儿，还能举行茶会吗？

这里就表现出英国国民性的两个方面。一是顽强：尽管四下里丢着"卐"字号炸弹，茶会照样举行不误。正如位于伦敦市中心的国家绘画馆也在大轰炸中照常举行"午餐音乐会"一样。这是在精神上顶住希特勒淫威的表现。另一方面是人际关系中讲求公道。每人的茶与糖配给既然少得那么可怜，赴茶会的客人大多从自己的配给中捏出一撮茶叶和一点糖，分别包起，走进客厅，一面寒暄，一面不露声色地把自己带来的小包包放在桌角。女主人会瞟上一眼，微笑着说："您太费心啦！"

关于中国对世界的贡献，经常被列举的是火药和造纸。然而在中西交通史上，茶叶理应占有它的位置。

茶叶似乎是十七世纪初由葡萄牙人最早引到欧洲的。一六〇〇年，英国茶商托马斯·加尔威写过《茶叶和种植、质量与品德》一书。英国的茶叶起初是东印度公司从厦门引进的。一六七七年，共进口了五千磅。十七世纪四十年代，英人在印度殖民地开始试种茶叶，那时可能就养成了在茶中加糖的习惯。一七六七年，一个叫作阿瑟·扬的人，在《农夫书简》中抱怨说，英国花在茶与糖上的钱太多了，"足够为四百万人提供面包"。当时茶与酒的消耗量已并驾齐驱。一八〇〇那年，英国人消耗了十五万吨糖，其中很大一部分是用在饮茶上的。

十七世纪中叶，英国上流社会已有了饮茶的习惯。以日记写作载入英国文学史的撒姆尔·佩皮斯在一六六〇年九月二十五日的日记中做了饮茶的描述。当时上等茶叶每磅可售到十英镑——合成现在的英镑，不知要乘上几十几百倍了。所以只有王公贵族才喝得起。随着进口量的增加，茶变得普及了。一七九九年，一位伊顿爵士写道："任何人只消走进米德尔塞克斯或萨里郡（按：均在伦敦西南）随便哪家贫民住的茅舍，都会发现他们不但从早到晚喝茶，而且晚餐桌上也大量豪饮。"（见特里维林：《英国社会史》）

茶叶还成了美国人抗英的独立战争的导火线，这就是历史上有名的"波士顿事件"。一七七三年十二月十六日，美国市民愤于英国殖民当局的苛捐杂税，就装扮成印第安人，登上开进波士顿港的英轮，将船上一箱箱的茶叶投入海中，从而点燃起独立运动的火炬。

咱们中国人大概很在乎口福，所以说起合不合自己的兴趣时，就用"口味"为形容。英国人更习惯于用茶来表示。当一个英国人不喜欢什么的时候，他就说："这不是我那杯茶。"

十八世纪以《训子家书》闻名的柴斯特顿勋爵（一六九四至一七七三）曾写道："尽管茶来自东方，它毕竟是绅士气味的。而可可则是个痞子，懦夫，一头粗野的猛兽。"这里，自然表现出他对非洲的轻蔑，但也看得出茶在那时是代表中国文明的。以英国为精神故乡的美国小说家亨利·杰姆士（一八四三至一九一六）在名著《仕女画像》一书中写道"人生最舒畅莫如饮下午茶的时刻"。

湖畔诗人柯勒律治（一八七五至一九一二）则慨叹道："为了喝到茶而感谢上帝，没有茶的世界真难以想象——那可怎么活呀！我幸而生在有了茶之后的世界。"

一九八九年九月十二日

我爱听相声

　　在曲艺中，我最喜听相声。从小我就是个相声迷。七十年前，京城名相声演员"云里飞"在隆福寺里"说"，我必然去"站脚助威"。他去天桥，我就跟到天桥。可以说，相声是我所受启蒙教育的一个重要部分。当然，小时由于听多了相声，在课堂里净跟老师耍贫嘴，我也没少"吃片儿汤"（挨板子）。

　　相声相当于文学方面的杂文或美术界的漫画，都是短小精悍的社会批评。相声能以流畅自然、幽默风趣的语言，把听众逗得笑个不停。在笑声中，勾勒出一个反面教员，呈现出一份警世的生活教材，把社会上的不良现象，及时地并且无情地拿出示众。

　　五十年代叶圣陶先生提倡祖国语言纯洁性时，我建议他去听听相声。我认为相声的语言不但地道，而且活泼生动，有余味。我曾陪他听过不少场。叶老很富于幽默感，凡他听懂了的哏，必然朗声大笑。然而他是苏州人，而相声是地道的京津产物。听不懂的，他必侧过脸来向我认真地问个仔细。及至听懂了，他就补笑一番。

　　那时，前门外经常举行"相声大会"，整个下午，一场接一场，都是相声。那真是八仙过海，各显其能。有的相声火爆明朗，有的含蓄深沉。一个下午听上十来段相声，风格各有不同，但大多是密切地配合了当时的政治和社会需要。《改行》和《关公战秦琼》控诉了旧时军阀的蛮横跋扈，《婚姻与迷信》宣传了刚刚公布的《婚姻法》，《夜行记》配合宣传了交通规则。

小说大多看一遍就够了，可有些相声精品，电台播上多遍，至今听了，咂劲不衰。我床畔放的一套录音磁带《侯宝林相声集》，就大多是五十年代的，今天听起来仍很过瘾。"四人帮"倒台后，姜昆创作并演出的《如此照相》和《霸王别姬》，对于肃清"文革"流毒，起过很大作用。有些相声（如马季的《红眼病》），很像中央电视台《广而告之》那个节目：托出一个反面人物，让观众朗笑之余，也各自对照一下。相声善于以笑的手段，针对社会上一些积习流弊，加以嘲弄鞭挞。

　　相声确实是一门语言的艺术。除了双关语、歇后语以及随机应变的俏皮话之外，它还善于利用汉语的同音字做文章，如《歪批三国》中把"赵子龙老迈年高"说成"卖年糕"，把张飞母亲姓吴诌成"无事生非"。有些相声充满机智和想象，如《吃元宵》中孔子与如来佛之间的对话。《梦中婚》则反映了贫富悬殊。我特别欣赏那些讽刺文风与舞台风的相声。《戏剧与方言》《艺术与生活》等都从审美的角度，对诗歌戏剧提出中肯意见。《朱夫子》讽刺了故作玄虚者。这些，对于改进文风不无裨益。

　　相声又是一门戏剧艺术，而且是现身说法，以反角为主。相声演员学啥人像啥人，随时变换声调、口音、神态，把生活中各种人物，学得惟妙惟肖。

　　在所有文艺形式中，相声是移风易俗最有力的工具之一。它轻而易举，不需道具布景，寓教于乐，为群众喜闻乐见。相声的社会讽刺既简短及时又尖锐。在短短的二三十分钟内，从计划生育到戒烟禁赌，都能正面宣传或旁敲侧击。

　　相声虽然产于京津，它的听众却远及香港、新加坡和旧金山。相声还能起润滑油的作用。一场"文革"，人际关系受到冲击，很多人心里有解不开的扣子。《啼笑因缘》就冲破了十年浩劫在社会心理上所造成的障碍。不少相声是针对干部作风的。五十年代何迟写的《买猴记》塑造了马大哈这个不朽的形象，在反对马虎作风方面所起的有益作用是非常之大的。此外，《开会迷》《矿长》《新局长到来的时候》也都对官僚主义做了有力的抨击。《似曾相识的人》讽刺了干部利用职权在政治上乱给人扣帽子，肆无忌惮地贪污敲诈的恶劣作风。《公费医疗》也是针对不正之风的。至于有关婚姻方面的讽刺，更是不胜枚举。有些相声旨在表扬先进，如塑造模范售货员或邮递员的美好形象。它一方面打击歪的，另一方面也树立正的。

有些相声是知识型的。我就从相声《倭瓜镖》中得到不少武术方面的赏识。《挖宝》生动地介绍了猪身上的宝藏。

现在每天中午，我必听北京电台播出的相声。有些相声的确精彩，笑料足，包袱抖得响，讽刺深刻。然而不能不承认，有时听了却使我失望。精彩的相声，开头既新鲜又自然。但有些段子常用套话开头，例如"相声是一门语言的艺术"，从五十年代以来，不知多少相声都用这句话开头。我也很不喜欢闹剧式的开头。例如一个说或唱，另一个故意起哄捣乱，靠恶作剧来引观众发笑。另外一种廉价的笑料就是靠骂。例如逗方问捧方："您姓王吧（八）？"近来相声界颇有几位嗓子好的，有的能用日语唱《拉网小调》，有的学京剧的青衣或老生，更多的是唱民歌的。相声讲究说学逗唱，夹一些唱是可以的，然而我不大喜欢那种从头唱到尾的相声，那就不如请你开个独唱会。贯口是硬功夫，说起来得记性强，口齿清，一口气背上百十来个地名或菜名，确实是重头活，真本事。侯宝林的《卖布头》，赔本赚吆喝，人人爱听。然而有些这类相声，说的人吃力，哏度既不高，由于太机械化了些，有时还缺乏美感。贯口表现相声演员的基本功有余，在内容上，作为社会讽刺则不足。

另外，相声是以语言的艺术为主，就不能过多地靠动作，类乎哑剧。如果听电视上的相声，还可以看到，在广播中就只能听到观众的笑声，不免感到茫然。无论如何，靠动作的相声总是低一筹的，它使人想到早年庙会上演的那种文明戏。

五十年代曾有过不少精彩的相声，有控诉旧社会的，也有针砭时弊的。"文革"那十年，相声就很不景气。一些歌颂型的相声应运而生，听了枯燥乏味，很不自然，更不哏。那时杂文和漫画也在冬眠。有些名演员如侯宝林，也和其他文艺工作者一样，受尽折磨。

改革开放以来，各方面欣欣向荣，相声也随之昌盛起来。八十年代初期，相声不但揭露了极左路线的种种丑态，还为大家出了气，也在端正社会风气上起了作用。相声又获得了新生。

当前，在国家狠抓治理整顿、深化改革之际，相声应大有可为。让相声挥动它那笑的利剑，刺向贪污腐化，刺向不正之风，刺向生活中的一切消极现象。

同时，为了繁荣相声的创作，提高相声的艺术水平，建议曲协为成绩突出的作者或演员开开研讨会，甚至颁给著名相声作者或演员荣誉称号。

一九八九年

电视机旁的遐想

现在的亚运村，就是在我童年时抓蛤蟆、逮蛐蛐儿的那一带盖起来的。当时周围净是苇塘、树丛和乱葬岗子，如今成了这么巍峨、壮观的一片。说明有志气，下决心，全力以赴，现代化的奇迹短期内还是能实现的。

没有比国际比赛更能激发民族意识的了。但愿这股劲头能普及，能持久，能全面地改变国家面貌。不停留，不满足。

当运动员在拼搏时，我想到：人反正只能活一次，是瑟瑟缩缩掂斤播两地过一辈子呢（可能寿命更长），还是朝着一个目标，使出一切力气，取得不负此生的成绩呢？

竞赛场上只比高低，并无个人恩怨成分。

比赛时刻只管使出吃奶劲头。倘若一心想着得金牌时的荣誉，金牌就反而落空了。

当双方的膂力和技术旗鼓相当时，意志力就成为决定性因素了。

人各有所长，游泳的未必能摔跤，举重的赛起跑来也不一定出

221

色。一个人的成功在于尽早发现所长，并大力发挥之。因此，就当允许大学生入学后调整专业项目。

运动——如撑竿跳，成败在于臂力、意志和巧劲儿。一个人单靠巧劲儿来混，必然一事无成。

举重、游泳，属单干项目，关键在于个人技能。球类竞赛则在个人技能基础上，还要看集体的默契合作。

人之一生，大部分都是在跑接力赛：接过棒来就应使出全力。偷工取巧，玩弄小聪明，害了群体，自己也必老大徒悲伤。

我方赢了，当然鼓掌欢呼。对方失误，难道也鼓掌欢呼吗？那就像是幸灾乐祸了。

啦啦队可以壮壮声势，决定性的因素归根结底还得是运动员的本事。

人生是一场长跑，关键还在于后劲。

冠军取决于旦夕的较量，训练过程则是日积月累的。

一九九○年九月二十六日

透过活物看人生

　　每当有人读了四十年代我在伦敦写的系列通讯，问起我怎么会在报道纳粹闪电战时，却还不忘记写写大轰炸下的猫狗，我总解释说，新闻通讯的内容也得多样化，硬的软的都得照顾到。我当时报道的不仅是战争，还包括战时的英国社会，只能多方面着手；而且从侧面着笔，以小的事物反映大的方面，有时会更真实生动。

　　其实，我谈得很表面。当年我那么关心大轰炸下的猫狗，还是由于我一向——可以说自幼就喜爱活物的缘故。小时，没有人给我买玩具，更不会有人带我去逛公园，我就在东直门和朝阳门之间的那片郊野里寻到了自己的乐园。那里，高粱地、苇塘和窑坑中，有的是活物供我捕捉。

　　我曾说过，除了苍蝇和屎壳郎，当时凡是活物我都玩。事实上，苍蝇我也没饶。只要捉到苍蝇，我就搓些捻子，恶作剧地插入它们的腹部，然后撒开，任其满屋飞。它们是我的"飞艇"。我的拿手好戏是捅马蜂窝。一听说马蜂在门前榆树或槐树上搭了窝，我就弄根竹竿（有时太高了够不着，就在一根长的上头再接根细而短的），踩着石头，踮起脚尖，硬是把马蜂费了好大劲才搭成的窝，捅了下来。这下可把在树荫儿里纳鞋底或缝外活的街坊大娘们害苦啦。本来拿个马扎在树底一坐，既能做活计又好乘凉。除了三九天，那是左近街坊们聚在一起聊天的大好场所。如今，被捅了窝的马蜂没有了着落，流离失所，就几天几夜成群围着那一带嗡嗡地飞。不消说，谁撞上，就会给狠狠地蜇上一通。这样，一连多少日子都没人再敢在树下待。胆小的，甚至都不敢走过那一带。难怪他们要跺着脚骂："缺德带冒烟儿！"

最残忍莫如抓田鸡。那时，当然还不懂得为了庄稼应当保护益虫，只知道田鸡既好抓，后腿肉又细嫩可口。那些年我顿顿不是啃窝头就是啜玉米面糊糊。每餐添一碗大田鸡，就算打了牙祭。何况那正像猎人吃自己从深山野林打来的兽肉一样，嘴里嚼着分外香。我总是挎个口袋到城外阴湿处如苇塘里去抓。蛤蟆的不幸是太喜欢自我表现，老远老远就听到它们呱呱地叫。遇到一只两只单叫，倒还好辨识方向。但是蛙类最喜合唱，而且总是在苇塘里此起彼伏地轮唱，这样反而不好下手。

回想起来真是罪孽深重啊！回来之后，把捉来的青蛙从口袋里倒出，接着就用劈柴的钝刀一只只地剁掉后腿，往旁边一扔。十几只甚至几十只后腿被剁下的田鸡，身子哆哆嗦嗦，还在痉挛着。也许由于气恼，肚子也一鼓一瘪的。一会儿就丢成一堆。一九四五年第一次去达豪集中营看纳粹对犹太人所施的各种惨不忍睹的酷刑时，我联想到了自己童年时对青蛙的伤天害理。

我最熟悉的昆虫是蛐蛐儿和蝈蝈儿。另外，还有金钟和油葫芦。十来岁上，我每年夏天必养一些。那时我有几个泥制的蛐蛐罐，也自编过几只蝈蝈笼。一九五〇年我代表《人民中国》杂志去北京饭店访问苏联作家爱伦堡时，看到他屋里摆着个特大号的蝈蝈笼子，里边足足放了三十来只蝈蝈儿，真是羡慕极了。它们的合唱不时地打断我们的谈话。我曾同已故诗人闻捷在八大处作协招待所一道写作，发现那位同行不但诗写得好，而且有一套高超的捉蝈蝈儿的本领。他能很快地从叫声中辨认出蝈蝈儿所在的方向，不管是藏在树枝上还是草叶底下，他都蹑手蹑脚地踅过去，一捏就是一只。我长他几岁，捉蝈蝈儿的本事已大大退化了。

早先，每提到什么人死了，我们就总说："他听蛐蛐儿去啦。"

蝈蝈儿栖在草丛里或枝叶上，蛐蛐儿则躲到阴暗处：要么藏在碎砖乱瓦堆里，要么钻进地下。像蝈蝈儿一样，它们也挺敏感。老远听它们叫得很欢实，可是刚一走近，就鸦雀无声了。蝈蝈儿、油葫芦都没什么讲究，蛐蛐儿可够一门学问。首先是个头越大越珍贵。蛐蛐儿的身价取于它是否骁勇善斗。它的吟声比不上油葫芦，更逊色于金钟。而且还有一种完全不会叫的哑蛐蛐儿，俗称"老米嘴"。大凡喂蛐蛐儿，都是为了斗，而斗往往又是一种赌博。

我倒并没用蛐蛐儿赌过什么，何况我喂的蛐蛐儿，从来就没剽悍过。不是临阵脱逃，就是被掐个丢盔卸甲，败下阵来。自然，难得地占一回上风，我也不禁感到扬眉吐气。

蜻蜓和蝴蝶曾最早培养了我一点审美意识。它们个个像时装表演会上的仕女那样，有着纤细的腰肢，浑身的色泽和图案千变万化。我虽到过云南大理，可惜没涉足那里的蝴蝶谷。我常冥想：那该是个多么五彩缤纷、美不胜收的梦幻世界啊！

然而，就对这样使人赏心悦目的昆虫，我也造过孽。那时还没有大头针，每当抓到一只好看的蜻蜓或蝴蝶，玩够了，我就找根锈针，把它钉在报纸糊的墙上，或压在书里——就像现在每年总压点花叶一样。动机并不坏：无非是想把它们的美永恒地保存下来，让它们不朽。可就不曾考虑那针扎进它们胸膛时的疼痛，以及从此再也不能自由翱翔的厄运。

很晚很晚，我才懂得一个道理：对于活物，不可任意去摆弄。最仁慈莫如让它们自由地生活着。鼓励它们去斗自己的同类，剥下它们的皮去装饰墙壁，其残酷并不亚于把它们的后腿剁下来饱餐一顿。也许正因为如此，一九八三年我游美国圣地亚哥的野生动物园时，心情就较为舒畅，虽然我知道它们也并没有摆脱人类的控制。

我平生从猫狗得到的温暖和快乐是说不完的。我在一篇小文中说过：

……我喜欢猫，这同我早年的孤寂生活是相关联的。我出生之前就没了爹，十岁又没了妈。我既无兄弟，又无姊妹；小时孤身一人，寄养在一位暴戾的堂兄家里。堂兄净失业，因而家里常断炊。我有时空了肚皮还挨他的毒打。越穷，他越拿我撒气。

尽管家徒四壁，当时却还养着猫狗。猫叫"花儿"，因为它的毛是狸花的；狗叫"黑儿"。它们两个都是靠到左邻右舍去偷吃的来过活。偷完了，还回到那个穷家。黑儿的窝在院墙的一角——其实，也只是个破柳条筐。它时常因偷吃被人家打得皮开肉绽，然后夹着尾巴，耷拉着脑袋，痛苦地嚎叫着回到家来，倒在那破筐里。

花儿比它乖觉。它是偷吃的能手，总是在夜晚才出去作案。好在堂兄家的门是用破木板钉的，上面窟窿有的是。花儿一向是三更半夜才溜回来，嘴巴腥腥的就往我被窝里钻。我总把它搂在怀里。它的毛柔软，身子暖和，对于孑然一身的我，是莫大的慰藉。

我在花儿和黑儿身上还感到一种可贵的品德，一种难得的友谊；在你倒霉的时候，它们不背弃你。

接着我又回忆起关于猫的一段往事：

一九三六年夏天，记得那是法国国庆日，霞飞路上挂满了彩色小电灯，旗帜鲜花，一派节日狂欢的气氛。黄昏，我在马路上溜，忽然听到一阵尖叫声，我立刻想到花儿。我顺着那声音到处寻找，终于在一辆停着的汽车底下，发现了一只后腿被轧伤了的猫儿。

我趴在地上，好容易才把它拽出来。是一只瘦得只剩一把骨头的猫，看来已经奄奄一息了。我把它抱回亭子间，

226

替它洗净伤口，包扎了，又喂它几口吃的。不一会儿，它就在我床角上呼噜噜地睡了。

我正为着有了一个伴侣而高兴的时候，房东太太（一个十分凶悍的白俄女人）敲门了。她叉着腰向我咆哮着，勒令我马上把猫扔出去，不然就搬家了。

第二天，我就搬了家。

四十年代，猫狗同我的友谊更为深厚了。那时我不再是个寄人篱下的孤儿了，而是个走南闯北、远渡重洋的记者。一九四〇年伦敦大轰炸时，我正住在西北郊哈姆斯特德一座五层楼公寓的地下室里。那是一间足有四十平米的大屋子，既湿且冷，只在角落里有个煤气炉。每塞进一枚六便士镍币，炉子就由白而变成粉红色，渐渐辐射出一丝暖意。只有坐得十分贴近，才能感到点热劲儿。

白天去东方学院教课，夜晚我就回到自己那冰窖。打开门，唯一迎纳我的总是我的瑞雅——希腊人送我的一只小猫。一天没见，它在我腕子上蹭啊蹭啊，一面轻声咪咪叫着，表示它对我的无限柔情。

我在《以悲剧结束的一段中英文学友谊》（《世界文学》一九八八年第三期，第二八四至二九二页）一文中，曾提到过英国小说家福斯特到那地下室来专程拜访以及他对瑞雅的钟爱。在李辉所译的福斯特致我的四十封信中，我们二人关于猫的描述及致候，占了不小的比重。

在英国那七年间，经常有朋友邀我到他们府上去度周末。每一家都饲养着猫狗，它们往往也是半个主人，乍见面，它们对我莫测高深。但猫狗都有第六感觉，很快它们就能判定能否接受我做朋友。它们同我，一般总是有缘分的。

然而友情深处，仿佛隐藏着一丝占有欲。猫虽可以成为朋友，可是它独立性强，说走就走，不会总贴在你身边。高兴时，它会用

227

爪子轻挠你一下，或在你跟前撒娇打滚，然而它不会像狗那样同你形影不离。你可以带着狗去散步，甚至远足；猫则只能在沙发上亲昵一阵子，它绝不会像狗那样紧紧尾随于后。同是宠物，它们各有各的脾气，当主人的也不可一律强求。

一九四二年我在英国闹过一场神经衰弱症。脑袋上总像是套着个铁箍，昼夜疼痛不止，神志恍惚，记忆力也衰退了。经医嘱，我到北威尔士一个临海的小山谷里去休养。最初住在朋友苏珊家里，后来搬进一位牧羊人的茅舍。主人满口威尔士话，不谙英语。我最亲密的伴侣就是一条黑白花的牧羊犬，叫笛琪。它身子细长，有着一对机警而温顺的眼睛。我们很快就交上朋友。每天下午，它伴随我在长满绛紫色石楠的山坡上徜徉。它总是打头阵，宛若在替我探路。我就拄着根拐杖，跟在后面缓步攀登。每当我驻足朝着海峡彼岸的爱尔兰方面眺望时，它就也停了下来，用嘴巴在花丛里寻找什么。晚间，当我同主人一家子坐在烧着木柴的炉子周围谈天时，笛琪就卧在我脚旁似在昏睡，却又不时地支棱起耳朵。

我那怪病终于养好了。很难说在多大程度上要归功于那善体人意的牧羊犬。

一九四六年至一九四八年我在复旦教书，住在徐汇村的一幢日本式小平房里。我原以为自己流浪半生后，终于建立起一个安乐窝。最初，也的确是那样，老友辛笛还为我送来一只起名叫阿福的杂种狗。每逢我骑车去校本部讲课，阿福必跟在后面。临过马路时，我总得下车硬把它赶回去。那时美军的吉普横冲直撞，开学那天，一名一年级新生就被轧死在校门前。但阿福总是嗷嗷叫个不停，不甘心回去。

然而一年多后，那个家被人毁了。搬出校园之前，我只好替阿福另找了个家。阿福大概没料到，一九五七年当我接受批判时，它也有幸曾不止一次地作为资产阶级生活方式的罪证被人提起。

在一九三三年秋天我写的第一篇小说《蚕》中，活物据了中心

228

位置。

我确曾养过蚕，并且也曾让几条蚕在我和当时的女友高君纯的合照上吐过丝。那时一开春，我就向人讨蚕种——那恰似粘在一张白纸上的黑芝麻。经太阳一晒，那黑芝麻就会逐渐变成幼虫，奇妙地蠕动起来。单是这一奇迹就深深引起我对生命奥秘的兴趣。

孵出幼蚕之后，马上饲养问题就来了。随着蚕身变大，食量增加，这个问题就愈益严重。我一下学就得扛上根竹竿去打桑叶——往往只好去偷！因为桑树大多长在人家院墙里头。站在墙外去钩那搭在墙头上的桑叶，怎么不算偷！偷就难免会挨顿臭骂，有时还会追出来打。我呢，只好扛着竹竿撒腿就跑。万一被人揪住，还得连声告饶："求求您啦，我的蚕都快饿瘪啦！"

我喜欢蹲下来仔细观察蚕的动作。脑际忽然闪过一个念头：倘若有个上帝的话，他同人类的关系，大概就像我同蚕的一样——眼睁睁地看着它们挨饿，可就是束手无策。从蚕的大与小、肥与瘦、生气勃勃与死样活气之分，我联想到人间的贫富不均以及弱肉强食。星期天做礼拜，洋牧师在台上宣讲上帝的博爱。可是礼拜完毕，排队穿过洋牧师们住的大院回校时，闻到他们厨房里飘出的奶制品和烤肉的香味，我就暗自问起：为什么等着我的却是窝头咸菜？倘若真有个万能的神，他为什么容许这种不平等？

至于《蚕》，起初我只是想写个恋爱故事。高君纯是福州人，但当时她还没到过自己的家乡。在小说里，我把她搬到我熟悉的闽江之畔。一九三二年至一九三三年，我在福州英华中学教过书，校址就在闽江南岸的苍前山。我喜欢当时大桥上的花市，尤其钟爱土名"十八学士"的玉簪花。

故事既然以养蚕为中心，很自然地就勾起我对神的质疑来了。当时我所关心的并不是有神与否的问题。我只是认为，即便有神，它对人间的不平，也无能为力。它并不能支配祸福，左右吉凶，因而一切只能靠自己。这样，也就形成了我一生的座右铭：事在人为。

我不相信天才，也不认为人的命运是预先注定的。我有自己的因果论，就是种什么收什么。人一辈子像是在同社会及自然的环境对局，每走错一步棋，就得承受其后果。这使我学会了得意时不忘乎所以，倒霉时不怨天尤人。

大约在十三四岁上，我同几十只瑞士奶羊打过一阵交道。《蚕》脱稿后，紧接着我又写起羊来了——这就是《小蒋》。

这里，我写了当年背着十六瓶羊奶一路送到哈德门的经历，也虚构送奶伙计同掌柜的一场冲突。小说的核心却是小蒋同一只叫"鹿儿"的奶羊之间的友谊。重读此文，当"骑士和村女在晚风中残墙上的幽会"一段映入眼帘时，我脸红了，觉得要么那个写法过了火，要么我自己在感情上有些反常。我现在已记不起在羊圈里干活时可曾对哪只羊偏爱过了，然而那是可能的。总之，这篇小说反映出早年我是个多愁善感的孤儿，一面把自己的感情寄托在动物身上，一面又从动物那里寻求温暖。

在小学及初中工读时，我还织过几年地毯：从杂毛、牛毛一直织到羊毛毯。就在刚刚织上土耳其凸花毯时，换了工种。但是我从来不喜欢回忆那段生活。唯一写到织地毯往事的，是《落日》。多年来，我却常缅怀着羊的那段日子。所以我把自己的出生地羊管胡同故意改为羊"倌"胡同。

唯一写到狗的，是《花子与老黄》。这里，我用的是第一人称：一位阔少爷。小时，我的朋友大多是穷哥儿们，可也有过几位阔同学。一位住在清河，父亲是那里织呢厂的总工程师；另一位在城里。我曾在他们家度过一两个寒暑假，从而体验了一下富家子弟的生活。他们家有厨师、奶妈、老妈子、拉车的和听差。那种"下人"口口声声称他作"少爷"。我写《花子与老黄》的主导意图是写那些"下人"生活的悲苦和毫无保障。刚好听人讲起疯犬症有多么可怕，于是，我就编了这个故事来鸣不平。情节虽是虚构的，但这样的不公以及比这更为不公的事，是完全可能发生的。

230

这篇小说一开头，我就描述了花子（"我的护兵"）的情态。写它的顽皮，对主人的媚态，以及对生人的凶劲儿。羊对人是一视同仁的，狗则爱憎分明。

我养过狗，也同旁人的狗打过许多交道——尤其是送羊奶时，每天都得同它们搏斗一番。每当我放下新奶，取走空瓶时，那些责任心过强的家犬总以为我偷了什么走，就死追着我狂吠。自然，我也曾有过自己的黑儿，对人犬之间的友谊，我并不陌生。

其实，我从未见过疯狗，只听说过。在写花子疯了时，我就没正面去描绘。我只写七少爷连疯狗都护着的执拗劲儿以及老黄的愚忠。故事结尾，我怀着愤愤不平的心情写了女主人的无情无义以及老黄的悲惨下场。

在小说《俘虏》中，我第一次写到了猫。

我为自己写东西定了个原则："取法乎上，仅得乎中。"在写作时，朦胧间心里总有个楷模或追求的目标，然而写出来的东西通常要离那水准差得十万八千里。取法乎上，也许仅得乎下。不过，我总认为心里有那么个崇高的影子，会有好处。

写《俘虏》时，我竟然曾想到过莎士比亚的《仲夏夜之梦》。说来真有些不自量！并不是那故事，那人物，而是那扑朔迷离的气氛。

我现在还依稀记得，童年经常去玩耍的那个"大院"。东边通到我家所在的小菊儿胡同，西头有几家宅门，门前小土岗上是一排垂杨柳。靠北边是座土地庙。七十年代中期，我曾骑车去那里重访过。不但庙和柳树不见了，"大院"本身也早已盖满了房屋。

然而在我的童年印象中，那个由破烂平房围起的、茅草丛生的"大院"是个魅力无穷的所在，就像是雅典郊外的森林。在这篇习作里，我着重做了两种练习：一是烘托氛围；二是试着写人物关系的变化。在小说中，我想再现黄昏时分"大院"里触及视觉、听觉和嗅觉的一切景象。天下飞来飞去的蝙蝠，草棵里唧唧悲吟的秋虫，人们边打盹儿边拍着蚊子，孩子们则满"大院"跑来跑去，做着种种游戏。小说的男主人公叫铁柱儿。一九四七年，当我第一次做爸爸时，我就用它给娃娃起了小名。女主人公叫荔子，后来这也成了我女儿的名字。

开头，我写铁柱儿和荔子的敌对。我把小时看的一些章回小说如《小五义》《七侠五义》里的绿林好汉的形象套在男主人公身上了。荔子对男性抱有仇视心理。这样的女孩我也见过。我想试写铁柱儿和荔子由对立到友好的过程。这中间，起媒介（或杠杆）作用的，就是一只叫咪咪的猫。

文洁若在她编选的《断层扫描》"编者的话"中，曾提到过咪咪。咪咪半夜回来，浑身带着露水舔舔小主人的指头那段，确实是出自我个人的经验。早年，夜间胡同里的叫猫声，也时常颤巍巍地飘进我们那小屋。起先总是苦苦哀求，后来就破口大骂起来。一九三八年春天过贵阳时，在旅店里又听到过一次。最初，由于口音不熟，听不出喊的是什么，很快就猜出是丢了猫啦。

在我的短篇小说中，《俘虏》是唯一不含任何社会意义的。我只是借它来描绘自己最喜回味的一段童年生活。

散文《爱狗者》写的不是狗，而是人的自私。他爱的仅仅是属于自己的狗。对于一般的狗，倘若稍微侵犯到它的利益，它就凶得很哩。那阵子，我读屠格涅夫和高尔基的短篇，学着用不大的篇幅，鞭挞生活中某些不合理的方面。

我老早就为活物鸣过不平。"文化大革命"前家里还保存着初中时的作文本，有一篇的题目是《赛驴》，写骑驴人跨在驴背上，挥鞭大耍威风。驴累得浑身是汗，气喘吁吁，却分享不到胜利的光彩。一九三六年春到上海，我在大世界楼下看到跑驴。那是在闹市中心一所游乐场的底层。地上铺着一圈黄土，看来是作为"乡野"的点缀。驴头上还系着红绸子。花上几只角子，就可以骑到背上跑几圈。

不知怎么，我又替驴子打起抱不平来。现在回想起来，深觉那时幼稚得可笑。驴也罢，马也罢，反正都是给人骑的。

当时我写的那篇为驴子叫冤的短文，收在一个集子里，可惜也毁于"文化大革命"。此文反映出一个北平青年初到上海时的憨态，简直什么都看不惯，连大世界里的跑驴，也觉得不自然。也许那时我受了卓别林的影片《城市之光》一些影响，怀着乡下人对城市那种本能的敌对心理。这又使我记起一九三五年沈从文为我的《篱下集》所写的那篇"题记"。他在文中自称是乡下人，又把我也封为乡下人，并希望我永远做个乡下人。从题记来看，"乡下人"也就是"诚实人"和"老实人"的同义词，而城市人则"怕事，偷懒，不老实……相当偏见，凡事投机取巧，媚世悦俗"……

我一向不大同意京派海派之分。一九三三年（也即是我写作的那年），郑振铎、巴金、靳以等相继来到北平，办起《文学季刊》和《水星》等刊物。平津新一代作家对启明老人所提倡的明清小品兴趣十分淡薄。当时占据全国青年人心思的是抗日救国，迎接大时代。在这情况下，并不存在京派与海派之间的鸿沟。沈从文那篇题记当然并不是针对京派海派而发，他只是把"乡下人"的意见同"流行的观点"对立起来。一九三五年，我或多或少也是带着那种感情去的上海，替大世界的驴喊冤叫屈，也可能就是当时我那种情绪的反映。

《大象与大纲》是我借一件真人真事阐发一下自己的艺术哲学——或者不如说是我对当时教条主义式文艺领导的一点诤谏。这里，我拉进一头大象。在火车里，我确实听到一位青年工人活灵活现地谈论他在动物园里看到的那头象。估计在厂领导心目中，去谈大象就太轻浮、太言不及义了。我在文中想说的不外乎是：写东西离不开个人感受这个粗浅道理，从侧面，从细微处，照样可以反映大事物。在八十年代，这也许是老生常谈了，可文章是写于五十年代啊。

一九三六年在上海，我还写过一篇关于养兔的散文，题名为

233

《殇》。记我从内蒙带回的一窝兔：白色的是公兔，母兔则是黑的。还有八只刚出生的乳兔。蒙古包的主人把它们用个蒲包一卷，就慷慨地送给了我。临别时，他一再叮嘱让兔娃娃自己睁开眼睛，千万不要动手去掰。

捧回蒲包之后，我就放在床底下。岂料我刚走开，就有人伸手摸了兔娃娃的眼睛。我急得嚷了起来。当时还不晓得会有什么后果。

第二天清早，床角、桌下以及门前台阶上，到处都是被咬得浑身血肉狼藉的小兔。八只小兔，一只也没留，而咬死它们的，正是那位被触怒了的兔妈妈！

本来是欢欢喜喜的一个小家庭。那以后，公兔和母兔都闷闷不乐。只见母兔不怎么吃食了，很快它就蹬了腿，丢下公兔这个无儿无女的鳏夫。也许由于过分愁苦，不久它就双目失了明。

这事使我深切感到，人类同活物打交道，切不可一意孤行，忽视它们自身的生活规律。

一九四九年来到北京后，最初生活一直安顿不下来。那时对思想改造的理解就是全面否定自己。一晚，请了几位朋友到我在石驸马大街那间小屋喝咖啡。客人走时，其中一位去过延安的老干部悄悄地（而且肯定是十分善意地）提醒我说："可千万注意资产阶级生活方式啊！"

我心想：那么苏联人喝不喝咖啡？

咖啡喝不得，狗就更养不得了。抗美援朝后，为了防止细菌战，全市的狗一律由公家收走处理。当时一辆辆卡车开进胡同，挨家挨户地收。从那以后，除了外国驻华使馆人员及本国得到特殊许可的少数高级人士外，狗就在城市生活中绝迹了。

猫沾了"除四害"的光。既要消灭老鼠，总不能把捕鼠的猫也一道消灭吧。

五十年代初，我在宿舍里养过一只大肥猫。由于它恶习不改，净偷人家的鸡啦鱼的，只好把它扔掉了事。二十年后在湖北咸宁五七干校，桐儿捡来了一只被打伤的弃猫。我们替它把伤口洗净，包扎上。洁若打开一罐炼乳喂它，慢慢地居然把它救活了。我们给小猫起名花花，桐儿还在门旁替它挖了个猫洞。那是五七战士自己盖的土坯房，从北往南，一排排地盖，越盖规格越低。我们那一排在尽南端，房后是郁郁葱葱的树林，倒也不乏野趣。

谁知好景不长，花花突然失踪了。一天傍晚，桐儿又从草丛中将它抱回来。那时花花已奄奄一息，下半身血肉模糊，可能是被野狗咬的。这一次，炼乳也不管用了。

那是盛夏，眼瞅着伤口开始生蛆了。为了结束它的痛苦，我和桐儿便用件旧衫将它裹起，在屋后刨个坑埋了。洁若没敢去看。当时已是干校后期，大部分人都已调回京，我们一家三口（三个孩子中，老大在江西插队，老二回京当售票员，身边只剩下老三桐儿），前途渺茫，不知不觉就对弃猫起了共鸣。

如今，到了晚年，我自然巴不得身边有只猫狗，而且不断有朋友提议要送我猫——纯白的，狸花的。然而住在楼房，又都上了岁数，实在没有精力去养。于是，我只好养乌龟。

这还是一九八五年春间去武汉参加黄鹤楼笔会时，老友李蕤送的。当时带回来五只，其中有两只是甲鱼。甲鱼可没有乌龟那么老实，在火车里，深更半夜竟钻出篓子，一直爬到火车的雨道里。害得我光着脚把它们一一捉了回来。

五年之间，一只乌龟莫名其妙地失了踪，我就守着剩下的两只。每天喂它们点鲜鱼，换一次水，隔天打扫一下卫生。夏天，它们喜欢在那白搪瓷盆子里泡澡，仰着脖儿，若有所思地望着周围一米见方的世界——阳台的一角。更多的时候是钻进一绿色塑料布底下睡大觉。一入冬，它就干脆不吃不喝，一睡就是五个月。真会清静无为，修身养性。

我也闹不清何以从小喜欢小动物，兴许是因为早年生活太孤寂单调了。那些小动物确实丰富了我的童年，也给过我不少慰藉。这

235

样，活物就自自然然地进入我的创作。我从它们身上得到过启迪，时或还联系到自己的生活和处境。

　　使我同活物的命运联系得最紧密的，是一九五八年四月中旬的一个晚上。当时，北京——也许全中国，在党中央一声令下，群起消灭麻雀。那时，北京城里大多还是平房，家家派人爬上房顶敲脸盆并用棍棒竹竿驱逐麻雀，赶得它们无处落脚，据说这样就可以一举消灭之。同一个夜晚，我挥泪告别家人，默默地扛起铺盖卷，前往唐山柏各庄农场。我同被列入"五害"的麻雀一样狼狈，也一样没有着落。

　　麻雀并没有消灭掉，后来也许不再那么吱吱喳喳了。我呢，一晃儿也活到了八十开外。

一九九〇年九月十八日

直通人心的世界语

　　我这辈子去过许多家咖啡厅，可只有一家我怎么也忘不了。这是在巴黎文人名士荟萃之地的蒙马托，由朋友带我去的。那是一九四五年二月，当时法国刚刚解放，我作为随军记者，一身戎装，路过巴黎，正要出发去寻找已经挺进到法德边境的美军第七军。

　　那家咖啡厅设在地窖子里。我们黑洞洞地下了许多层台阶，好容易才摸到。可是咖啡厅里比楼梯上也亮不了许多。站在入口处朝里一望，两边都是一排排的茶座。我们就拣一张桌子坐了下来——唉，那不是桌子，形状是一具黑漆棺材。接着，侍者托着盘子过来了。抬头一望，他身穿教堂神父那种乌鸦式的黑长袍，脸绷得不见一丝笑容。再一看，墙上玻璃框里挂的尽是些各种姿态的骷髅。我初来乍到，不免有些毛骨悚然。这时，扩音器里正在低声奏着马斯奈的《悲歌》。它忽而长吁，忽而短叹：

　　　　往日欢乐，美好春光不复回。
　　　　在我心中幽暗冰凉，都已凋谢，永远消沉。

　　忽然间，铃声一响，厅内大放光明，壁上的骷髅都变成一幅幅的裸体女人照片了。这时，台上出现了一位盛装美女，刹那间灯熄灭了。接着一声铃响，灯光再亮时，她已脱得只剩紧身内衣了。再一灭一亮，只见她全裸了。紧跟着灯又灭了，再亮，台上却只剩下

237

一具骷髅架子。正是一场佛教色色空空的表演。

这是快半个世纪以前的事了。可是每听到马斯奈的《悲歌》，心幕上就映出那家古怪的咖啡厅。

音乐是听觉的艺术。对它，我注定是个外行。它往往引起我的是视觉上的联想。几乎在所有我熟悉的每支曲调的后面，都有一幅我曾经历过的生活情景。对于我，音乐最大的魔力正在于它能快速地唤起某种联想：有时兴奋、愉快，有时也引起悲伤和痛苦。

音乐还常带我回到往昔的日子，回到某个时期。每逢听到（或自己哼起）苏联的歌曲如《灯光》或《小路》，以及波兰的《小杜鹃》，罗马尼亚的《照镜子》，甚至阿尔巴尼亚的《银笛》，我就总回想起五十年代初的社会主义阵营。到了五十年代末期开始反修了，到处又唱起亚非拉的歌曲，像墨西哥的《鸽子》或印尼的《梭罗河》和《星星索》。进入六十年代，除了《地拉那——北京》，唱什么外国歌曲就都犯忌了。

去年，东欧和苏联的政局先后发生变化后，我有时倒哼起《山楂树》或《纺织姑娘》了。时局不论发生怎样的剧变，多瑙河的河水依然是蓝的，伏尔加河也依然浩浩荡荡地向前奔流。深入人心的歌曲并不随着政治变化而减少其魅力。

当然我更熟悉的还是英伦三岛的民歌。四十年代，我曾在那里度过七个不平凡也很不平静的年头。其实，我早年就学过不少他们的歌曲。可是当我在罗梦湖上荡船，或亲眼看到苏格兰高原上一望无际的兰铃花时，那些歌对我就更加亲切了。我尤其喜欢带有淡淡忧思的爱尔兰民歌，像《夏天最后的一朵玫瑰》，威尔士也有许多好听的民歌。每听到英伦三岛的歌曲，我的心就立刻飞回到四十年代，特别飞回到我住过的伦敦西北郊的那幢大楼。那是在一座小山脚下，旁边就是一片幽静的树林。遇到不拉警报的时候，饭后我就斜倚在壁炉旁的沙发上。顿时，房东太太那只狸花猫就跳到我膝上，呼噜噜地唱了起来。有时，房东太太的女儿披着一肩金黄的头发，站在

238

壁炉旁，拉起我心爱的曲调——特别是《绿袖子》，多么潇洒自如的调子啊！

有人借着翻画册来旅行，我更喜欢通过音乐去世界上各个角落遨游。我仅仅随军到过意大利北部山区，没去过风光明媚的威尼斯。可是每听到《桑塔·露琪亚》或《我的太阳》，我就好像来到了欧洲的苏杭。每听到《瓦妮塔》那支情歌时，我就仿佛看到地中海西岸少男少女在互吐恋情。

一九四二年我住在伦敦一家公寓。一天，忽然搬进十几位刚从苏联飞来的客人。他们都是武器专家，到英国来协助指导生产为红军所制造的坦克。听说我是中国人，他们就主动来看我这位反法西斯的盟友。他们不会英语、华语，我也不会俄语。坐下之后，我就哼起三十年代上海流行的几支苏联歌曲，如《生活像泥河一样流》和《快乐的人们》。啊，他们当中的一个叫撒沙的马上就紧紧把我抱住，同时，大家一齐唱了起来，足足唱了半宿。

第二天，周围的邻居都向我抱怨起来。

那时我才懂得：

音乐也是一种语言，一种能直接通往人心的世界语。

一九九二年

239

誓　言

　　中年与老年之间并没有一道有形的画线，从青年到中年，大概也是这样。总像是背着手在穿过人生这座公园——它是"公"园而不是花园，是人人都要走过的。有时徘徊，有时奔跑，一下子就来到人生公园的中央：一座花坛。再一张眼，就来到后门：死亡。

　　我是在一九七九年就望到那后门的。当时我大大地唏嘘了一阵，觉得自己的青年过得蛮欢实，中年过得窝囊到家了，如今一下子就望到生命的尽头。幸好我没被这股悔恨心情压倒，只对自己提了个并不响亮的口号：跑好人生最后一圈。"最后"，当然就意味着死。我清醒地认识到我离这座公园的后门不会太远了（我是一九四九年走到花坛跟前的）。然而我那个口号所着重的并不是"最后"二字，而是要"跑好"。我自觉一生从没有像一九七九年以后那么勤奋过——我向来不勤奋。我的努力一半是由于意识到没有几年了，但更主要的还是对白白失掉的那段岁月的惋惜。

　　对于老，我首先是一个"服"字。既然老啦，就别硬充年轻。所以尽管我从九岁就骑车，可骑到七十（没撞过人也没挨过撞）我撒把了。从那以后，再没迈过大梁。八十年代我出访过十一趟，可一满八十，我就封箱了。外边怎么邀我也不去，其间美国一个学会非要我当评委，我请金介甫代了。只是对不是国外的台湾，我拿不准。春间台湾太平洋文化基金会执意要我去，他们不但请了洁若，后来甚至还让我带一位青年助手，并且答应派人赴港接应，可我终

240

于还是因怕酷暑而打了退堂鼓。中国时报出版社（正在印我的《未带地图的旅人》和《尤利西斯》）又说明年一月派人来北京接我们，且看那时我的勇气了。

为了服老，我分别吸取了好几位老友的教训。一是不再熬夜（但《尤利西斯》有时不饶），不爬高（可家里那梯子有时还不免偷偷用一下），不感冒（这是大夫的命令，因为我的肾不允许我使用任何特效药）。

我在青年时过得热热闹闹，中年冷冷清清，晚年我只求活得充实。胳臂和腿需要舒展，神经更不能老绷着。多么忙，每天我都得浇我那几十盆花，听小儿子为我安排的激光唱片，一有相声或好的TV节目我绝不漏掉。有时我还蹲下来看我那两只乌龟抢肉渣：一旦叼住就再不放口，看着比自己吃东坡肉还过瘾！

这当然只是为了调剂，玩物也不一定都丧志。我是在服老的基础上拼命抗老，除了肾和心脏，在听力和视力上我不比青年们差。眼前的事倒是常忘，可提起往事却历历在目，更重要的是眼看就八十五了，思维力也并没衰退。

年轻骑车时，我有个习惯：在马路上喜欢盯住一个对象，使劲追上他并且跟他保持同步或超过他。在工作上我也喜欢在心里树立个标兵，把他作为楷模。然而在生活水准上，我总记住要向下看。这是明摆着的：向上看没有边，轻则自寻烦恼，重则精神上沉沦。自从一九七九年我又用上了抽水马桶之后，我就老提醒自己还有更多的人在蹲公厕。

真正使我头脑保持清醒的是八宝山——也就是死亡。那是每个人必然的归宿，而且到时什么也带不走。无论在名还是利上，贪都是愚蠢的。过去历次的阶级斗争真给我们留下不少反面教员。某某当年多么威风啊！可如今，不但身子早已腐烂，名字也臭不可闻。

我心里并不是没有怕的。我老怕坐轮椅，更怕当植物人。我常幻想在我将要走到那一地步时，手边能有一瓶足以使我平平静静、

241

舒舒服服地结束自己生命的"安乐丸"和一杯白开水，谁也不惊动，谁也不拖累地悄悄离去。

但是在那日子到来之前，我绝不停笔，因为那笔是在由我手里夺去二十余年之后才又回到我手里的。有它，就是幸福，因为它能使我与我同时代的人们心心相印。

一九九四年六月四日

我的书房史

自从写了《搬家史》之后，我发现几乎任何事物只要用"一生"这根线一串，就能串出一部历史来。我的《在歌声中回忆》就是这么写的。书房也是这样。

我生在贫苦人家。小时睡大炕，摆上个饭桌它就成为"餐厅"，晚上摆一盏煤油灯，它就是"书房"了。

可是我老早就憧憬有一间书房——一间不放床铺，不摆饭桌，专门供读书写文用的地方，对于读书人或文学工作者，不应说它是个奢侈，那就像木匠的作坊。然而它在我大半生中都曾经是可望而不可即的。

二十年代初期，我每天都去北平安定门一条胡同去上小学，在三条拐角处有一排槐树，旁边是一道花砖墙，通过玻璃可以看到那栋洋式平房里临街的一间书房——后来才知道它的主人就是社会科学家陶孟和。平时窗上挂了挑花的窗帘，看不清里面。冬天黑得早，书房里的灯光特别亮。我有时看到主人在读书或伏案写作，有时又叼着烟斗在一排排书架中间徘徊。当时我小心坎上好像在自问：我长大后有一天会不会也有这么一间书房？

一九三五年我进天津《大公报》，同另外三位大学生同住在一间宿舍里。楼下就是印大报的机器房，对面是成天冒烟的法租界电力厂。那时我就锻炼出在什么环境下都能睡觉的本事。当年去上海筹备沪版《大公报》，也是先住宿舍，后来先后当了王芸生和杨朔的二房客。"小树叶"去日本之后，我就一个人住一间了。我在编副刊之余，还为巴金、靳以的刊物写文章。我的长篇《梦之谷》就是那时候写的。"小树叶"是从刊物（好像是《文丛》，要不就是《作家》或《文季》）上的连载读到的，她气得哭了通鼻子，我只好连口道歉说早应向她坦白。

"八一三"失业了，后开始逃难了。不要说书房，连个睡觉的地方也成问题了。我们从上海而港粤—武汉—长沙—沅陵—昆明的流徙中，经常是她同女难友，我同男难友搭地铺。最后，多亏了杨振声老师和沈从文先生的照顾，我们总算在昆明北门街分到一间小屋。

一九三八年在香港《大公报》还是住集体宿舍。一九三九年出国，在伦敦住公寓同在上海住亭子间差不多，只是白俄女房东换成英国的老大娘。我第一次有间书房是在剑桥大学王家学院。

在剑桥的二十来所学院中，王家学院是很难进的。即便收了，也很难成为住宿生。我由于是由两位最杰出的王家学院毕业生福斯特和魏理介绍的，所以王家学院让我住了进去。除了卧室还给我一间书房，北面窗户濒临剑河，东面则对着著名的王家学院教堂和大草坪。那幢楼建于十四世纪，但设备完全现代化了，长沙发可以舒舒服服地坐上七八位来客。书房门楣上照例漆着我的姓名。

我虽只占用过那间书房两年（没写完论文却写了两本书和连载重庆《大公报》的《话谈当今英格兰》），我却时常怀念那间书房。一九八五年重访剑桥时，承母校邀我和洁若在客房住了一晚，我们还特意去重访了一下不知易过多少个主人的那间书房。

一九四六年在复旦教书，大学在徐汇村给了我一幢日本式平房。地方不大，但卧室、客厅一应俱全，还有间小书房，在那里，我写了几十篇国际社评和《红毛长谈》，也编了《人生采访》和《创作四试》。

在漫长的一九四九年至一九八三年期间，我不但再也没有了书房，其间有七年是处于流放中。那些年，书房对我就成为非分之想

244

了。有些年，我只盼不再去公厕，能再用上抽水马桶我就很知足了。我时常害怕头一晕会跌进那爬满了蛆虫的粪坑里。

现在来谈谈如今我在木樨地住所的这间书房。

许多朋友一进门就说："啊，可真乱！"《读书》月刊甚至还特意派人来为我这其乱无比的书房拍了照，登在刊物上。其实我也十分羡慕朋友们那窗明几净的书房，但我对书房的第一要求是：它得出活儿。我在这间书房里已写了并编了足够百万字的书，近四年又同洁若合译了上百万字的《尤利西斯》。我爱我这间书房，因为它出活儿。

我是编副刊出身的，我一向是乱中有序。当编者的倘若给人家的稿子弄丢了，那可拿什么也赔不起。我从没丢过。三十年代，一个下午我得看上一二十篇稿子——不止看，还得先分类（即用、待用、再酌和不合用）。然后挑出需要写封信的。最近台湾女作家张秀亚的女儿从美国寄给我一个复印件，是一九三五年我在她妈妈文章后面写的一段话，谈文章宜少用"的"字。

现在谈谈我这书房的乱中有序。我的书桌周围有不少盒子——大都是用中间糊有玻璃纸的咖啡盒子改装的。首先是我的"意识流"——也就是我偶然想起可写的题目或一句话。像《北京城杂忆》这类系列短文的胚胎都来自这"意识流"箱。另外有"备考箱"。信则仍分作"即复、缓复、不复"三类。复完的信就放入书桌底下"已复"盒——满了就包起来，标上日子。书桌的抽屉有放纸的，有放各种尺寸的信封的。还有个小筐筐，内装七个住址本，有二三本国外的，四本国内的。国外按国家分，国内的则有的按类别（如文化、影视、出版等），有的（个人）就按姓氏字母排列。所以任何住址，我随手都能查到。

长沙发是我的休憩处，一头架子上放的是药品和营养品，另一头是我心爱的激光唱机。书架上放着分类的激光唱盘。沿墙是我从几十盆花中精选的花，经常换。我特别钟爱我自己插枝长大的。朋

245

友知道我喜养龟，就送了我五只金钱大的绿毛小龟。我把它们养在鱼缸里，不幸，其中一只死了。我生怕由于自己忙于《尤利西斯》，疏忽了宠物，所以赶紧送回给原主了。大乌龟则养在阳台上。

近几年领导曾经三次建议我换个更大的地方，我都婉言谢绝了。我晓得在知识分子的住房条件上，我已算是中上等了。我不能忘记自己以前过的日子，更不能忘记今天还有三世或四世同堂的呢。

这书房就是我的归宿。我将在此度过余生，跑完人生最后一圈。我希望在这里能多出些活儿。然后，等我把丝吐尽时，就坐在这把椅或趴在这张书桌上，悄悄地离去。

能够这么善终，这是我在一九六六年夏天所不敢想的。我很知足。

一九九四年

第五辑 随 想

往事三瞥

　　语言是跟着生活走的，生活变了，有些词儿就失传了。即便是土生土长的北京人，要是年纪还不到五十，又没在像东直门那样当年的贫民窟住过，他也未必说得出"倒卧"的意思。

　　乍看，多像陆军操典里的一种姿势。才不是呢！"倒卧"指的是在那苦难的年月里，特别是冬天，由于饥寒而倒毙北京街头的穷人。身上照例盖着半领破席头，等验尸官填个单子，就抬到城外乱葬岗子埋掉了事。

　　我上小学的时候，回家放下书包，有时会顺口说一声："今儿个（北新）桥头有个倒卧。"那就像是说"我看见树上有只麻雀"那么习以为常。家里大人兴许会搭讪着问一声："老的还是少的？"因为席头往往不够长，只盖到饿殍的胸部，下面的脚——甚至膝盖依然露在外面，所以不难从鞋和裤腿辨识出性别和年龄。那是我最早同死亡的接触。当时小心坎上常琢磨：要是把"倒卧"赶快抬到热炕上暖和暖和，喂上他几口什么，说不定还会活过来呢！记得曾把这个想法说给一位长者听，回答是："多哪门子事，自找倒霉。活不过来得吃人命官司，活过来你养活下去呀！"

　　难怪有的人一望到"倒卧"，就宁可绕几步走开。我一般也只是瞅上两眼，并不像有些孩子那么停下来。可是有一回我也挤在围观者中间了，因为席头里伸出的那部分从肤色到穿着（尽管破烂，而且沾着泥巴）都不同寻常。从没见过腿上有那么密而长的毛毛，他

249

脚上那双破靴子也挺奇怪。"倒卧"四周已经围了一圈人，一个叼烟袋锅子的老大爷叹了口气说："咳，自个儿的家不待，满世界乱撞！"

不大工夫，验尸官来了。席头一揭开，我怔住了。这不正是我在东直门大街上常碰见的那个"大鼻子"吗？枯瘦的脸，隆起的颧骨，深陷的眼眶，脖子上挂根链子，下面垂着个十字架。那件绛色破上衣的肘部磨出个大窟窿，露着肉，腰间缠着根破绳子。

验尸官边填单子边叨念着："姓名——无；国籍——无；亲属——无。"接着，两个汉子就把尸首吊在穿心杠上，朝门脸抬去。

那时候我只知道"大鼻子"就是"老毛子"，对他的来由却一无所知。

后来才明白，十月革命一声炮响，沙皇的那些王公贵族挟着细软纷纷逃到巴黎或维也纳去当寓公了，他们的司阍、园丁、厨子和仆奴糊里糊涂地也逃了出来。有些穷白俄就徒步穿过白茫茫的西伯利亚流落到中国，到了北京。由于东直门城根那时有一座蒜头式的东正教堂，有一簇举着蜡烛诵经的洋和尚，它就成了这些穷白俄的麦加。刚来时，肩上还搭着块挂毡什么的向路人兜售，渐渐地坐吃山空，就乞讨起来。这个"大鼻子"就是他们中间的一个。

我最后一次见到"大鼻子"是在那两天之前的黎明，在羊倌胡同的粥厂前面。像往日一样，天还漆黑我就给从热被窝里硬拽出来。屋子冷得像北极，被窝就像支在冰川上的一顶帐篷，难怪越是往外拽，我越往里钻。可是多去一口子就多打一盆子粥，终于还是爬起来，胡乱穿上衣裳。那时候胡同里没路灯，于是，就摸着黑，嚓嚓嚓地朝粥厂走去。那一带靠打粥来贴补的人家有的是。黑咕隆咚的，脚底下又滑，一路上只听见盆碗磕碰的响声。

粥厂在羊倌胡同一块敞地的左端，我同家人一道各挟着个盆子站在队伍里。队伍已经老长了，可粥厂两扇大门还紧闭着，要等天亮才开。

一九二一年冬天的北京，寒风冷得能把鼻涕眼泪都冻成冰。衣不蔽体的人们一个个跺着脚，搓着手，嘴里嘶嘶着。老的不住声地咳嗽，小的冷得哽咽起来。

最担心的是队伍长了。因为粥反正只那么多，放粥的一见人多，就一个劲儿往里兑水。随着天色由漆黑变成暗灰，不断有人回过头来看看后尾儿有多长。

就在两天前的拂晓，我听到后边吵嚷起来了："'大鼻子'混进来啦！中国人还不够打的，你滚出去！"接着又听到一个声音："让老头子排着吧，我宁可少喝一勺。"

吵呀吵呀，吵可能也是一种取暖的办法。

天亮了，粥厂的大门打开了，人们热切地朝前移动。这时，我回过头来，看到"大鼻子"垂着头，挟了个食盒，依依不舍地从队伍里退出来，朝东正教堂的方向踱去。他边走边用袖子擦着鼻涕眼泪，时而朝我们望望，眼神里有妒忌，有怨愤，说不定也有悔恨。

一九三九年九月初。

法国邮轮"让·拉博德"号在新加坡停泊两个小时加完水之后，就开始了它横渡印度洋六千海里的漫长航程。离赤道那么近，阳光是烫人的。海面像一匹无边无际的蓝绸子，闪着银色的光亮。时而飞鱼成群，绕着船头展翅嬉戏。

船是在欧战爆发的前一天从九龙启碇的，多一半乘客都因眼看欧洲要打大仗而退了票。"阿拉米斯号"开到西贡就被法国海军征用了。这条船从新埠开出后，三等乘客就只剩下我、一位在阿姆斯特丹中国餐馆当厨师的山东人和一个亚麻色头发、满脸雀斑的小伙子。餐厅为了省事，就让我们也到头等舱去用饭。

在我心目中，一艘豪华邮轮的餐厅里应充满欢快的气氛。侍者砰砰开着香槟酒，桌面上摆满佳肴和各色果品，随着悦耳的乐声，男女乘客像蝴蝶般地翩然起舞。乘客中间如有位女高音，说不定还会即席唱起她的拿手名曲。

很失望，这是一条阴沉的船，船上载的净是些愁眉苦脸的人。

251

在餐桌上，他们有时好像不知道刀叉下面是猪肝还是牛排，因为他们全神几乎都贯注在扩音器上，竖起耳朵倾听着他们的母亲法兰西的战争部署：巴黎实行灯火管制了，征兵的条例公布了——是的，这是对大部分男乘客切肤的事，因为船一靠码头，他们就得分头去报到，然后，换上军装，进入马奇诺阵线了。女乘客也有自己的苦恼：得忍受空袭，物资的短缺，守着空帷去等待那不可知的命运。他们的眼睛是直呆呆的，心神是恍惚的。一位女乘客碰了丈夫的臂肘一下，说："亲爱的，那是胡椒面！"他正要把小瓶瓶当作糖往咖啡杯里倒。

正因为大家这么忧容满面，就更显出三等舱里那个有雀斑的小伙子与众不同了。他年纪在二十岁左右，是个最合兵役标准的青年。可他成天吹着口哨，进了餐厅就抱着那瓶波尔多喝个不停。酒一喝光，他就兴奋地招呼侍者："添酒啊！"船上虽然没举办舞会，他却总是在跳着探戈。

每天早晨九点，全船要举行一次"遇难演习"。哨子一吹，乘客就拿着救生圈到甲板上指定的地点去排队，把救生圈套在脖颈上，做登上救生艇的准备。我笨手笨脚，小伙子常帮我一把。因为熟了一些，一天我就说："这条船上的乘客都闷闷不乐，就只有你一个这么欢蹦乱跳。"

"是啊，"他沉思了一下，朝印度洋啐了口唾沫说，"他们都怕去打仗，我可巴不得打起来。我天天盼！从希特勒一开进捷克就盼起。唉，"他得意地尖笑了一声，"可给我盼到了。"

我真以为是在同一个恶魔谈话哩，就带点严峻的口气责问他为什么喜欢打仗。

"你知道吗？我是个无国籍的人，"他接着又重复一遍，"无国籍。我妈妈是个白俄舞女，"随说随在胸前画了个"十"字，"她可能已不在人世了。我爸爸嘛，"他猴子般地耸了耸肩头，然后摊开双手，"不知道，他也许是个美国水兵，也许是个挪威商人。反正我是无国籍。现在我要变成一个有国籍的人。"

"怎么变法?"他肯于这么推心置腹,使我感动了,于是,对他也同情起来。

"平常时期,没门儿。可是如今一打仗,法国缺男人,他们得召雇佣兵。所以,"他用一条腿做了个天鹅独舞的姿势,"我的运气就来了。船一到马赛,我就去报名。"

我望着印度洋上的万顷波涛,摹想着他——一个无国籍的青年,戴着钢盔,蹲在潮湿的马奇诺战壕里,守候着。要是征求敢死队,他准头一个去报名,争取立个功。

然而踏在他脚下的并不是他的国土,法兰西不是他的祖国。他是个没有祖国的人。

一九四九年初,我站在生命的一个大十字路口上,做出了决定自己和一家命运的选择。

其实,头一年这个选择早已做了。家庭破裂后,正当我急于离开上海之际,剑桥给我来了一封信:大学要成立中文系,要我去讲现代中国文学。当时我已参加了作为报纸起义前奏的学习会,政治上从一团漆黑开始瞥见一线曙光。同时,在国外漂泊了七年,实在不想再出去了。在杨刚的鼓励下,就写信回绝了。

一九四九年三月的一天,我正在九龙药墟道寓所里改着《中国文摘》的稿子,忽然听到一阵叩门声。哎呀,剑桥的何伦教授气喘吁吁地来了。他握着我的手解释说,是报馆给的地址。然后坐下来,呷了一口茶,才告诉我这次到香港他负有两项使命:一个是替大学采购一批中文书籍——他是位连鲁迅这个名字也没听说过的《诗经》专家;另一项是"亲自把你同你们一家接到剑桥"。口气里像是很有把握。他认为我那封回绝的信不能算数,因为那时"中国"(他指的是白色的中国)还没陷到今天的"危境"(指的是平津战役后国

253

民党败溃的局面）。他估计我会重新考虑整个问题。

在剑桥那几年，这位入了英籍的捷克汉学家对我一直很友好，我常去他家吃茶，还同他度过一个圣诞夜。他一边切着二十磅重的火鸡，一边谈着《诗经》里"之"字的用法。饭后，他那位曾经是柏林歌剧院名演员的夫人自己弹着钢琴就唱了起来。在她的指引下，我迷上了西洋古典音乐。

可是当时他所说的"危境"正是我以及全体中国人民所渴望着的黎明。我坦率地告诉他说，我是个土生土长的中国人，中国在重生，我不能在这样时刻走开。

两天后，这位最怕爬楼梯的老教授又来了。一坐下他就声明这回不是代表大学，而是以一个对共产党有些"了解"的老朋友来对我进行一些规劝。他讲的大都是战后中欧的一些事情：玛萨里克①死得"不明不白"啦，匈牙利又出了主教②叛国案啦。总之，他认为在西方学习过、工作过的人，在共产党政权下没有好下场。他甚至哆哆嗦嗦地伸出食指，声音颤抖地说："知识分子同共产党的蜜月长不了，长不了。"随说随戏剧性地站了起来，看了看腕上的表说："我后天飞伦敦，明天这时候我再来——听你的回话。"对于我说的"我不会改变主意"的声明，他概不理睬。他只伸出个毛茸茸的指头逗了一下摇篮里的娃娃："为了他，你也不能不好好考虑一下。"

……

那一宿，我服过三次安眠药也不管事。上半夜是那一句句的"忠告"像几十条蛇在我心里乱钻。后半夜我只要一合上眼，就闪出一幅图画，时而黑白，时而带朦胧色彩，反正是块破席头，下面伸出两只脚。摇篮里的娃娃似乎也在做着噩梦，他无缘无故地忽然抽噎起来，从他那委屈的哭声里，我仿佛听到"我要国籍"。

---

① 捷克解放后第一任外交部长，跳楼自杀。
② 匈牙利红衣主教敏岑蒂被控叛国，株连多人。

天亮了，青山在窗外露出一片赭色。我坐起来，头脑清醒了一些。

两小时后，我去马宝道①了。临走留下个短札给何伦教授："报馆有急事，不能如约等候，十分抱歉。更抱歉的是害你白跑三趟，我仍不改变主意。"

八月底的一天，我把行李集中到预先指定的地点，一家人就登上"华安"轮，随地下党经青岛来到开国前夕的北京。

三十个寒暑过去了。这的确是不平静也是不平凡的三十年。在最绝望的时刻，我从没后悔过自己在生命那个大十字路口上所迈的方向。今天，只觉得感情的基础比那时深厚了，想得积极了——不只是不当白华，而是要把自己投入祖国重生这一伟大事业中。

一九七九年五月

---

① 《中国文摘》编辑部所在地，在香港北角。

随笔三则

"独家消息"落手记

"独家消息"（scoop）是资本主义国家的记者所梦寐以求的罕物。正因为这种消息不那么容易得到，所以它往往是通过不正常——甚至不正当的手段弄到手的。为了角逐这一罕物，当记者的确实什么卑鄙的手段都使得出：从重金贿赂机要打字员到偷盗行窃。一个记者弄到一条重要的"独家消息"，他本人可能立即获得提升，然而同时也可能有一些同行由于"失职"而失业。所以"独家消息"总多少带有不好的气味。咱们社会主义国家的报纸把新闻的真实性放在时间性之上，不搞同业竞争，我是衷心拥护的。

在我从事新闻工作的日子里，我从没追求过独家消息。然而有一次，一个很有分量的独家消息却不期而然地落在我手里了。

那是一九四五年五月初的事。当时联合国在旧金山开成立大会，中国代表团的团长是宋子文，副团长是王世杰。代表团成员中有代表中共的董必武同志。当时重庆《大公报》的社长胡霖也以"无党无派"身份参加了代表团。他可能估计那个历史性场合必有不少新闻可以采访，所以就在我正随美军第七军抢渡莱茵河之际，突然发来个急电，要我火速返回伦敦，转旧金山采访。

那时中国代表团住在一家叫马可·哈布金斯的旅馆，我则随其他各国记者住在皇宫饭店。当时除了轴心国之外，可以说包括苏联在内的全世界各大报及通讯社的记者，都云集在那座大厦里了。中国记者只我一人是从英国去的，其余的不是来自战时的重庆，就是来自华盛顿——国民党中央社华盛顿分社的全班人马都出动了。他们人地两熟，又有内线，自然是得天独厚。我本来对"独家消息"兴趣就不大，在那里，我更不会作此想头。

也许由于胡社长那时是"无党无派"吧，他几乎每天中午都同董必武同志在唐人街一家叫杏花楼的馆子一道吃午饭，同席的有陪董老从重庆来的章汉夫、陈家康二位和我自己。一天午餐席上，胡社长关照我说，苏联代表团当晚要举行宴会招待中国代表团，意思是我不必到旅馆去找他，可以自由活动了。

那晚英国广播电台的一个记者约我去一家男扮女装的剧院，说在美国只此一家，又说同中国的京剧相似。我谢绝了。还有个加拿大记者要我陪他去夜总会，我也谢绝了。前两天，我刚陪胡社长去过一次，那是我第一次也是我最后一次进夜总会。那晚表演的不但是脱衣舞，而且表演者是个中国姑娘。表演完毕，她跑来同我们解释说，她是为了"半工半读"才干那行当的，并且告诉我们她读的是新闻系。过惯了剑桥那种半乡村式生活的我，并不向往大都市的夜生活。我的自由活动是冲个淋浴，然后钻进被窝好好睡他一觉。

没等我睡着，电话铃突然响了，是胡社长的声音。他用短促的四川口音说："你务必马上来——马上来，一切见面再说。"

我赶快穿上衣服，下楼喊了一部出租汽车赶到马可·哈布金斯。刚跳下车，就瞥见胡社长已经等在大厅入口处了。他气喘吁吁地说："刚才莫洛托夫向宋子文碰杯敬酒的时候给我听到了。翻译出来的是：欢迎中国派代表团到莫斯科来签订中苏互不侵犯条约。"接着他得意地向我笑着说，"我赶紧装作解小手就溜出来给你打那个电话。"

说完，他挥了挥手又朝电梯走去了。我马上蹿出旅馆，又喊了一部出租汽车，就直奔大西方海底电报局。我给重庆《大公报》发了一个特急电。几个小时后，这消息就加上花边，排在次晨重庆《大公报》要闻版的头条了。事后听说那天国民党中央社大丢其脸，有人传说肖同兹还"引咎辞职"过。

随着外交形势的开展，我们社会主义中国的记者势必也将更加活跃于国际新闻舞台上。我们的记者不会无原则地去追求"独家新闻"，我们要探索的仍然是事物的本质，要尽量全面地反映问题的各种内在的错综复杂因素，对读者，对历史，认真负责。在此前提下，还不能不指出，新闻记者同坐在沙发上沉思着的政论家或历史学家毕竟不一样，他是个哨兵，甚至是个侦察兵，要耳聪目明，机警灵活。胡霖是采访过第一次世界大战的老记者，他懂得作为记者就得耳听六路，眼观八方，得有守株待兔的精神，随时准备出现新情况。切不可由于社会主义国家的新闻事业没有竞争，就舒舒坦坦地当起老爷。

一次尴尬的访问

据说一位物理老师第一天上课拿出个盘子放在讲台桌上，又往盘里倒了点面面。然后，他要同学们注意他的动作，他挽起袖子，伸出食指蘸了点面面，最后又把中指伸到唇边舔了舔。他问学生谁愿意模仿他的动作。一个冒失鬼站了起来，他用食指蘸面面，又用舌头去舔那食指，结果大吃苦头，因为那个面面接触到皮肤，会发烫的。于是老师开讲了：学科学必得细心，是大意不得的。其实，干什么都要细心，都大意不得，新闻工作何尝不是如此。

十几年的新闻记者生涯，回忆起来，酸辣苦甜咸，什么滋味都有。可是曾经有一回，纯粹由于我的粗心大意，尝到了五味之外的一种味道，至今回忆起来舌尖还有点涩意。

一九四六年夏自欧返沪途中，经过香港时，萨空了同志曾要我同当地的进步知识界举行一次座谈。会后，自然见到不少老友，其中有同班同系的李宾同志。问起他的近状，他告我正在香港做生意，并且给了我一张名片，希望我去看他一趟。

由于我搭的那条货船一时还开不成，我就如约去看他了。他的家在半山，是一幢三层小楼，楼下两扇大铁门。我按了门铃后，大铁门上开了个小洞洞，里边问我找谁。我说"李先生"。接着又问我要名片。我心里想，老同学门禁怎么如此森严！我在马来亚采访时，就发现名片大有用场，幸而在新加坡印了一盒，就递给司阍一张。

不一会，大铁门开了。但从楼梯上走下来的不是个子矮胖的老友李宾，而是一位身材细长、温文尔雅的先生——后来才知道是吴茂苏先生。他满脸笑容地把我让进二楼客厅，说"李先生马上就来"。我心里直嘀咕：李宾怎么摆起这种排场！吴先生对我问长问短，我从礼貌出发，也得对人家关心一下吧，就问："李先生近来的生意好吗？"本来尴尬的是我一个人，经这么一问，对方也尴尬起来了。

我们二人正在发愣的当儿，门口出现一位中年的美髯公。吴先生马上站起来，郑重而恭谨地向我介绍："这是李济深先生。"然后又把我的名字也报了报。

当时李济深先生正准备以民革主席身份参加党领导的革命统一战线，看到名片后，他大概以为《大公报》派专人来访问他了，所以气氛十分隆重。

这时我已察觉铸成了大错，只觉得上半身既沉重又发热，而下半身虚弱得有点支撑不住。何况离国七年，我对当时复杂的政治情况连一知半解也够不上。李济深的名字还是三十年代在报纸上见过的，只知道是桂系，对他当时的政治身份、动向等等，毫无了解，怎么发问！他则以为我是专程来拜访，听取他的政见。我暗自在诅咒自己，脑子里唯一想着的是，如何在不进一步闹出笑话的情况下，尽快摆脱困境。

我简直记不起向他提了些什么问题了，肯定是些莫名其妙的。

他随说，我还按照职业习惯掏出个本本记记——其实，我是在纸上草拟着底下该问点什么好。

忽然，他问了我一句对西欧战后动向的看法，这下可解救了我。我就把头天在座谈会上说的又重复一遍，然后就匆匆结束了这次肯定使他感到茫然的访问。他的政见未很好地发表出来，却听了我为掩饰窘境而发的一通议论。

李济深先生站在楼梯口目送我下楼。看到他的身影消失后，我才小声问吴茂苏先生："李宾住在哪里?"他朝上面指了指说："就在三楼。"这时，我折回身子说："那么我顺便看看他去。"然后三步作两步地蹿上了三楼。

一敲门，李宾夫妇把我让了进去。等他们把门关严，我才发现浑身都湿透了——不是由于上楼太急，而是心情紧张。

第一件事是从口袋里掏出那天李宾给我的那张名片，上面地址确实写的是"三楼"。他们困惑不解地问我怎么回事。我告诉他们由于粗心，我受到一次永远难忘的惩罚。

广告、商标

资产阶级的新闻课目中有一门本质上就令人作呕的学问，叫作广告学。这门学问内容庞杂，然而归根结底不外乎是老王卖瓜，自卖自夸。它所探索的奥秘，无非是如何钻顾客心理弱点的空子。手法再高明，其出发点同集市上卖膏药的江湖客并无两样。卖丝织品的用美女大腿来诱惑，卖补品的"保证"延寿若干年。其中，当然也有些别出心裁的地方。

一九三九年我初到剑桥时，有一次同人骑车去左近村庄玩耍。骑到一道木桥时，忽见桥头竖着一块木牌，上边模仿中古时代绿林豪客拦路行劫时恫吓的口吻写着："先生们，我要你们的脑袋!"骑过桥一看，原来是一家乡村理发店。有些广告由于巧妙地利用了心理暗示的手段，经过快四十年了，至今仍留有印象。例如英国有一家香烟，牌子叫"阿不杜拉"，是一种味道很辣的土耳其式卷烟。英国铁路公司由于有些乘客怕闻烟味，所以每列车必特设几节车窗玻璃上标明"禁止吸烟"的车厢。"阿不杜拉"牌香烟工厂的老板同铁路公司（也是私营的）商洽好，在"禁止吸烟"下面用括弧写上一行小字："连阿不杜拉牌也不许（Not even Abdula）。"这三个字不但引起人们对这个牌子的注意，而且弦外之音还为它大抬身价。

广告是自由竞争的资本主义工商业的必然产物，也是资产阶级报纸赖以生存的一项主要收入。解放前，报纸的广告栏真是五花八门，无奇不有。对大部分广告我都具有抗拒力，即它越是想吸引我的注意，我就越是不去理睬它。唯独对于带有知识性的广告，我往往抗拒不了。记得三十年代上海一家报纸登了一个卖轻泻药的广告，整整半版篇幅谈的都是有关大便的知识，从大便的颜色、形状一直谈到肠胃系统。当时我并没有这方面的毛病，却也为它所吸引。

商标是广告的集中表现，是一宗产品创牌子的第一关，也是广告设计家才智匠心的标志。在旧中国，我喜欢一种毛线的商标：抵羊牌。商标上画着两只山羊在顶着犄角，其巧妙在于用"羊"来暗示"洋"。这样，商标就利用了顾客的爱国主义心理，同时也表现了民族资本家的爱国主义思想。与此相反，风行一时的"艾罗补脑汁"的制造商据说姓黄，他就把"黄"字音译成"艾罗"（Yellow），从而利用了顾客的崇洋心理。

社会主义商业旨在为人民服务，一切有计划地生产，产品由国家厘定规格，不靠商标来推销，因而在国内可以完全不讲这一套。倘若在跟资本主义国家做生意时，也同样对待，那就不是从实际出发，就要大吃其亏了。

对于出口转内销的产品，不知道外贸部门是经常进行些推敲，还是销掉了事。最近我家老三买到一种出口转内销的电池，从质量到装潢，都无可挑剔。为什么会转内销了呢？我摆弄了一阵。电池

261

上印了两个英文字：White Elephant（白象）。并且还画了个图案：棕榈树丛中站着一头把鼻子朝上卷着的白象。下面写着"中华人民共和国制造"。问题可能就出在这儿。

这个商标的设计者谅必是通晓英语的。他何不翻翻《新英汉辞典》第三百八十五页？上面明明写着"白象（喻）沉重而累赘的东西"，换而言之，废物一件也。如果再探讨一下这个典故的来源，就更不妙了。原来古代暹罗国王每当要令一个臣宰遭殃时，就先赏赐他一头白象。因此，白象者，不祥之物也。倘若由于一个不恰当的商标就毁了一件完全合格的产品，那岂不冤枉！

一九七九年

随 想 录

坐在舒适平稳的波音七四七机舱里，翱翔在太平洋上空，思路异常活跃，特别想到新闻工作在四个现代化这一宏伟事业中的作用，于是，信手拈来，写了几条管见。离开报界已多年，没有实践。这与其说是老报人的随想，倒不如说是一个报纸读者的呼声。

没有比新闻工作更能体现"从群众中来，到群众中去"这个过程了，倘若只去不来，报纸就成了告示牌。

新闻工作，总不可忘记那个"新"字。为新而新固然要不得，把"新"字完全不放在心上，也不可取。读者看报纸，心情毕竟不同于看书或者小册子，它们之间非有个分工不可。

对资产阶级新闻学，也应一分为二，也应批判借鉴。既不可全盘接受，也不宜全面否定。例如新闻的五大要素（即五个 W：What、Who、When、Where、Why），对哪个阶级的报道也是必不可少的。

从资本主义国家的报业史看，他们新闻事业的发展，经营方式的改进，大都是同业竞争的结果。我们的报纸不需竞争，这是社会主义的优越性。然而得提防这个优越性可能带来的另一面：故步自封，因循守旧。

263

报喜不报忧的记者，是个眼中没有敌情的侦察兵——一个理应吊销军籍的侦察兵。记者本来是人民大众的耳目，一旦只报喜，不报忧，就等于放弃职守了。

旧社会的记者，有过"无冕皇帝"之称，其实是扯淡。因为当权者今天把你尊为上宾，明天也可以把你投入囹圄。

当记者最要提防糖衣炮弹，因为他的职能是反映情况，也即是既可通天，又可以通左右。一个县长——或者任何一个"长"，不管他嘴里说得多么谦虚，大多希望记者只反映光彩的一面，包庇另外的一面。于是，阿谀恭维、超级享受都随之而至。这是记者生活中最严峻的考验：天天得顶住变相的贿赂和收买。经不住这种考验，就会出卖灵魂，亵渎圣职，辜负人民的重托。

干什么，怀里也得揣着一颗正直之心、改革现状之心、爱国之心。记者尤不可例外。

旧社会的好记者就得站在民众方面，同官府对立。在新社会，记者成为国家干部了，官民一体了，那种对立已不存在。然而公与私、集体与个人、政府与民间，在利益上还不能说已达到百分之百的统一。当记者的倘若完全站到官的方面，置民间或个人的利益不顾，记者的职位是保住了，但是从全局来看，他对社会并没起到有益的作用，对革命也是不够忠诚的。最好还是本着党的政策精神，站在合理的一面、真理的一面，才能促进矛盾的调节和转化。

好的特写不应靠照片（正如好的漫画不应靠文字说明），它应能让读者看得见、摸得着、嗅得出，把读者带入它所描绘的世界中去。特写与社论应有所区别。特写应让人物和事件本身去说教，容许读者从中准确地得出结论，找出教训。倘若不放心，就在描述上多下功夫。

重要性和趣味性之间，有个矛盾的统一问题。单纯追求趣味绝对要不得，然而完全漠视趣味，甚至排斥趣味，也不可取。什么是趣味？趣味（或兴趣）不一定就指闲情逸致。它往往指人们最关心的东西，或对一件事物，人们最急于知道的部分。例如抓到一个惯贼，他们首先想了解他是怎么落网的，而有些报道恰好短这一环！

伦敦一家报社的编辑部发给每个工作人员一部《本报禁用词汇》，里边开列了记者经常使用的一些陈词滥调，诸如"众所周知"。这么一来，记者动笔时抓耳挠腮了，报纸却相对地说有了它独特的风格。

有个副词，文字工作者最好少用或不用，即"无法形容"。一个动笔杆的就是要去形容。用这个副词可以省些事，但对读者总有点交代不过去。

美国记者采用周薪制。星期三失了职，星期五就有可能接到辞退的通知，那太残酷。然而另一个极端——拿得出东西拿不出，反正铁饭碗，似乎也要不得。倘若这两种制度比赛起质量来，后者很可能败北。

五十年代认识的一位记者朋友，那时他是农村组编辑。四分之一世纪以后旧友重逢，原来他还在干老行当。岗位定得那么死，好处是熟悉情况，但是就不大可能出现多面手。国内各组记者可不可以定期轮换一下？内外勤也可以轮换一下。这对记者个人的提高，对版面的更新，都可能有好处。

一九七九年八月三十一日太平洋上空

八十自省

　　一晃儿竟然成为一个八旬老人了，连自己都觉得难以相信，现在再下农场或干校去干活，估计肩不再能挑，锄头也抢不动了。可是精神上，我并没有老迈感。上楼梯我不喜欢别人搀扶，早晨闹钟一响，我还是腾地就爬了起来。听力视力都未大衰退，脑子似乎和以前一样清楚：对身边和身外的一切随时随地都有反应；忽而缅怀如烟的往事，忽而冥想着未来。我有位老堂姐，她六十多岁就糊涂了，耳不再聪，眼不再明。我老是怕自己也会变得痴呆。谢天谢地，我还这么清醒着，但愿能清醒到最后一刻。

　　读外国文学时，我常留意他们对生命所做的比喻。有的比作浮在水上的一簇泡沫，有的比作从含苞到败谢的花。我大概还是受了"夫天地者万物之逆旅"的影响，总把生命看作一次旅行。有的旅客走的是平坦大道，有的则一路坎坷不平。回首这八十年我所走过的路：童年和中年吃尽了苦头，然而青年和晚年却还顺当。晚景更为重要，因为这时期胳膊腿都不灵了，受苦的本事差了。我庆幸自己能有一个安定舒适的晚年。现在回顾这段旅程，认识到我算不上是胜利者，然而我很幸运。

　　人入老境，由于生理上的衰微，节奏自然就放慢了。三十岁以前，我喜欢蹦着走路。六十岁以前，我上楼梯时还经常一步上两个阶磴。如今，我不但一磴磴地上，而且还手不离扶手。尤其遇上摸黑——我住的这幢楼，过道总是漆黑一团——我就更加抓紧那扶手，

267

生怕一失足成千古恨。

这也代表一种心态：一生跟头栽够了，就怕再栽。因为知道这把年纪经不起了，万一栽了，休想再爬起来。

七十年代末，老友巴金曾写信要我学得深沉些。另一老友则送了我八个大字：居安思危，乐不忘忧。我觉得这十年是变得深沉了些，也踏实了些。历尽沧桑后，懂得了人的际遇随时可以起骤变。在阶级社会里，座上宾和阶下囚随时可以颠倒过来。因而一方面对事物不轻率发表意见（有时甚至在家务琐事上，洁若都嫌我吞吞吐吐，模棱两可）；但另一方面，自己也不会为一时享受的殊荣而得意忘形。

一九七八年我曾发誓要跑好人生这最后一圈。如今，这一圈已跑了大半，离终点不会太远了。前年，重庆出版社要我就这十年的写作，编个选集。经过淘汰，竟然还剩下三十六万字。倘若加上回忆录《未带地图的旅人》（文联出版公司）那三十万字，竟然又写了七十余万字。自己翻了一下：尽管一直铭记那些告诫，我对生活还是发了言，有的未必合口径，然而我居然能安然无恙至今，证明八十年代的中国毕竟与五六十年代的还是有所不同。我庆幸自己在掌握分寸之余，还是坚持了言必由衷的原则，没写让自己事后脸红的什么。

这十年，生活水平是大大提高了。也许离死亡更近了，对有些——尤其物质方面，我看得淡了。春间龙应台女士来访，见到我的洗澡间，事后告诉朋友，说她在北京期间最难过的一件事是我不得不住在这样的条件下度晚年。她走前又来告别，我便向她解释说，我目前的生活水平在知识分子中间是中等偏上的。领导曾再三表示要进一步为我提高，但我不想让自己的生活水平脱离国情。有些人尽量住得宽是为了留给子女和孙辈。至于我的子女，在他们幼小时，我尽到了心，长大了，他们应自己闯去。我是一个人闯出来的。

人这一生，要过许多关，其中之一是子女关。我看到不少人自己廉洁正派，可轮到为子女奔职业、奔这奔那时，就什么也不顾了。

尽管一九五七年后我们的处境很恶劣，我和洁若还是不遗余力地培育了孩子。尤其那困难的三年（一九五九至一九六一），对高级知识分子补贴的营养品我们都轮不上，洁若就把每月配给来的有限的一点糖和油都尽量留给孩子吃，我也当然配合。"文革"期间当周围的红色海洋几乎把我们淹没，除了那本小红书什么也不许看时，我仍督促他们画中外历史纪年表和世界地图，启发他们对大小环境的认识。工资降了好几级，仅够糊口了，我们还省吃俭用，为他们买钢琴，买画箱、颜料和画板，带他们去音乐会听贝多芬，去公园写生。

当然，我们也感激他们。当我的"右派"身份在孩子面前暴露无遗，他们眼看着我挂了黑牌跪在自家院中挨斗时，他们非但没像旁人家的一些子女那样为了表示自己立场坚定，揭发、唾骂甚至殴打、背弃我们，而且个个都分担了我们的屈辱，骨肉之情始终也没割断过。如今，我高兴他们都是要强的孩子，各自走上人生的征途，没有依赖思想。

我一生在爱情方面，经历也是曲折的。十八岁在汕头教书时爱上一位大眼睛的潮州姑娘。当时她和我一样赤贫。我们并肩坐在山坡上，望着进出海港的远洋轮，做过一道去南洋漂泊的梦。这因缘终于被曾经资助过她上学的一位大老财破坏了。二十九岁上，我又在九龙遇上一位女钢琴家，一见钟情。当时，我已同小树叶在一起了。斩不断，理还乱，我只好只身赴欧洲了事。一九四四年巴黎解放后，我才晓得小树叶和女钢琴家均已各自同旁人结婚，并有了娃娃。我跌入感情的真空。一九四六年又在江湾筑起一个小而舒适的家，然而这个家很快就被一个歹人拆散了。那是我中年所遭受的一次最沉重的打击。

在这方面，我总归是幸运的，因为我最后找到了洁若——我的索尔维格。结缡三年，我就背上了"右派"黑锅。倘若她那时舍我而去，也是人情之常，无可厚非。但是她"反了常"，使得我在凌辱之下有了继续活下去的勇气。我在《终身大事》那十篇小文中，曾总结过自己的恋爱观。我觉得在政治斗争中，更可炼出真情。共福共荣容易，共患难共屈辱方可见到人与人之间感情的可贵。

把人生看作一次采访这一观点，在某种程度上能帮助人随遇而安。我认为这是生存本领的基本功。

有人认为一九五七年我被迫放下笔杆，发配到农场，赤着足在田里插秧拔草的期间，一定苦不堪言。其实，我大部分时间还是笑嘻嘻地活过来的。要了解人生，不能老待在上层，处处占着上风。作为采访人生的记者，酸甜苦辣都应尝尝。住在"门洞"的那六年，每晨我都得去排胡同里的公厕，风雨无阻。那些年月，我并未怀念抽水马桶的清洁便当。那公厕是一溜儿五个茅坑，我的左右不是蹬三轮的、看自行车的，就是瓦匠木工，还有北京飞机场的一位机械工。蹲在那儿听他们聊起来可热闹啦，有家长里短，有工作上的苦恼，有时也对"文革"发发议论——其中有些还十分精辟。周作人译过日本江户时代作家式亭三马的代表作《浮世澡堂》《浮世理发馆》，作者通过出入于江户（东京旧称）一家澡堂和一座理发馆的男男女女的对话，反映了世态；我呢，那几年是把上公厕当作了一种社会考察的场地。

年轻时，有些朋友认为只有从军才能救国，于是投了黄埔。我老早就知道自己不是个军人材料。在辅仁大学读书时，每逢参加军训，我站队总也站不齐，开步走时，常分不清左右。一九三二年，一位西班牙朋友从《辅仁杂志》上看到我英译的《王昭君》，就和我通上信，后来他提议同我搞点商业。他寄给我一批刮脸刀，要我给他寄去几副宫灯。他那里赚了钱，可我的刀片却统统送掉了。我知道自己也不是经商的材料。一九三四年傅作义将军听说我是蒙族，又有体验草原生活的愿望，就邀我去内蒙当个小官，而且当官之前还得先加入国民党。这下可把我吓坏了，就赶紧进了无党派的《大公报》。同样，一九四七年南京的中央政府通过《大公报》胡霖社长邀我去伦敦，接替叶公超任文化专员，我也是死命不干。幸好，胡老板那时也不肯放。

在色彩当中，我更喜欢素淡，讨厌大红大绿。在政治运动中，我倾向于站得远一些。我诅咒"文革"，不仅由于他们打砸抢杀，我也厌恶他们用的语言。对不顺眼的，动不动就"炮轰""油煎""千刀万剐"；对拥护的，一个"万岁"还不够，要喊"万万万岁"。我一直想从文字及逻辑上分析一下所谓"文革语言"。然而革命家要的就是旗帜鲜明，我能理解革命小将那时的激情。一九二五年北平学生抗议英国巡捕在上海南京路上枪杀中国工人和学生时，我何尝不也那么激烈过。可是经过这几十年对人世的体验，我对人对事宁愿冷静地分析，而不喜贸然下结论。像这样强调冷静客观，注定了我不是个革命家的材料。

就是在文学上，我对自己的才具也还有点自知之明。三十年代一直想写写长篇。一九三八年《梦之谷》脱稿之后，我就发誓不再写长篇了。我自知在一块小天地里还能用心经营，却驾驭不了大场面。但我总尽力把自己的职业文字写好。我高兴一九三五年踏访鲁西水灾时写的《流民图》至今犹有人看，有的还被选入教科书。十五年间（一九三五至一九五〇）在《大公报》上发表的大量通讯特写，尽管不少是在鸡毛小店的油灯下或大军行进中赶出来的，但那都灌注了自己的心血。

我平素喜读讽刺小说。一九四六年至一九四八年在上海时，试写过一些。一九四九年以后，我翻译了讽刺小说《好兵帅克》《大伟人江奈生·魏尔德传》以及加拿大里柯克的一些小品。但每当我手痒想自己写写时，我总立刻把它管住。然而至今我仍认为一个没有讽刺文学的社会，犹如一位闺秀手里没有一面镜子。那样，尽管她的脂粉可以抹得老厚，却看不到鼻间耳际的污垢。

写讽刺文学经常要冒为新社会抹黑的危险，正如寓言难免有影射的嫌疑。我原希望自己的一个孩子学地质勘探，但他还是选上了文学。我说，非要搞文学不可，就搞古典文学。

我很尊崇诗歌，认为那是文学的精髓。然而我很早就发现自己缺乏诗才。我喜欢读诗，但平生没写过一行。我认为诗应比小说散文更高深洗练，更有余味，绝不是分了行就成为诗。从一开始写作我就告诫自己：要使自己的抒情文字多些诗味，可千万不要用分行来冒充诗。

我曾对西方的现代派文学下过点傻功夫，但有些尖端，依我看是死胡同。我是三十年代在文学研究会的影响下开始写作的。在文学上，我是个保守派，但我希望永不做顽固派。我不赞成设禁区，主张允许一切新的探索。

我最引以自豪的，就是自从走上创作道路，我就彻底否定了自己有什么天才，懂得一切都只能靠呕心沥血，凭着孜孜不倦的努力。

我经历过十分恶劣的社会环境，但一九三五年走入社会后，尚懂得洁身自好。单身汉时，宿舍里颇有些吃喝嫖赌的风气。当时我们四个大学毕业生却抱作一团，业余只踢踢足球，沿着马场道散散步。麻将我不会打——一九三九年在赴英的轮船上，一位热心的法国乘客怎么教也没把我教会。

当然，我也有不少癖好。自一九四二年起，我就迷上了西洋古典音乐。"文革"浩劫中，最伤心是我从国外辛辛苦苦搜集来的数百张唱片被一股脑儿抄走。现在，我的枕畔、书桌前、饭桌旁，均放着收录机。我也有几盘欧洲歌剧的录像带。闲时还敲敲洁若四年前从东京给我带回来的电子琴。

说起这些癖好，我不能不感谢一九七八年以来这里所发生的巨变。"文革"十年中，听外国音乐就是洋奴，养花草就是修正主义，打太极拳更是活命哲学。当然，一九七八年的巨变还远远不仅在准许养花听音乐上。对我来说，尽管失去的年华找不回来了，我却恢复了人的尊严，重新获得了艺术生命。同时，三十年来被当作毒草踩在脚下的全部作品，都重见天日。对一个搞了一辈子文字工作的人来说，这确实是一次翻身解放。在这方面，我可以说是塞翁失马。倘若我没从一九四九年就被打入冷宫，而也成了红人，想必也会奉命写下不少捧这个批那个、歌颂"三面红旗"等使自己今天看了都会脸红的货色。在这方面，我是幸运的。

常有人用假定的语气问我：平生有什么可悔恨的？我这人太讲实际，一向认为悔恨是一种徒然的——甚至是没出息的情绪。人生就是在白纸上写黑字。若用铅笔写，还可以擦掉，然而不可能老用铅笔写，而且那样的人生也太乏味了。总有些场合非用毛笔写不可。一经写下，就再也擦不掉，拙劣地糊上一层纸，痕迹也依然留在那里。有些人喜欢往上糊纸，左一层右一层地糊。我不。因此，我对于一生在十字路口上所做的选择，从不反悔。

青少年时，我也有过"大同世界"的理想，仿佛一旦把地球上一切反动阶级、反动势力都打倒之后，一个人人丰衣足食、个个自由平等的乌托邦就将出现在地平线上。从此，地球就变成了乐园。那时也曾以为地球尽头有像佛教的极乐世界那样一座乐园，那里再也没有剥削与压迫、煎熬与流血，人人都无忧无虑，自由平等。

人到老年，幻梦少了，理想主义的色彩淡了。然而我仍坚决相信这个世界总的趋向是会前进，不会倒退。它前进的路程是曲折的，有时或局部上还会倒退。但整个人类历史向我们表明，社会总是从不合理走向合理，从少数独裁走向多数的民主。凡迫使世界倒退的，终必一败涂地。

我就是靠这一信念活下来的。

一九九〇年元旦

273

啊，三十年代

就中华民族而言，那确实是个伟大的时代。

那十年，是以侵略者一举占领东三省开始的。它来势凶猛，恨不得将偌大的神州大地一口吞下。

那时，活着可真憋气啊！天边乌云密布，人走在街上，帽檐拉得低低的，牙关却在咬紧，拳头攥出汗来，忍气吞声，眼泪往肚里咽。人人都在自问着：一个有着五千年文明史的祖国，凭什么就教人这么踩在脚下！

第七个年头上，那只毛茸茸的魔爪又想在卢沟桥重演柳条沟的故技。这回可没那么便宜了。整个中华民族举起拳头，展开了一场八年的殊死搏斗。

三十年代是由隐忍到火拼、由低沉到昂扬的十年，也是甲午战争后，中华民族毅然抬起头的十年。

那也恰恰是我的青年时期的开始。

一九三一年，我一方面忙着钻入大学，同时又在奔走着一场绝望的恋爱——而且是初恋。船驶过中国海时，我倚着船舷伫立在甲板上，确曾像哈姆雷特那样徘徊在生与死的边缘。我终于还是太爱惜生命了，想到妈妈养我，把我带大多么不容易。尽管灰绿色的海水诱惑力很大，我没有跳。

足足两年，我生活在一座四四方方的寺院里，成天同皈依天主的洋神父打交道。拉丁文我始终也没学好，可爱尔兰民族那忧郁气

274

质却感染了我。我捧读叶芝的诗，沁格·葛蕾格莱夫人和奥凯西的戏，以及乔伊斯的小说，着了迷。

去福州漂荡一年后，我又来到未名湖畔。这里，我开始了小说的写作。印第一本集子时，我曾设想封面该画上一座石舫。未名湖心有个小岛，这石舫就连接着小岛的东岸，与南岸的花神庙遥遥相对。那时，我每天就坐在石舫一端，朝映着水塔倒影的湖水出神。《篱下集》和《栗子》中一些人物和故事，就是在那湖光月影中涌上心头的。

我的正式创作生涯始于一九三三年。我一直认为自己很幸运。因为面对着侵略者的压迫，文艺界不分京派海派，大家都在抗日的共同目标下团结起来了。而且，我的第一篇小说《蚕》发表后，就受到先辈们的热情鼓励。于是，我就放胆写开了。

然而我从未想靠卖文为主。我选了个与创作相辅相成的职业：新闻记者。毕业前半年，我就被《大公报》"预定"下来了。这家报纸的副刊恰好又是我在文艺上的摇篮。

在这里，我碰上胡霖先生：一位对我一直信任并放手使用的老板。

离开幽雅的未名湖，乍来到天津的报馆，起初我很不习惯。住处楼下就是机器房，不但汽油味弥漫，而且一开印就像要天崩地裂。西面是法租界的发电厂，成天煤屑四散。南面则是臭气熏天的墙子河。但我告诫自己：人生一世，不能永远待在玫瑰园里，要体验这大千世界，就得什么都吃得消。

于是，我拼命干活：既编刊物，又外出采访。鲁西苏北的水灾促使我懂得了许多事物，特别是：中国不统一，就没有前途。

转年，我调到沪版，过起了租界亭子间生活。在天津，偶尔去趟洋气十足的小白楼，觉得怪新鲜。住进霞飞路鲁班路口的亭子间之后，我仿佛已经移居小白楼了。房东是白俄婆子，楼下包饭顿顿离不开罗宋汤。那年月，南京路上不时地还能见到高大的红头阿三在巡逻。

一九三七年，全面抗战开始了。尽管个人失业，从稳定走向渺茫，然而盼望已久的大时代终于到来了。我跟一伙同胞站在外滩公园里，观看中国飞机轮班轰炸泊在黄浦江的"出云"舰，又去大场，访问浴血抗战的士兵。

报纸减张，我从忙人变成了废人，于是，饱尝了打破饭碗的滋味。这是入世以来遭受的第一次打击。那时，从上海去武汉，竟然得绕道香港。在珞珈山麓，怀着满腔愤怒，目睹膏药牌轰炸机的肆虐。接着，又辗转到了大后方的昆明。随后经安南去了香港。在那里，我重操起副刊编辑和旅行记者的旧业。

欧战爆发的前夕，我在九龙登上一艘开往马赛的邮轮，驶向西半球那座火山，一去就是七载。

在世外桃源的剑桥躲了一阵，回伦敦后不久，"卐"字号轰炸机就来光顾了。我踩着瓦砾，探访那狂轰滥炸后的废墟，天真地自问着：人类为什么要打仗？

三十年代，我从故都北平，迈向远方，迈向世界，扩大了视野。那也是我在写作上摸索的过程。我曾吃力地去窥探西方文学的象牙之塔。可我不服水土，感到格格不入。

但是好奇啊，那是青春的伴侣。

三十年代，我有过无限憧憬。我渴望过一个没有纷争的世界，幻想过纤尘不染的艺术。我巴不得饮到露水滴成的美酒，徜徉在永远是春天的世界。

半个多世纪后的今天，蓦然回首，觉得那时的自己既可悯又可笑。然而，我还是常用伤感的、爱怜的手，抚摸着那段逝去的年华，别是一番滋味涌上心头。

一九九〇年二月十六日

一对老人，两个车间

  我的同辈人中间，有的已经四世同堂了，一般也多是儿孙满堂，逢年过节，总会热闹一番。像我和洁若这样三个子女都远走高飞的，寥寥无几。而且，从四十开外的老大到已过而立之年的老三，都还是单身，像这样的情况，恐怕就更少了。这实在有违孔孟之道。中秋也好，大年初一也好，我们家都冷清如常。没有娃娃朝我们身上扑，偶尔逛一趟百货公司，也从不去玩具柜转悠。

  生活的安排只能顺其自然。我们既无意夸耀这种冷清的晚年，当然也没有丝毫怨气。我同洁若之间有一种共识：儿女应根据自己的抱负及条件，各奔前程，我们绝不驮在他们背上当包袱。另一方面，我们辛辛苦苦把他们拉扯大了，现在他们也不应再给我们添麻烦，让我们为他们的工作、住房去到处奔走，他们该自理了。

  我们还有一种共识——更重要的共识：人生最大的快乐莫如工作。听起来倒蛮吓人的，好像我们两个都是苦行僧。其实不然，我们有许多乐趣。楼下一个读小学的姑娘每周上来跟我学点英语。我爱听她那娇滴滴的发音，爱看她翻翻眼皮若有所悟的憨态。我还经常听音乐和相声，种花，搜集小摆设，饲养乌龟，揣着小半导体去湖边林间散步。洁若抽不出空来散步。她帮助三姐常韦做些家务（如扫地，倒垃圾，收拾卫生间），借此活动一下筋骨，运动量足够了——连锻炼身体也是生产性的。今年我又添了个腰痛的毛病，于是洁若把为三只乌龟喂食换水的活儿也接过去了。别看它们是宠物

277

当中最省事的，三天两头儿地也闹些花样。一次，为了抢饵食，大乌龟把小乌龟的前爪咬得鲜血直流。洁若把它隔离在一只纸匣里，为它上了几天紫药水。为了避免发生类似的事，她干脆分开来喂它们了。她嘟囔说："别提什么阿猫阿狗了，这乌龟算是最省事的了，每天也得为它们分不少神。"

我们都庆幸搞的是文字工作。干这行当，无所谓离退休，只要有纸笔，随处都可以出活儿。这不但矿工瓦匠办不到，就连搞科研的，也未必能如此便当。

洁若常说，退下来四年了，如今反而比在班上还忙多了。她又编，又写，又译。忽而是《小说神髓》，忽而是《万叶集》，忽而是《天人五衰》。有时电话铃响个不停——好在电话机就在她椅后。然而今后几年我们二人的主要工作是完成那部八十万字的英语世界名著——《尤利西斯》的翻译。我最佩服她那搞"定额"的办法（据她说，是小时她父亲训练出来的）。不论多么艰巨的工作，都能用蚂蚁啃骨头的精神去完成。

相形之下，我就疏懒多了。我从来也不是个"拼命三郎"。一九五二年同洁若结缡后，我变得勤快点了。一九五五年当上了专业作家后，就碰上审干，未能下去写作。然而三年之内，我一连译了三本书（《莎士比亚戏剧故事选》《大伟人江奈生·魏尔德传》和《好兵帅克》）。可惜好景不长，一九五七年我手中的笔就被夺走了。

一九七八年以还，我又连写带译了近百万字。八十年代主要是完成了关于我一生经历的《未带地图的旅人》。当然，还花了不少时间去整理旧著译。九十年代，我着手写起文学生涯的回忆录，并已开始在《新文学史料》上连载。

洁若的书桌放在卧室，挤在我们那张大床旁边。由于搞翻译，她整个被英、日文工具书包围起来了。她是能坐下来就干上几个钟头的。

我的书房兼会客室，空间比她的大，设备也比她的齐全。我们两个就分头搞着各自的工作。有时她会探进头来问我要点什么。当然，我也短不了打搅她。我的"手稿"称得起是"天书"，而且经常长得像蜈蚣。我总是利用一些废纸的反面写，并且随写随接。每完成一篇，洁若不论手头有什么工作，都立即放下，替我誊成在编辑部够得上是甲级（指工整程度）的稿子。誊清时，凡她读来不顺口的地方，必然提出。有时我马上首肯，有时商榷，有时难免争执不下。

一九八七年洁若在香港中文大学演讲时，那里日文系把大学所藏她历年所译的书陈列在讲坛下的长桌上——十几本（那还不到她的全部译本的半数）。但是她从来不想躺在已有的成绩上享清福。她闲不下来。为了争取空间，我替她设计的书架有的几乎挨着天花板上。每逢为了写注或弄清某个词的含义，她就爬上爬下地翻阅参考书或字典。

我和洁若都没有老迈感，因为我们的思维都还清楚，而且效率也不减当年。工作最大的报偿，是从完成了它而得到的快慰。等它变成铅字，能与广大读者见面时，所感到的幸福就更大了。

我们对眼下这种"车间生活"十分满意，不论拿什么阔绰舒适的生活来换，我们也不干。

一九九一年七月十七日

我的年轮

曾经我想以《年轮》为题写一部长篇小说，因为我觉得只有长篇才能反映我所遭受的一切——那时我二十六岁。

然而这部长篇的构思以及为此积累的一箱资料，在十年浩劫中全部化为灰烬。如今我生命的年轮，已经画了八十四圈。

在夜深梦醒的时分，用回忆的眼凝视这些已逝岁月的年轮，我能看到它们或清晰或模糊，或灿烂或晦暗，或圆满或曲折……但毕竟是一圈又一圈，结结实实地画下来了。尽管在漂泊的生涯中我曾把自己的名字改成为"若萍"，但我终究长成了一棵树。感谢生命，感谢给我生命的人，我真想对着依稀闪现的黎明叫一声：妈，你可没白疼你的儿子！

妈是含着我第一次用稚嫩的小手挣来的一只苹果撒手人寰的。那是一个初秋的黄昏，我十三岁。从此我只能迈动一双小小的脚，艰难地孤零零地向茫茫人世走去。

我曾寄人篱下，在别人的矮檐下生活。世界对我是那样狭窄——以我所遭受的苦难，以我所见到的人的险恶面目，使我无法不怀疑生命是一个极大的谎言，使我没有理由爱我的同类。然而我不能拒绝我的血脉所承袭的一片阳光，一泓暖流；我依然爱，并且做着梦。在我的梦中生命如绚丽的红玫瑰在原野上怒放，灵魂像挣脱了强索的风筝一样翱翔在无垠的晴空之下。为着我的梦我磨砺我的笔，我写下了长篇小说《梦之谷》、短篇小说集《栗子》《篱下集》以及散文集《小树叶》《落日》等。为着我的梦我不愿在一个充溢着愚昧、残酷、饥饿和野蛮的黑洞里挖一个小窟窿当作自己的"出路"，我要到阳光下去思索。我走向更广大的人生——我要采访人生。

我是一个不带地图的旅人。我的目光孤独又忧郁，我的微笑顽皮又快乐，而我的脚步——我的脚步呀，浪漫又执着。我那个伤痕累累的祖国母亲，在夕阳下，寒风中，漫漫长夜和每一个赤裸的白昼，怀着温柔的热望，倾听我这个鲁莽游子的足音。我写了《平绥琐记》《鲁西流民图》《血肉筑成的滇缅公路》……作为《大公报》的记者，我梦想用我的滚烫的文字，暖一暖母亲的手脚。然而我自己的脚，在荆棘丛生的道路上，被刺得鲜血淋漓。我并没有驻足，蓬勃的永不安宁的热力在我的血管里奔流。我一步步向前走去。我走出了这片黄瘦破碎的海棠叶，我走到了世界的峰巅。在银风筝下的伦敦，在南德的暮秋，在装满炸药的军车上，在海域布满水雷的战舰上……我穿梭访问，追踪扫描——波茨坦会议、纳粹战犯的审判、联合国成立大会……无暇抖一抖军装上的征尘，但我感到精神在蓝天下飞翔的快乐。我看到了生长在另一片土地上的宽容、平等、自由和理性的绿草坪，我看到了植根在另一个民族中的勇敢、乐观、幽默和人类之爱的花朵，我没有地图，我用自己的脚一寸一寸地丈量世界版图的变异。在大战的烽火硝烟中，在死神张大的羽翼下，我弹奏着我生命的乐章。而我梦魂缭绕的，依然是我的贫弱的祖国。我的雪片样的电报飞向她，我的厚厚的一本《人生采访》，也是为她必将获得的强盛而作。像雨点扑向大地，像信鸽飞向家乡，我在旅英七载之后，又一头扎进了她的怀抱。

我依然画我的梦。我在我的《红毛长谈》中，描绘了二十年后——一九六六年的中国，将是一片怎样的文明富裕、自由平等的乐土。我没有想到等待我的是新的"矮檐"——不，棍棒甚至将我从"矮檐"下逐出，头顶上不给我一片瓦，风雨中没有我一个巢——在白茫茫的盐碱地上，我的肩上压了二百斤的大粪担。我蹒跚地踉跄地向前走去，不敢问一声这是什么地方。我变成了一只噤声的寒蝉，觅尽寒枝无处栖。至于在那幻想中的一九六六年的"乐土"到来之际，一切于我，唯剩下死亡是最美丽的诱惑了。我生命的年轮在这时好像一条飘忽的细线，我时时想着如何用自己的牙齿咬断它。

然而，当隆福医院的大夫为我冲洗胃里的安眠药时，我的坚强而忠实的妻子低下头来，悄悄地，用了另一个国家的语言对我说："我们要比他们活得更长久，因为我们是人。"

"人?"我几乎忘了她，但这个美好而又庄严的名词穿过黑暗进入了我的心中。死亡使生命对我变成透明。在走出噩梦的早晨，我以我的笔做拐杖，又开始了我的人生旅行。我的手有些抖，我的脚步有些颤，但我的心还能和五岁的孩子比年轻。那个曾经不被爱尔兰喜欢，最后成为自己国家——以至全世界光荣的乔伊斯屹立在我面前。几乎全世界都拥有了他那部以天才和学识向极峰探险的记录——《尤利西斯》。现在我和我的妻子，把这一份瑰宝，译成我们的语言献给了具有五千年文明史的中华民族——我相信这是我生命年轮中镌刻下的深深的一圈，但还不是最后。我仍坚持我的梦。我对没有地图的旅行无怨无悔，直至终极。

一九九四年

岁末自勉

青年和中年之间，并没有一道有形的画线。同样，中年与老年之间，大致也是如此。我总觉得自己在人生这座公园里漫步徘徊，好像一下子就来到园中央的花坛，再一转眼就望到了后门。

我是在一九七九年望到的。当时，我大大唏嘘了一阵。回想自己青年时期那么欢实，中年又那么窝囊，猛然间就来到生命的后门。不定哪天，我就从这里被送到离我家不远的八宝山了。

可我没有被悔恨的心情压住。相反，我对自己提了个响亮的口号："跑好人生这最后一圈。"最后，当然就意味着八宝山。这中间，距离不会很长，可我还是要欢实它一阵子再倒下。我并没被八宝山吓住，却拿它当作我的鞭策。尤其想到那白白丢掉的二十二年，我更得拼命赶。

死，一直对我起着积极的作用。

然而我服老。八十年代出了十一趟国，那时几乎有请必去。一满八十，我就封了箱。外边（包括港台）怎么约，我都一口谢绝。除了出去后纷忙的活动，光在海关移民局前头排那个队，我就排腻了。而且出去我也没啥新鲜的好讲。老就是老了，何必去逞那能！

然而这支笔我放不下，也许到临咽气的那刻，我还在攥着它。我曾用它写过情书，它也曾为我惹过乱子：一下子把中年的黄金岁月全赔了进去。可是自从它又回到我手里，我就不停地写呀、译呀，没让它闲过一刻。我总在提心吊胆，生怕一只大手忽然又把它夺走。

可没有。

有好几位朋友都是摔死的，所以我一般不爬高，够不着就请人帮忙。多么忙我也不熬夜，所以眼力至今还不差，像这篇小文就是不戴眼镜写的。报纸大致也一眼就能看清，只在读长文时才戴上镜子。还由于我唯一的右肾功能也只剩三分之一了，非但饮食严加控制，大夫还一再叮嘱绝不可感冒，因为许多治感冒的特效药对我的肾功能都有威胁。我真已经几年没感冒过了。这里有我自己的克制，也有爱人的管制。我是十分服管制的。

但是，我们的家，依然是由两个车间组成的。洁若同我合译完《尤利西斯》之后，一口气没缓就开译了川端康成的巨作《东京人》。我则在二十几天里赶出十篇有关二次欧战的文章。"二战"交了卷，我就张罗起今年《收获》约的六篇专栏。

可是，我还得侍弄那几十盆花和一只已陪伴我十年的乌龟。另外，自然还有我的激光音乐和相声磁带。我们从不出去看电影，一般晚会也一概谢绝，但日子过得却仍很充实。

更重要的是我从八十年代以来交下的几位年轻朋友。我喜欢听他们东拉西扯地神聊。他们每次来，我都像吸了一道防腐剂。同一些老朋友，大多只能保持电话联系，可其中也自有一种特殊的温暖。彼此祝贺一下，九十年代已到中叶了，居然都还健在，也算是一种胜利吧。我们不能同时间赛跑了，能勉强跟上就不错了。

记性真是个怪物。我时常为一件事走进另一间屋子，可站在那个屋中央却记不起是为什么进来的了。但是，几十年前的陈谷子烂芝麻，有时却记得一清二楚，宛如就在眼前。

我早就给自己定下一条规矩：工作上要向强的看，生活上要向不如自己的看。我知道北京市民能点煤气不烧煤球的还是少数，知道大多数知识分子还没有一间书房，所以我对进一步改善生活条件不感兴趣。

新时期我曾两次重访英伦，看到几位与我同过窗的朋友，如今家里是一幢三层小楼，下面是草坪、果园和网球场，可是我一点也不羡慕。倘若我住在这里面，一个离乡背井的老人，我会成天想我的北京城。

我是八十六年前在北京出生的。当时，小皇帝还在宝座上拉尿。在这里，我度过军阀统治下的日子，也领教过国民党的训政。最后，我还将在这里辞世。我认为，我这一辈子活得还算欢实，将来死得也会踏实。

但是，我要尽力把死推迟，推迟到我脑子不灵、四肢动弹不了的那一天。

一九九六年

图书在版编目（CIP）数据

我是一个不带地图的旅人：萧乾散文精编 / 萧乾著.
-- 北京：中国文史出版社，2023.2
ISBN 978-7-5205-3233-4

Ⅰ.①我… Ⅱ.①萧… Ⅲ.①散文集-中国-当代
Ⅳ.①I267

中国版本图书馆 CIP 数据核字（2021）第 196871 号

责任编辑：牟国煜

出版发行：**中国文史出版社**
社　　址：北京市海淀区西八里庄路 69 号院　邮编：100142
电　　话：010-81136606　81136602　81136603（发行部）
传　　真：010-81136655
印　　装：北京温林源印刷有限公司
经　　销：全国新华书店
开　　本：720×1020　1/16
印　　张：18.5　　　字数：232 千字
版　　次：2023 年 2 月第 1 版
印　　次：2023 年 2 月第 1 次印刷
定　　价：59.80 元